LEMBRANÇAS DA MEIA-NOITE

OBRAS DO AUTOR PUBLICADAS PELA EDITORA RECORD

As areias do tempo
Um capricho dos deuses
O céu está caindo
Escrito nas estrelas
Um estranho no espelho
A herdeira
A ira dos anjos
Juízo final
Lembranças da meia-noite
Manhã, tarde & noite
Nada dura para sempre
A outra face
O outro lado da meia-noite
O plano perfeito
Quem tem medo de escuro?
O reverso da medalha
Se houver amanhã

Infantojuvenis

Conte-me seus sonhos
Corrida pela herança
O ditador
Os doze mandamentos
O estrangulador
O fantasma da meia-noite
A perseguição

Memórias

O outro lado de mim

Com Tilly Bagshawe

Um amanhã de vingança (sequência de *Em busca de um novo amanhã*)
Anjo da escuridão
Depois da escuridão
Em busca de um novo amanhã (sequência de *Se houver amanhã*)
Sombras de um verão
A senhora do jogo (sequência de *O reverso da medalha*)
A viúva silenciosa
A fênix

Sidney Sheldon

LEMBRANÇAS DA MEIA-NOITE

37ª EDIÇÃO

tradução de **A. B. PINHEIRO DE LEMOS**

EDITORA RECORD
RIO DE JANEIRO • SÃO PAULO
2025

CIP-BRASIL. CATALOGAÇÃO NA FONTE
SINDICATO NACIONAL DOS EDITORES DE LIVROS, RJ.

Sheldon, Sidney, 1917-2007
S548l Lembranças da meia-noite / Sidney Sheldon; tradução de
37ª ed. A. B. Pinheiro de Lemos. – 37ª ed. – Rio de Janeiro: Record, 2025.

Tradução de: Memories of midnight
ISBN 978-85-01-09432-2

1. Romance norte-americano. I. Lemos, A. B. Pinheiro de (Alfredo Barcelos Pinheiro de Lemos), 1938- 2008. II. Título.

CDD – 813
93-0861 CDU – 820(73)-3

TÍTULO ORIGINAL:
MEMORIES OF MIDNIGHT

Texto revisado segundo o Acordo Ortográfico da Língua Portuguesa de 1990.

Direitos exclusivos de publicação em língua portuguesa no Brasil adquiridos pela
EDITORA RECORD LTDA.
Rua Argentina, 171 – Rio de Janeiro, RJ – 20931-380 – Tel.: (21) 2585-2000,
que se reserva a propriedade literária desta tradução.

Impresso no Brasil

ISBN 978-85-01-09432-2

Para Alexandra
com amor

Não me cante canções do dia,
Pois o sol é inimigo dos amantes.
Cante as sombras e a escuridão,
Cante as lembranças da meia-noite.

SAFO

Prólogo

KOWLOON, MAIO DE 1949

— DEVE PARECER um acidente. Pode dar um jeito?

Era um insulto. Ele podia sentir a raiva subindo. Essa era uma pergunta que se fazia a algum amador que se pegava nas ruas. Ele sentiu-se tentado a responder, com sarcasmo: *Claro, claro, acho que posso dar um jeito. Prefere um acidente dentro de casa? Posso cuidar para que ela quebre o pescoço ao cair numa escada.* A dançarina em Marselha. *Ou ela pode tomar um porre e se afogar na banheira.* A herdeira em Gstaad. *Pode também tomar uma overdose de heroína.* Já liquidara três dessa maneira. *Ou pode adormecer na cama com um cigarro aceso.* O detetive sueco no L'Hôtel, na Rive Gauche, Paris. *Ou será que prefere alguma coisa fora de casa? Posso arrumar um acidente de carro, um desastre de avião ou um desaparecimento no mar.*

Mas ele não disse nenhuma dessas coisas, pois a verdade é que tinha medo do homem sentado à sua frente. Ouvira muitas histórias assustadoras a seu respeito e tinha bons motivos para acreditar nelas. Por isso, limitou-se a dizer:

— Claro, senhor. Posso providenciar um acidente. Ninguém jamais saberá. — Mesmo enquanto falava, o pensamento ocorreu-lhe: *Ele sabe que eu saberei.* Ficou esperando.

Estavam no segundo andar de um prédio na cidade murada de Kowloon, construída em 1840 por um grupo de chineses para se protegerem dos bárbaros britânicos. As muralhas haviam sido derrubadas na Segunda Guerra Mundial, mas havia outras muralhas que mantinham os forasteiros a distância: bandos de assassinos, viciados em drogas e estupradores vagueando pelas ruas estreitas e sinuosas e escadas escuras que levavam à perdição. Os turistas eram advertidos a não se aproximarem, e nem mesmo a polícia se aventurava além da rua Tung Tau Tsuen, nos arredores. Ele podia ouvir os ruídos da rua além da janela, a confusão poliglota, estridente e rouca, das muitas línguas faladas pelos habitantes da cidade murada.

O homem estudava-o com olhos frios e insidiosos. E finalmente disse:

— Está certo. Deixarei o método a seu critério.

— Certo, senhor. O alvo está aqui em Kowloon?

— Em Londres. Seu nome é Catherine... Catherine Alexander.

Uma limusine, seguida por um segundo carro com dois seguranças armados, levou o homem para a Casa Azul, em Lascar Row, na área da Tsim Sha Tsui. A Casa Azul só era acessível a clientes especiais. Chefes de Estado a frequentavam, bem como artistas de cinema e presidentes de empresas. A direção orgulhava-se de sua discrição. Meia dúzia de anos antes, uma das moças que trabalhavam ali conversara sobre seus clientes com um jornalista, e na manhã seguinte fora encontrada em Aberdeen Harbor com a língua cortada. Tudo estava à venda na Casa Azul: virgens, meninos, lésbicas que se satisfaziam sem os "talos de jade" dos homens e animais. Era o único lugar que ele conhecia em que ainda se praticava a arte do *Ishinpo*, do século X. A Casa Azul era uma cornucópia de prazeres proibidos.

O homem reservara as gêmeas desta vez. Eram idênticas, com belas feições, corpos incríveis e sem inibições. Ele recordou a última vez em que estivera ali... o banco de metal sem fundo e as suaves carícias de línguas e dedos, a banheira cheia de água quente fragrante que transbordara para o chão de ladrilhos e as bocas quentes explorando seu corpo. Sentiu o princípio de uma ereção.

— Chegamos, senhor.

TRÊS HORAS MAIS TARDE, após acabar com as gêmeas, saciado e contente, o homem ordenou que a limusine seguisse para a Mody Road. Olhou através da janela para as luzes faiscantes da cidade que nunca dormia. Os chineses chamavam-na de Gau-lung — nove dragões — e ele imaginou-os à espreita nas montanhas por cima da cidade, prontos para descerem e destruírem os fracos e incautos. Ele não era nenhuma das duas coisas.

CHEGARAM à Mody Road.

O sacerdote taoista à sua espera parecia uma figura de um pergaminho antigo, com uma clássica túnica oriental desbotada e uma barba branca comprida e rala.

— *Jou sahn.*

— *Jou sahn.*

— *Gei do chin?*

— *Yat-Chihn.*

— *Jou.*

O sacerdote fechou os olhos numa oração silenciosa e começou a sacudir o *chim*, a taça de madeira cheia de varetas numeradas de oração. Uma vareta caiu e ele parou de sacudir. No silêncio, o sacerdote taoista consultou sua tabela e virou-se para o visitante, dizendo num inglês hesitante:

— Os deuses dizem que em breve se livrará de perigoso inimigo.

O homem experimentou um agradável ímpeto de surpresa. Era bastante inteligente para compreender que a antiga arte do *chim* não passava de uma superstição. E era também bastante inteligente para ignorá-la. Além disso, havia outro presságio de sorte. Hoje era o Dia de Agios Constantinous, seu aniversário.

— Os deuses o abençoaram com bom *fung shui.*

— *Do jeh.*

— *Hou wah.*

Cinco minutos depois, ele estava de novo na limusine, a caminho de Kai Tak, o aeroporto de Hong Kong, onde seu avião particular aguardava para levá-lo de volta a Atenas.

Capítulo 1

IOANNINA, GRÉCIA, JULHO DE 1948

DESPERTAVA GRITANDO todas as noites e era sempre o mesmo sonho. Estava no meio de um lago, numa tempestade furiosa, um homem e uma mulher forçavam sua cabeça sob as águas geladas, afogando-a. Despertava em pânico, ofegando para respirar, encharcada de suor.

Não fazia ideia de quem era e não tinha lembrança do passado. Falava inglês — mas não sabia de que país era ou como fora parar na Grécia, no pequeno convento carmelita que a abrigava.

À medida que o tempo passava, havia lampejos angustiantes de memória, vislumbres de imagens vagas e efêmeras, que afloravam e desapareciam tão depressa que não podia apreendê-las, mantê-las e examiná-las. Ocorriam em momentos inesperados, pegando-a desprevenida e deixando-a na maior confusão.

Fizera perguntas no começo. As freiras carmelitas eram gentis e compreensivas, mas a ordem era de silêncio, e a única que tinha permissão para falar era irmã Theresa, a idosa e frágil madre superiora.

— Sabe quem eu sou?

— Não, minha criança — respondeu irmã Theresa.

— Como cheguei aqui?

— Ao pé destas montanhas há uma aldeia chamada Ioannina. Você estava num pequeno barco no lago durante uma tempestade, no ano passado. O barco afundou, mas, pela graça de Deus, duas de nossas irmãs a viram e a salvaram. Trouxeram-na para cá.

— Mas... de onde vim antes disso?

— Lamento, criança, mas não sei.

Ela não podia se satisfazer com isso.

— Ninguém perguntou por mim? Ninguém tentou me encontrar?

Irmã Theresa sacudiu a cabeça.

— Ninguém.

Ela sentiu vontade de gritar em frustração. Tentou de novo.

— Os jornais... devem ter publicado uma notícia sobre o meu desaparecimento.

— Como sabe, não temos permissão para qualquer comunicação com o mundo exterior. Devemos aceitar a vontade de Deus, criança. Devemos agradecer a Ele por sua misericórdia. Você está viva.

E isso foi o máximo que ela conseguiu. No começo estava muito doente para se preocupar consigo mesma, mas pouco a pouco, à medida que os meses passavam, recuperou a força e a saúde.

Quando se tornou bastante forte para se movimentar de um lado para outro, passava os dias cuidando da colorida horta nos fundos do convento, sob a luz incandescente que banhava a Grécia com um brilho celestial, com as brisas que traziam os aromas pungentes de limoeiros e videiras.

O ambiente era sereno e calmo, mas ela não conseguia encontrar paz. *Estou perdida e ninguém se importa*, pensava. *Por quê? Fiz alguma coisa horrível? Quem sou eu? Quem sou eu? Quem sou eu?*

As imagens continuaram a aflorar, espontâneas. Despertou certa manhã, abruptamente, com a visão de si mesma num quarto, um homem nu a despi-la. Seria um sonho? Ou algo que lhe acontecera no passado? Quem era o homem? Seria alguém com quem ela casara? Tinha um marido? Não usava aliança. Na verdade, não tinha coisa alguma além do hábito preto da Ordem das Carmelitas dado por irmã Theresa e um broche, um pequeno pássaro dourado com olhos de rubi e asas estendidas.

Era anônima, uma estranha vivendo entre estranhas. Não havia ninguém para ajudá-la, nenhum psiquiatra para lhe dizer que sua mente fora tão traumatizada que só podia permanecer sã se a fechasse para o terrível passado.

E as imagens continuavam a surgir, mais e mais depressa. Era como se sua mente tivesse se transformado de repente num gigantesco quebra-cabeça, com peças insólitas caindo nos lugares. Só que as peças não faziam sentido. Teve uma visão de um enorme estúdio, repleto de homens em uniforme militar. Pareciam estar fazendo um filme. *Eu era uma atriz?* Não, parecia estar no comando. *Mas no comando de quê?*

Um soldado entregou-lhe um buquê de flores. *Terá de pagar por isso,* disse ele, rindo.

Duas noites depois, teve um sonho sobre o mesmo homem. Despedia-se dele no aeroporto e acordou chorando, porque estava perdendo-o.

Não houve mais paz para ela depois disso. Não eram meros sonhos. Eram fragmentos de sua vida, de seu passado. *Preciso descobrir quem eu era. Quem eu sou.*

E, inesperadamente, no meio da noite, sem aviso, um nome se projetou de seu subconsciente. *Catherine. Meu nome é Catherine Alexander.*

Capítulo 2

ATENAS, GRÉCIA

O IMPÉRIO DE Constantin Demiris não podia ser localizado em qualquer mapa, mas ele era o soberano de um feudo maior e mais poderoso do que muitos países. Um dos dois ou três homens mais ricos do mundo e sua influência era incalculável. Não possuía título ou posição oficial, mas regularmente comprava e vendia primeiros-ministros, cardeais, embaixadores e reis. Os tentáculos de Demiris estavam por toda parte, envolvendo dezenas de países. Era um homem carismático, com uma mente brilhantemente incisiva, um físico impressionante, muito acima da estatura mediana, peito estofado e ombros largos. A pele era trigueira, tinha um nariz grego e olhos muito pretos. Possuía o rosto de um falcão, um predador. Quando se dava ao trabalho, Demiris podia ser extremamente encantador. Falava oito línguas e era um afamado contador de histórias. Possuía uma das mais importantes coleções de arte do mundo, uma frota de aviões particulares e uma dúzia de apartamentos, castelos e mansões espalhados pelo globo. Era um conhecedor da beleza e achava as mulheres lindas irresistíveis. Tinha a reputação de amante vigoroso e suas aventuras românticas eram tão pitorescas quanto as aventuras financeiras.

Constantin Demiris orgulhava-se de ser um patriota — a bandeira grega azul e branca estava sempre hasteada em sua *villa* em Kolonaki e em Psara, sua ilha particular — mas não pagava impostos. Não se sentia obrigado a obedecer às regras que se aplicavam aos homens comuns. Em suas veias corria *ichor* — o sangue dos deuses.

QUASE TODAS AS PESSOAS com que Demiris se encontrava sempre queriam alguma coisa dele: financiamento para um projeto; um donativo para uma obra de caridade; ou apenas o poder que sua amizade podia proporcionar. Demiris gostava do desafio de descobrir o que as pessoas realmente procuravam, pois quase nunca era o que parecia ser. Sua mente analítica era cética da verdade superficial e por isso não acreditava em nada do que lhe diziam, não confiava em ninguém. Seu lema era: "Mantenha os amigos próximos, mas os inimigos ainda mais próximos." Os repórteres que cobriam sua vida tinham permissão para ver apenas sua jovialidade e charme, o homem do mundo, sofisticado e cortês. Não tinham motivos para desconfiar que por trás daquela fachada amável havia um assassino, um lutador da sarjeta, cujo instinto era sempre procurar a jugular.

Era um homem implacável, que jamais esquecia uma afronta. Para os antigos gregos, a palavra *dikaiosini*, justiça, era muitas vezes sinônimo de *ekdikisis*, vingança — Demiris era obcecado pelas duas coisas. Lembrava-se de cada insulto de que fora vítima e as pessoas bastante desafortunadas para incorrerem em sua inimizade recebiam um troco cem vezes maior. Nunca sabiam disso, pois a mente matemática de Demiris promovia um jogo de retaliação meticulosa, pacientemente desenvolvendo armadilhas requintadas e teias complexas que acabavam por capturar e destruir seus inimigos.

Ele apreciava as horas que passava planejando a queda de seus adversários. Estudava as vítimas com todo cuidado, analisando suas personalidades, avaliando suas forças e fraquezas.

Uma noite, num jantar, Demiris ouviu um produtor de cinema referir-se a ele como "aquele grego untuoso". Deixou o tempo passar. Dois anos depois, o produtor contratou uma linda atriz de fama internacional para estrelar seu novo filme, com um vultoso orçamento, em que estava investindo seu próprio dinheiro. Demiris esperou até o filme estar pela metade, depois seduziu a atriz e persuadiu-a a um passeio em seu iate.

— Será uma lua de mel — prometeu Demiris.

Ela teve a lua de mel, mas não o casamento. O filme finalmente teve de ser cancelado e o produtor faliu.

HAVIA UNS POUCOS jogadores na roda de Demiris com quem ele ainda não acertara as contas, mas não tinha pressa. Gostava da expectativa, planejamento e execução. Agora não fazia mais inimigos, pois nenhum homem podia se dar ao luxo de ser seu inimigo; por isso, suas presas estavam limitadas aos que haviam cruzado seu caminho no passado.

Mas o senso de *dikaiosini* de Constantin Demiris funcionava nos dois sentidos. Assim como nunca perdoava uma afronta, também não esquecia um favor. Um pobre pescador que dera abrigo a um menino descobria-se de repente como o proprietário de uma frota pesqueira. Uma prostituta que alimentara e sustentara o rapaz, quando ele era pobre demais para pagá-la, misteriosamente herdava um prédio de apartamentos, sem ter a menor ideia de quem era seu benfeitor.

DEMIRIS COMEÇARA a vida como filho de um estivador no Pireu. Tinha quatorze irmãos e nunca havia comida suficiente na mesa.

Desde cedo Constantin Demiris demonstrara um talento fantástico para os negócios. Ganhava um dinheiro extra fazendo trabalhos variados depois da escola e aos dezesseis anos economizara o bastante para abrir um estande de comida no cais, com um sócio mais velho. O negócio prosperou e o sócio enganou Demiris, roubando sua metade. Demiris levou dez anos para destruí-lo. O jovem ardia com uma ambição intensa. Ficava acordado à noite, os olhos brilhando no escuro. *Serei rico. Serei famoso. Algum dia todos conhecerão meu nome.* Era o único acalanto que podia pô-lo para dormir. Não tinha ideia de como isso aconteceria. Só sabia que aconteceria.

EM SEU 17º ANIVERSÁRIO, Demiris leu um artigo num jornal sobre os campos petrolíferos da Arábia Saudita. Foi como se uma porta mágica para o futuro se abrisse subitamente à sua frente. Procurou o pai.

— Vou para a Arábia Saudita, trabalhar nos campos petrolíferos.

— Essa não! O que sabe sobre petróleo?

— Nada, pai. Mas aprenderei.

Um mês depois, Constantin Demiris estava a caminho.

ERA A POLÍTICA DA Trans-Continental Oil Corporation para os empregados no exterior exigir a assinatura de um contrato de trabalho de dois anos, mas Demiris não teve escrúpulos a respeito. Planejava permanecer na Arábia Saudita por tanto tempo quanto fosse necessário para fazer sua fortuna. Imaginava uma aventura maravilhosa das Mil e Uma Noites, uma terra encantadora e maravilhosa, com mulheres de aparência exótica e o ouro negro jorrando do solo. A realidade foi um choque.

No início de uma manhã de verão, Demiris chegou em Fadili, um desolado acampamento no meio do deserto, consistindo em um horrível prédio de pedra, cercado por *barastis*, pequenas cabanas feitas com arbustos. Havia mil operários de baixo nível ali, quase todos sauditas. As mulheres que circulavam pelas ruas poeirentas e sem calçamento estavam cobertas por grossos véus.

Demiris entrou no prédio onde ficava o escritório de J.J. McIntyre, o gerente de pessoal. McIntyre levantou os olhos quando o rapaz entrou na sala.

— Foi contratado pelo escritório central, não é mesmo?

— Sim, senhor.

— Já trabalhou alguma vez antes em campos petrolíferos, filho?

Por um instante, Demiris sentiu-se tentado a mentir.

— Não, senhor.

McIntyre sorriu.

— Vai adorar isto aqui. Fica a um milhão de quilômetros do nada, a comida é péssima, não há mulheres em que possa tocar sem que cortem seus ovos e absolutamente porra nenhuma para fazer de noite. Mas o salário é bom, certo?

— Estou aqui para aprender — respondeu Demiris, na maior ansiedade.

— É mesmo? Pois então vou lhe dizer o que é melhor aprender depressa. Está agora num país muçulmano. Isso significa que não pode beber álcool. Qualquer pessoa surpreendida roubando tem a mão direita cortada. Na segunda vez, a mão esquerda. Na terceira vez, você perde um pé. Se matar alguém, é decapitado.

— Não estou planejando matar ninguém.

— Espere um pouco — resmungou McIntyre. — Apenas acaba de chegar.

O ACAMPAMENTO ERA uma Torre de Babel, pessoas de uma dúzia de países diferentes, todas falando suas línguas nativas. Demiris tinha um bom ouvido e aprendeu as línguas depressa. Os homens ali estavam para construir estradas no meio de um deserto inóspito, erguer conjuntos habitacionais, instalar equipamentos elétricos e comunicações telefônicas, montar oficinas, providenciar suprimentos de água e alimentos, projetar um sistema de drenagem, ministrar cuidados médicos e, assim pareceu ao jovem Demiris, cem outras tarefas. Trabalhavam em temperaturas acima de 38°, sofrendo com as moscas, mosquitos, poeira, febre e disenteria. Mesmo no deserto havia uma hierarquia social. No topo estavam os homens empenhados em localizar petróleo e abaixo os operários empregados nas construções, chamados de "burros de carga", e os escriturários, conhecidos como "fundilhos brilhantes".

Quase todos os homens envolvidos diretamente na perfuração — geólogos, agrimensores, engenheiros e químicos — eram americanos, pois a nova broca rotativa fora inventada nos Estados Unidos e eles eram os que mais conheciam sua operação. O jovem grego empenhou-se em fazer amizade com os americanos.

Constantin Demiris passava tanto tempo quanto podia em torno dos perfuradores e nunca parava de fazer perguntas. Acumulava as informações, absorvendo-as da maneira como as areias quentes absorviam a água. Notou que estavam usando dois métodos diferentes de perfuração.

Aproximou-se de um perfurador, trabalhando ao lado de uma torre gigantesca de quarenta metros.

— Eu gostaria de saber por que há dois tipos diferentes de perfuração.

O perfurador explicou:

— Temos o cabo de ferramenta e a rotativa, filho. Agora usamos mais a rotativa. As duas formas começam exatamente da mesma maneira.

— É mesmo?

— É, sim. Para qualquer das duas, é preciso erguer uma torre como esta para levantar os equipamentos que serão baixados para o poço. — Ele fitou o rosto ansioso do rapaz. — Aposto que não tem a menor ideia do motivo para o nome da torre em inglês, *derrick*.

— Não tenho mesmo, senhor.

— Era o nome de um famoso carrasco do século XVII.

— Ah...

— A perfuração com cabo de ferramenta é muito antiga. Há centenas de anos os chineses já cavavam poços d'água dessa maneira. Abriam um buraco na terra levantando e deixando cair uma ferramenta pesada e aguçada, pendurada de um cabo. Mas hoje cerca de oitenta e cinco por cento de todos os poços são perfurados pelo método rotativo.

O homem virou-se para voltar a se concentrar em seu trabalho.

— Com licença, senhor, mas como funciona o método rotativo?

O homem parou o que fazia.

— Em vez de abrir um buraco na terra pelo impacto, você simplesmente perfura com uma broca. Está vendo aqui? No meio do chão da torre fica essa plataforma giratória de aço, que é girada por engrenagens. Essa plataforma giratória pega e gira um tubo que se projeta para baixo. Há uma broca presa na extremidade inferior do tubo.

— Parece simples, não é mesmo?

— É mais complicado do que parece. É preciso dar um jeito de remover o material solto enquanto se perfura. É preciso evitar que as paredes do poço desmoronem e é preciso tampar a água e gás do poço.

— Com toda essa perfuração, a broca giratória nunca fica rombuda?

— Claro que fica. E nesse caso temos de remover todo o equipamento, atarraxar uma nova broca na ponta do tubo e tornar a baixar tudo pelo buraco. Está planejando ser um perfurador?

— Não, senhor. Estou planejando possuir poços de petróleo.

— Meus parabéns. E agora posso voltar ao trabalho?

CERTA MANHÃ, Demiris observou um equipamento ser baixado pelo poço. Mas em vez de perfurar para baixo, ele notou que cortava pequenas áreas circulares nos lados do buraco e trazia fragmentos de rocha para cima.

— Com licença — disse Demiris. — Para que estão fazendo isso?

O perfurador fez uma pausa para enxugar o suor do rosto.

— É o que chamamos de descaroçamento das paredes laterais. Usamos essas rochas para análise, a fim de verificar se estão impregnadas de petróleo.

— Ah...

QUANDO TUDO CORRIA bem, Demiris ouvia os perfuradores gritarem:

— Estou virando para a direita.

Isso significava que estavam abrindo um buraco. Demiris notou que havia dezenas de pequenos buracos perfurados por todo o campo, com diâmetros tão diminutos quanto cinco ou seis centímetros.

— Com licença. Para que servem esses buracos?

— São poços de prospecção. Dizem o que há por baixo. Poupam muito tempo e dinheiro para a companhia.

— Ah...

Era tudo extremamente fascinante para o jovem e suas perguntas eram intermináveis.

— Com licença. Como sabem *onde* perfurar?

— Temos uma porção de geólogos, que fazem medições das camadas e estudam os fragmentos retirados do poço. E depois os homens da corda...

— Com licença, mas o que é um homem da corda?

— Um perfurador. Quando eles...

CONSTANTIN DEMIRIS trabalhava do amanhecer ao anoitecer, carregando máquinas pelo deserto ardente, limpando equipamentos e guiando caminhões entre as chamas que se projetavam dos picos rochosos. As chamas ardiam dia e noite, eliminando os gases venenosos.

J.J. McIntyre dissera a verdade a Demiris. A comida era horrível, as condições de vida péssimas, e à noite não havia nada para fazer. Pior ainda, Demiris tinha a sensação de que cada poro de seu corpo estava entupido por um grão de areia. O deserto estava vivo e não havia jeito de escapar disso. A areia infiltrava-se pela cabana e por suas roupas, penetrava no corpo, até que ele tinha a impressão de que ia enlouquecer. E depois ficou ainda pior.

O *shamal* começou a soprar. Houve tempestades de areia todos os dias, durante um mês, tangidas por um vento uivante, com intensidade suficiente para enlouquecer os homens.

Demiris olhou através da porta da cabana para a areia turbilhonante.

— Vai sair para trabalhar nesse tempo?

— Claro que vou, Charlie. Isto aqui não é uma estação de repouso.

As descobertas de petróleo estavam sendo feitas por toda parte. Havia um novo achado em Abu Hadriya e outros em Qatif e Harad e os homens estavam mais ocupados do que nunca.

HAVIA DOIS recém-chegados, um geólogo inglês e sua esposa. Henry Potter aproximava-se dos setenta anos e sua mulher, Sybil, tinha trinta e poucos anos. Em qualquer outro ambiente, Sybil Potter seria descrita como uma mulher feia e obesa, com voz estridente, bastante desagradável. Mas em Fadili era uma beldade deslumbrante. Como Henry Potter ausentava-se constantemente, à procura de novos lençóis petrolíferos, a mulher passava muito tempo sozinha.

O jovem Demiris foi designado para ajudá-la a se transferir para novos alojamentos e se instalar ali.

— Este é o lugar mais miserável que já conheci em toda a minha vida — queixou-se Sybil Potter, em sua voz lamurienta. — Henry está sempre me arrastando para lugares horríveis como este. Não sei por que aturo isso.

— Seu marido está fazendo um trabalho muito importante — protestou Demiris.

Ela fitou o atraente jovem com uma expressão especulativa.

— Meu marido não está realizando todos os trabalhos que deveria fazer. Entende o que estou querendo dizer?

Demiris entendeu perfeitamente.

— Não, madame.

— Qual é o seu nome?

— Demiris, madame, Constantin Demiris.

— Como os seus amigos o chamam?

— Costa.

— Muito bem, Costa, acho que você e eu vamos nos tornar bons amigos. Certamente não temos nada em comum com esses gringos, não é mesmo?

— Gringos?

— Sabe como é... esses estrangeiros.

— Tenho de voltar ao trabalho.

Durante as semanas seguintes, Sybil Potter encontrou constantemente pretextos para chamar o jovem.

— Henry viajou outra vez esta manhã. Foi fazer uma perfuração qualquer. — Uma pausa e ela acrescentou, insinuante: — Ele devia fazer mais perfurações em casa.

Demiris não teve resposta. O geólogo era um homem muito importante na hierarquia da companhia e Demiris não tinha a menor intenção de se envolver com sua esposa, arriscando com isso seu próprio emprego. Não sabia exatamente como, mas tinha certeza, sem a menor sombra de dúvida, que de um jeito ou de outro aquele emprego seria seu passaporte para tudo com que sonhava. O petróleo era o futuro e ele estava determinado a participar desse futuro.

CERTA MEIA-NOITE, Sybil Potter mandou chamar Demiris. Ele entrou no alojamento em que a mulher vivia e bateu na porta.

— Entre.

Sybil usava uma camisola fina, que infelizmente nada escondia.

— Eu... queria me falar, madame?

— Queria, sim. Venha até aqui, Costa. Este abajur na mesinha de cabeceira parece não estar funcionando.

Demiris desviou os olhos, enquanto se encaminhava para o abajur. Pegou-o para examinar.

— Não tem lâmpada... — Ele sentiu o corpo de Sybil comprimindo-se contra suas costas, as mãos apalpando-o. — Sra. Potter...

Os lábios dela cobriram os de Demiris, que foi empurrado para a cama. E ele não teve controle sobre o que aconteceu em seguida.

Suas roupas foram arrancadas e ele a penetrou. No instante seguinte Sybil estava gritando de alegria.

— Ah, assim! Assim! Oh, Deus, há quanto tempo! — Ela soltou um ofego final e estremeceu. — Oh, querido, eu amo você!

Demiris permaneceu deitado, em pânico. *O que eu fiz? Estarei liquidado se Potter algum dia descobrir!* Como se lesse seus pensamentos, Sybil Potter soltou uma risadinha e comentou:

— Será o nosso segredinho, não é mesmo, querido?

O SEGREDINHO CONTINUOU por vários meses. Demiris não tinha como evitá-la, e já que o marido ausentava-se por dias a fio, em suas explorações, ele não podia pensar em qualquer desculpa para não ir para a cama com ela. O que agravava a situação era o fato de Sybil Potter ter se apaixonado loucamente por ele..

— Você é bom demais para trabalhar num lugar como este, querido — ela declarou. — Você e eu vamos voltar para a Inglaterra.

— Minha terra é a Grécia.

— Não é mais. — Ela acariciou o corpo comprido e esguio de Demiris. — Voltará para casa comigo. Vou me divorciar de Henry e poderemos casar.

Demiris sentiu um súbito pânico.

— Sybil, eu... eu não tenho dinheiro... e...

Ela passou os lábios por seu peito.

— Isso não é problema. Sei como você pode fazer para ganhar algum dinheiro, querido.

— Sabe?

Ela sentou-se na cama.

— Ontem à noite Henry me contou que acaba de descobrir um novo e enorme lençol petrolífero. Ele é muito competente nessas coisas. Parecia excitado. Escreveu seu relatório antes de partir e me pediu para enviá-lo pelo correio da manhã. Está aqui comigo. Gostaria de dar uma olhada?

O coração de Demiris começou a bater mais depressa.

— Claro. Eu... gostaria muito.

Ele observou-a sair da cama e ir até uma escrivaninha escalavrada no canto. Sybil pegou um envelope pardo grande e voltou para a cama.

— Abra.

Demiris hesitou apenas por um instante. Abriu o envelope e tirou os papéis que estavam lá dentro. Eram cinco páginas. Examinou-as rapidamente, depois voltou ao princípio e leu cada palavra.

— Essa informação vale alguma coisa?

Se a informação valia alguma coisa? Era um relatório sobre um novo campo que podia se transformar num dos mais ricos lençóis petrolíferos da história. Demiris engoliu em seco.

— Vale, sim. Isto é... pode valer.

— Pois aí está! — exclamou Sybil, na maior felicidade. — Agora temos dinheiro.

Ele suspirou.

— Não é tão simples assim.

— Por que não?

Demiris explicou:

— É uma informação valiosa para alguém que tenha condições de comprar opções sobre a terra em torno desta área. Mas isso exige dinheiro. — Ele tinha trezentos dólares em sua conta bancária.

— Ora, não se preocupe com isso. Henry tem dinheiro. Farei um cheque. Cinco mil dólares serão suficientes?

Constantin Demiris não podia acreditar no que estava ouvindo.

— Claro! Eu... não sei o que dizer.

— É por nós, querido. Por nosso futuro.

Ele sentou-se na cama, pensando rapidamente.

— Sybil, acha que pode segurar este relatório por um ou dois dias?

— Claro. Ficarei com ele até sexta-feira. Isso lhe dará tempo suficiente, querido?

Demiris acenou com a cabeça, lentamente.

— Será tempo suficiente.

COM OS CINCO MIL DÓLARES fornecidos por Sybil — *não, não é um presente, é um empréstimo* — Constantin Demiris comprou opções sobre vários hectares em torno do novo campo petrolífero em potencial. Alguns meses depois, quando o petróleo começou a jorrar no campo principal, Constantin Demiris tornou-se subitamente um milionário.

Devolveu os cinco mil dólares a Sybil Potter, mandou-lhe uma camisola nova e voltou para a Grécia. Ela nunca mais tornou a vê-lo.

Capítulo 3

HÁ UMA TEORIA de que nada na natureza jamais se perde — que cada som já emitido, cada palavra já pronunciada, tudo isso ainda existe em algum lugar no espaço e tempo e pode um dia ser recuperado.

Antes da invenção do rádio, dizem as pessoas, quem poderia acreditar que o ar ao nosso redor estava repleto com os sons de música, notícias e vozes do mundo inteiro? Um dia conseguiremos viajar de volta no tempo e ouviremos o Discurso de Gettysburg de Lincoln, a voz de Shakespeare, o Sermão da Montanha...

CATHERINE ALEXANDER ouvia vozes de seu passado, mas eram abafadas e fragmentadas, enchiam-na de confusão...

— Sabe que é uma mulher muito especial, Cathy? Senti isso desde a primeira vez que a vi...

— Está acabado. Quero o divórcio... Estou apaixonada por outro...

— Sei que me comportei muito mal. ...Gostaria de compensá-la...

— Ele tentou me matar.

— Quem tentou matá-la?

— Meu marido.

As vozes não paravam. Eram um tormento. O passado tornou-se um caleidoscópio de imagens instáveis que passavam vertiginosamente por sua mente.

O convento deveria ser um refúgio tranquilo e maravilhoso, mas convertera-se subitamente numa prisão. *Não pertenço a este lugar. Mas a que lugar pertencia?* Ela não tinha a menor ideia.

Não havia espelhos no convento, mas havia um poço refletivo lá fora, perto da horta. Catherine evitara-o com todo cuidado, temendo o que poderia lhe revelar. Mas naquela manhã foi até lá, ajoelhou-se lentamente e olhou para baixo. A água refletiu uma mulher bronzeada, de aparência adorável, feições impecáveis e solenes olhos cinzentos, que pareciam repletos de angústia... mas talvez isso fosse apenas uma ilusão de ótica. Ela viu uma boca generosa, que parecia pronta a sorrir, um nariz ligeiramente arrebitado... uma linda mulher, de trinta e poucos anos. Mas uma mulher sem passado e sem futuro. Uma mulher perdida. *Preciso de alguém para me ajudar*, pensou Catherine, desesperada, *alguém com quem possa conversar.* Ela foi para a sala de irmã Theresa.

— Irmã...

— O que é, criança?

— Eu... acho que gostaria de ver um médico. Alguém que possa me ajudar a descobrir quem eu sou.

Irmã Theresa fitou-a em silêncio por um longo momento.

— Sente-se.

Catherine sentou-se na cadeira diante da escrivaninha velha e escalavrada. Irmã Theresa disse suavemente:

— Minha cara, Deus é o seu médico. No momento apropriado, Ele a fará saber o que deseja que você saiba. Além disso, ninguém de fora jamais teve permissão para entrar nestes muros.

Catherine teve um súbito lampejo de memória... uma imagem vaga de um homem lhe falando no jardim do convento, entregando alguma coisa... mas logo desapareceu.

— Não pertenço a este lugar.

— Pertence a qual?

Era esse o problema.

— Não sei. Estou procurando alguma coisa. Perdoe-me, irmã Theresa, mas tenho certeza de que não está aqui.

Irmã Theresa a estudava com uma expressão pensativa.

— Entendo. Se saísse daqui, para onde iria?

— Não sei.

— Deixe-me pensar a respeito, criança. Voltaremos a conversar em breve.

— Obrigada, irmã.

DEPOIS QUE CATHERINE se retirou, irmã Theresa continuou sentada à escrivaninha, o olhar perdido no espaço. Era uma decisão difícil a que tinha de tomar. Finalmente, pegou um pedaço de papel e uma caneta e começou a escrever.

"Prezado senhor: Aconteceu uma coisa para a qual devo chamar sua atenção. Nossa amiga comum informou-me que deseja deixar o convento. Por favor, aconselhe-me sobre o que fazer."

ELE LEU O BILHETE uma vez e depois recostou-se na cadeira, analisando as consequências da mensagem. *Pronto! Catherine Alexander quer voltar dos mortos. Uma pena. Terei de me livrar dela. Com cuidado. Muito cuidado.*

O primeiro passo era removê-la do convento. Demiris decidiu que estava na hora de fazer uma visita a irmã Theresa.

NA MANHÃ SEGUINTE, Demiris ordenou que seu motorista o levasse a Ioannina. Constantin Demiris ficou pensando em Catherine Alexander. Recordou como ela era linda ao conhecê-la. Era inteligente, alegre e espirituosa, excitada por estar na Grécia. *Ela tivera tudo*, pensou Demiris. E depois os deuses haviam se vingado. Catherine casara com um dos seus pilotos e o casamento se tornara um inferno vivo. Quase da noite para o dia ela envelhecera dez anos e se tornara uma bêbada gorda e desgrenhada. Demiris suspirou. *Que desperdício!* Demiris estava sentado no gabinete de irmã Theresa.

— Detestei ser obrigada a incomodá-lo por causa disso — desculpou-se irmã Theresa —, mas a criança não tem para onde ir e...

— Agiu certo — assegurou Constantin Demiris. — Ela se lembra de alguma coisa do seu passado?

Irmã Theresa sacudiu a cabeça.

— Não. A pobre coitada... — Irmã Theresa foi até a janela e olhou para diversas freiras que trabalhavam na horta. — Ela está lá fora agora.

Constantin Demiris adiantou-se e também olhou pela janela. Havia três freiras ali, de costas para a janela. Ele esperou. Uma delas virou-se e Demiris pôde ver seu rosto e ficou com a respiração presa na garganta. Ela estava linda. O que acontecera com aquela mulher gorda e devastada?

— Ela é a do meio — disse irmã Theresa.

Demiris balançou a cabeça.

— Sei disso. — As palavras de irmã Theresa eram mais verdadeiras do que ela imaginava.

— O que quer que eu faça com ela?

Cuidado!

— Deixe-me pensar um pouco a respeito — disse Demiris. — Voltarei a procurá-la.

CONSTANTIN DEMIRIS tinha uma decisão a tomar. A aparência de Catherine Alexander pegara-o de surpresa. Ela mudara completamente. *Ninguém saberia que é a mesma mulher,* ele pensou. E a ideia que aflorou em sua cabeça era tão diabolicamente simples que ele quase riu alto.

Ao final daquela tarde mandou uma mensagem para irmã Theresa.

É UM MILAGRE, pensou Catherine. *Um sonho que se converte em realidade.* Irmã Theresa fora à sua pequena cela depois das matinas.

— Tenho notícias para você, criança.

— O que é?

Irmã Theresa escolheu suas palavras com o maior cuidado:

— Boas notícias. Escrevi para um amigo do convento a seu respeito e ele deseja ajudá-la.

Catherine sentiu o coração disparar.

— Ajudar-me... como?

— Eis uma coisa que ele próprio terá de lhe dizer. Mas é um homem muito gentil e generoso. Você vai deixar o convento.

E as palavras provocaram um súbito e inesperado calafrio em Catherine. Sairia para o estranho mundo que não podia sequer lembrar. *E quem era seu benfeitor?*

Irmã Theresa limitou-se a acrescentar:

— Ele é um homem que se preocupa com os outros. Deve sentir-se grata. Seu carro virá buscá-la na manhã de segunda-feira.

CATHERINE NÃO conseguiu dormir nas duas noites seguintes. A perspectiva de deixar o convento e ir para o mundo exterior era subitamente aterradora. Sentia-se nua e perdida. *Talvez seja melhor se não souber quem eu sou. Por favor, Deus, fique de olho em mim.*

A LIMUSINE PAROU no portão do convento às 7 h da manhã de segunda-feira. Catherine passara a noite inteira acordada, pensando no futuro desconhecido que se estendia à sua frente.

Irmã Theresa acompanhou-a até o portão que levava ao mundo exterior.

— Rezaremos por você. E não se esqueça: se decidir voltar para nós, sempre haverá um lugar aqui para você.

— Obrigada, irmã. Não esquecerei.

Mas no fundo de seu coração Catherine tinha certeza de que nunca voltaria.

A LONGA VIAGEM de carro de Ioannina a Atenas povoou Catherine com uma sucessão de sentimentos conflitantes. Era tremendamente emocionante estar fora dos portões do convento e, no entanto, havia algo ameaçador no mundo além. Descobriria que coisa terrível acontecera em seu passado? Teria algo a ver com o sonho recorrente em que alguém tentava afogá-la?

NO INÍCIO DA TARDE os campos cederam lugar a pequenas aldeias e finalmente alcançaram os arredores de Atenas. Não demorou muito para que estivessem no meio da cidade fervilhante. Tudo parecia estranho e irreal para Catherine... e, ao mesmo tempo, estranhamente familiar. *Já estive aqui antes*, pensou Catherine, excitada.

O motorista seguiu para leste e quinze minutos depois chegaram a uma enorme propriedade, no alto de um morro. Passaram por um portão de ferro e uma casinha de pedra ao lado, subiram por um longo caminho entre ciprestes imponentes e foram parar diante de uma imensa e branca *villa* mediterrânea, emoldurada por meia dúzia de estátuas magníficas.

O motorista abriu a porta do carro para Catherine e ela saltou. Um homem aguardava na porta da frente.

— *Kalimehra.* — A palavra para bom-dia aflorou espontânea dos lábios de Catherine.

— *Kalimehra.*

— Você é... é a pessoa que vim ver?

— Não, não sou eu. O Sr. Demiris está à sua espera na biblioteca.

Demiris. Era um nome que ela nunca ouvira antes. Por que ele estava interessado em ajudá-la?

Catherine seguiu o homem através de uma imensa rotunda, com um domo em placas de Wedgewood. O chão era de um mármore italiano cremoso.

A sala de estar era enorme, com um teto alto de vigas à mostra, sofás e poltronas baixos e confortáveis por toda parte. Uma tela vasta, um Goya escuro e ameaçador, cobria toda uma parede. O homem parou ao se aproximarem da biblioteca.

— O Sr. Demiris a espera lá dentro.

As paredes da biblioteca eram de painéis de madeira brancos e dourados, as prateleiras estavam ocupadas por livros encadernados em couro e gravações douradas. Um homem sentava-se atrás de uma vasta escrivaninha. Levantou os olhos quando Catherine entrou e ficou de pé. Procurou por um sinal de reconhecimento no rosto da mulher, mas não houve nenhum.

— Seja bem-vinda. Sou Constantin Demiris. Qual é o seu nome? — Ele fez a pergunta num tom casual. *Será que ela se lembrava de seu nome?*

— Catherine Alexander.

Ele não deixou transparecer qualquer reação.

— Seja bem-vinda, Catherine Alexander. Sente-se, por favor.

Demiris sentou-se na frente dela, num sofá de couro preto. Catherine era ainda mais linda de perto. *Ela é magnífica,* pensou Demiris. *Mesmo vestida com esse hábito preto. É uma pena destruir uma coisa tão bonita. Mas pelo menos ela morrerá feliz.*

— É... é muita gentileza sua me receber — murmurou Catherine. — Mas não entendo por que...

Demiris sorriu afavelmente.

— É muito simples. De vez em quando ajudo irmã Theresa. O convento tem muito pouco dinheiro e faço o que posso. Quando ela me escreveu a seu respeito e indagou se eu poderia ajudar, respondi que ficaria feliz em tentar.

— É muito... — Ela parou, sem saber como continuar. — Irmã Theresa lhe explicou que eu... que eu perdi a memória?

— Explicou, sim. — Demiris fez uma pausa e depois acrescentou, suavemente: — Quanto se lembra?

— Sei meu nome, mas não sei de onde venho ou quem realmente sou. — E Catherine acrescentou, esperançosa: — Talvez eu possa encontrar aqui em Atenas alguém que me conheça.

Constantin Demiris experimentou um súbito calafrio de alarme. Era a última coisa no mundo que ele queria.

— É bem possível, claro. Mas por que não deixamos para conversar sobre isso pela manhã? Infelizmente, tenho de comparecer a uma reunião agora. Mandei arrumar uma suíte para você. Creio que ficará confortável.

— Eu... eu não sei como agradecer.

Ele acenou com a mão.

— Não é necessário. Será bem cuidada aqui. Quero apenas que se sinta em casa.

— Obrigado, Sr....

— Os amigos me chamam de Costa.

UMA GOVERNANTA conduziu Catherine a um quarto fantástico, em tons suaves de branco, uma cama enorme com dossel de seda, sofás e poltronas brancos, mesinhas e abajures antigos e quadros impressionistas nas paredes. Persianas de um verde claro impediam a entrada do sol ofuscante. Através das janelas, Catherine pôde ver o mar turquesa lá embaixo.

— O Sr. Demiris mandou que algumas roupas fossem trazidas até aqui para a sua aprovação — informou a governanta. — Deve ficar com o que lhe agradar.

Catherine percebeu, pela primeira vez, que ainda usava o hábito que haviam lhe dado no convento.

— Obrigada. — Ela arriou na cama macia, com a sensação de que estava num sonho. Quem era aquele estranho e por que se mostrava tão gentil?

UMA HORA DEPOIS, um furgão chegou à casa, cheio de roupas. Uma costureira foi conduzida ao quarto de Catherine.

— Sou madame Dimas. Vamos ver com que teremos de trabalhar. Quer se despir, por favor?

— Co... como?

— Quer se despir? Não posso saber como é seu corpo com essa roupa.

Quanto tempo já passara desde que ela ficara nua na presença de outra pessoa?

Catherine começou a tirar as roupas, sentindo-se inibida. Quando ela ficou nua, madame Dimas avaliou-a com seus olhos experientes. E ficou impressionada.

— Tem um corpo maravilhoso. Creio que poderemos fazer muita coisa para ajudá-la.

Duas assistentes entraram no quarto, carregando caixas de vestidos, roupas de baixo, blusas, saias e sapatos.

— Escolha o que quiser e vamos experimentar — sugeriu a costureira.

— Eu... não posso comprar nada disso — protestou Catherine. — Não tenho dinheiro.

A costureira riu.

— Não creio que o dinheiro será problema. O Sr. Demiris cuidará disso.

Mas por quê?

Os tecidos despertaram memórias táteis de roupas que ela devia ter usado outrora. Havia sedas, *tweeds* e algodões, numa profusão de cores requintadas.

As TRÊS MULHERES eram rápidas e eficientes, e duas horas depois Catherine tinha meia dúzia de lindos trajes. Era desconcertante. Ela ficou sentada, sem saber o que fazer.

Estou completamente vestida, ela pensou, *mas não tenho para onde ir.* Mas havia um lugar para ir — para a cidade. A pista para o que quer que lhe acontecera estava em Atenas. Não tinha a menor dúvida quanto a isso. Ela se levantou. *Vamos embora, estranha. Tentaremos descobrir quem você é.*

CATHERINE ENTROU no vestíbulo e um mordomo aproximou-se.

— Posso ajudá-la, madame?

— Pode, sim. Eu gostaria de ir à cidade. Pode me chamar um táxi?

— Isso não será necessário, madame. Temos limusines à sua disposição. Providenciarei um motorista.

Catherine hesitou.

— Obrigada. — O Sr. Demiris ficaria zangado se ela fosse à cidade? Ele não dissera coisa alguma a respeito. Poucos minutos depois, ela estava sentada no banco traseiro de uma limusine Daimler, seguindo para o centro de Atenas.

CATHERINE SENTIU-SE atordoada com a cidade barulhenta e agitada, com a pungente sucessão de ruínas e monumentos que surgiam ao seu redor. O motorista apontou para a frente e comentou, orgulhoso:

— Ali está o Parthenon, madame, por cima da Acrópole.

Catherine olhou fixamente para o prédio de mármore branco familiar e se ouviu murmurar:

— Dedicado a Atena, a deusa da sabedoria.

O motorista deu um sorriso de aprovação.

— É estudiosa da história grega, madame?

Lágrimas de frustração toldaram a visão de Catherine.

— Não sei — ela balbuciou. — Não sei.

Estavam passando por outra ruína.

— Este é o teatro de Herodes Ático. Como pode observar, parte dos muros ainda está de pé. Outrora cabiam mais de cinco mil pessoas sentadas.

— Seis mil duzentas e cinquenta e sete — murmurou Catherine.

Havia modernos hotéis e prédios de escritórios por toda parte, em meio às ruínas eternas, uma exótica mistura do passado e presente. A limusine passou por um enorme parque no centro da cidade, com chafarizes cintilantes no meio. Havia no parque dezenas de mesas com postes pintados de verde e laranja, cobertas por guarda-sóis azuis.

Já vi isso antes, pensou Catherine, sentindo que as mãos ficavam geladas. *E era feliz naquele tempo.*

Havia cafés ao ar livre praticamente em cada quarteirão e nas esquinas homens vendiam esponjas recém-apanhadas. Por toda parte vendedores ofereciam flores, as barracas uma violenta profusão de cores.

A limusine chegou à praça Syntagma. Ao passarem por um hotel na esquina, Catherine gritou:

— Pare, por favor!

O motorista encostou no meio-fio. Catherine sentia dificuldade para respirar. *Reconheço este hotel. Já estive hospedada aqui.* A voz tremia quando ela disse:

— Eu gostaria de saltar aqui. Poderia vir me buscar... dentro de duas horas?

— Claro, madame. — O motorista apressou-se para lhe abrir a porta e Catherine saiu para o ar quente do verão. As pernas estavam trêmulas. — Está se sentindo bem, madame?

Ela não respondeu. Tinha a sensação de que se encontrava à beira de um precipício, prestes a cair num abismo desconhecido e terrível.

Ela foi andando pela multidão, espantada com as hordas de pessoas que seguiam apressadas pelas ruas, criando uma algazarra de conversa atordoante. Depois do silêncio e solidão do convento, tudo parecia irreal. Catherine descobriu-se a seguir para o Plaka, o antigo distrito de Atenas, no coração da cidade, com suas vielas sinuosas e decrépitas, escadas gastas que levavam a casas minúsculas, cafés, precárias estruturas brancas. Descobriu o caminho por algum instinto que não entendia nem tentou controlar. Passou por uma taverna no alto de um telhado, com ampla vista da cidade. Parou de repente, olhando fixamente. *Já me sentei àquela mesa. E me entregaram um cardápio em grego. Éramos três pessoas.*

O que você gostaria de comer?, eles perguntaram.

Não se importam de pedir para mim? Tenho medo de pedir o proprietário.

Eles riram. Mas quem eram "eles"?

Um garçom aproximou-se de Catherine.

— *Boro na sas voithiso?*

— *Ochi efharisto.*

Posso ajudá-la? Não, obrigada. Como eu soube disso? Sou grega?

Catherine seguiu em frente, apressada. Era como se alguém a guiasse. Parecia saber exatamente para onde ir.

Tudo parecia familiar. E nada, ao mesmo tempo. *Santo Deus,* ela pensou, *estou enlouquecendo. Sofrendo alucinações.* Passou por um café em que estava escrito Treflinkas. Uma lembrança aflorou num canto da mente. Alguma coisa lhe acontecera ali, algo importante. Não podia recordar o quê.

Continuou andando pelas ruas sinuosas e movimentadas e virou à esquerda em Voukourestiou. Estava cheia de lojas elegantes. *Eu fazia compras aqui.* Começou a atravessar a rua e um sedã azul virou a esquina em disparada, por pouco não a atropelando.

Recordou uma voz dizendo: *Os gregos não fizeram a transição para os automóveis. Em seus corações ainda estão conduzindo burros. Se quer entender os gregos, não leia os guias turísticos; leia as antigas tragédias gregas. Transbordamos de grandes paixões, alegrias profundas e pesares imensos, ainda não aprendemos a nos cobrir com um verniz civilizado.*

Quem lhe dissera isso?

UM HOMEM SE aproximava depressa pela rua, fitando-a fixamente. Passou a andar mais devagar, com uma expressão de reconhecimento. Era alto e moreno. Catherine tinha certeza de que nunca o vira antes. E, no entanto...

— Olá. — Ele parecia satisfeito em vê-la.

— Olá. — Catherine respirou fundo. — Você me conhece?

Ele estava sorrindo.

— Claro que conheço.

— Poderíamos... poderíamos conversar?

— Acho que devemos.

Catherine se encontrava à beira do pânico. O mistério de sua identidade estava prestes a ser resolvido. E, no entanto, ela sentia um medo terrível. *E se eu não quiser saber? E se fiz alguma coisa pavorosa?* O homem a levava na direção de uma pequena taverna ao ar livre, comentando:

— Estou contente por tê-la encontrado.

Catherine engoliu em seco.

— Eu também.

Um garçom conduziu-os a uma mesa.

— O que vai querer beber? — perguntou o homem.

Ela sacudiu a cabeça.

— Nada.

Havia muitas perguntas a fazer. *Por onde devo começar?*

— Está muito bonita — disse o homem. — É o destino. Não concorda?

— Concordo. — Catherine quase tremia de excitamento. Respirou fundo. — Hã... onde nos conhecemos?

Ele sorriu.

— Isso é importante, *koritsimon?* Paris ou Roma, nas corridas ou numa festa. — O homem inclinou-se para a frente e apertou a mão de Catherine. — É a mais linda que já vi por aqui. Quanto cobra?

Catherine fitou-o aturdida por um instante, sem compreender, depois levantou-se, chocada.

— Ei, qual é o problema? Pagarei o que quiser...

Catherine virou-se e fugiu, desceu correndo a rua. Virou uma esquina e diminuiu os passos, os olhos repletos de lágrimas de humilhação.

À sua frente havia uma pequena taverna com uma tabuleta na janela que dizia: MADAME PIRIS — CARTOMANTE. Catherine foi andando mais devagar, e acabou parando. *Conheço madame Piris. Já estive aqui antes.* Seu coração começou a disparar. Sentiu que ali, além da entrada escura, estava o começo do fim do mistério. Ela abriu a porta e entrou. Demorou um momento para se ajustar à escuridão no interior da taverna. Havia um balcão familiar no canto e uma dúzia de mesas e cadeiras. Um garçom adiantou-se e lhe falou em grego:

— *Kalimehra.*

— *Kalimehra. Pou ineh* madame Piris?

— Madame Piris?

O garçom gesticulou para uma mesa vazia no canto. Catherine foi até lá e sentou. Tudo era exatamente como lembrava.

Uma mulher incrivelmente velha, vestida de preto, com um rosto murcho em ângulos e planos, aproximou-se da mesa.

— Em que posso...? — Ela parou, observando o rosto de Catherine. Arregalou os olhos. — Eu a conheci, mas seu rosto... — Ela soltou uma exclamação de espanto. — Você voltou!

— Sabe quem eu sou? — perguntou Catherine, ansiosa.

A mulher não desviava os olhos dela, com uma expressão horrorizada.

— Não! Você morreu! Saia!

Catherine gemeu baixinho e sentiu os cabelos na nuca começarem a arrepiar.

— Por favor... eu queria apenas...

— Saia, Sra. Douglas!

— Preciso saber...

A velha fez o sinal da cruz, virou-se e fugiu.

Catherine continuou sentada ali por um momento, tremendo toda, depois saiu às pressas para a rua. A voz em sua cabeça acompanhou-a. *Sra. Douglas!*

E foi como se uma comporta se abrisse. Dezenas de cenas brilhantemente iluminadas afloraram de súbito em sua cabeça, uma sucessão de caleidoscópios fora de controle. *Sou a Sra. Larry Douglas.* Podia ver o rosto bonito do marido. Estava perdidamente apaixonada por ele, mas alguma coisa saíra errado. Alguma coisa...

A imagem seguinte foi dela própria tentando cometer suicídio e despertando num hospital.

Catherine parou no meio da rua, temendo que as pernas não a sustentassem, deixando que as imagens desfilassem por sua mente.

Vinha bebendo muito porque perdera Larry. Mas depois ele voltara. Estavam no apartamento de Catherine e Larry dizia:

— Sei que me comportei da pior forma possível. Gostaria de compensá-la, Cathy. Eu a amo. Nunca realmente amei qualquer outra. Quero outra chance. Não gostaria de viajar comigo numa segunda lua de mel? Conheço um lugarzinho maravilhoso para onde podemos ir. Chama-se Ioannina.

E depois o horror começara.

As imagens que surgiam em sua mente eram agora aterradoras.

Estava no topo de uma montanha com Larry, envoltos por um turbilhão cinzento de neblina. Ele avançava em sua direção, os braços estendidos, pronto para empurrá-la pela beira. Alguns turistas chegaram nesse momento e salvaram-na.

E depois as cavernas.

— *O recepcionista do hotel me falou que há cavernas aqui perto. Todos os casais em lua de mel vão até lá.*

E foram às cavernas, Larry levou-a bem para o fundo e deixou-a lá para morrer.

Catherine comprimiu as mãos contra os ouvidos, como se quisesse eliminar os terríveis pensamentos que a invadiam.

Fora resgatada e levada de volta ao hotel, um médico lhe dera um sedativo. Mas acordara no meio da noite e ouvira Larry e a amante na cozinha, planejando assassiná-la, o vento trazendo suas palavras.

...ninguém jamais saberá...

...eu disse que cuidaria de tudo...

...saiu errado. Não há nada que eles possam fazer...

...agora, enquanto ela dorme.

E Catherine lembrou-se de ter fugido em meio à terrível tempestade... sendo perseguida por eles... embarcando no bote, o vento empurrando o bote para o meio do lago. O bote começara a afundar e ela perdera os sentidos.

CATHERINE ARRIOU num banco na rua, exausta demais para continuar a andar. Então, seus pesadelos eram reais. O marido e a amante haviam tentado matá-la.

Ela pensou outra vez no estranho que fora visitá-la no convento pouco depois de ser salva. Ele lhe dera uma pequena ave de ouro, as asas levantadas para o voo. *"Ninguém lhe fará mal agora. As pessoas iníquas estão mortas."* Ainda não podia ver seu rosto claramente.

A cabeça de Catherine começou a latejar.

Finalmente, ela levantou e foi andando devagar para a rua em que encontraria o motorista que a levaria de volta para a casa de Constantin Demiris, onde estaria sã e salva.

Capítulo 4

— POR QUE a deixou sair de casa? — perguntou Constantin Demiris.

— Desculpe, senhor — respondeu o mordomo. — Não disse que ela não poderia sair e por isso...

Demiris forçou-se a parecer calmo.

— Não é importante. Provavelmente ela estará de volta em breve.

— Mais alguma coisa, senhor?

— Não.

Ele ficou observando o mordomo se retirar. Demiris foi até uma janela e olhou para o jardim impecável. Era perigoso para Catherine Alexander aparecer nas ruas de Atenas, onde alguém poderia reconhecê-la. *É uma pena que eu não possa deixá-la viver. Mas primeiro... minha vingança. Ela permanecerá viva até eu concluir minha vingança. Vou me divertir com ela. Eu a despacharei para longe daqui, para algum lugar em que ninguém a conhecerá. Londres é um lugar seguro. Poderemos vigiá-la. Eu lhe darei um emprego em meu escritório lá.*

UMA HORA DEPOIS, quando Catherine voltou à casa, Constantin Demiris pôde sentir no mesmo instante a mudança que ocorrera nela. Era como se alguma cortina escura tivesse sido levantada e Catherine adquirisse vida subitamente. Usava um atraente conjunto de seda branca, com uma blusa branca... e Demiris ficou impressionado pela mudança de sua aparência. *Nostimi*, ele pensou. *Sensual*.

— Sr. Demiris...

— Costa.

— Eu... sei quem sou... e o que aconteceu.

O rosto de Demiris nada deixava transparecer.

— É mesmo? Pois sente-se, minha cara, e me conte tudo.

Catherine estava excitada demais para sentar. Começou a andar de um lado para outro, em movimentos bruscos, as palavras despejando-se impetuosamente:

— Meu marido e sua... sua amante, Noelle, tentaram me matar. — Ela parou, fitando-o com uma expressão ansiosa. — Parece uma loucura? Eu... não sei. Talvez seja.

— Continue, minha cara — disse Demiris, suavemente.

— Algumas freiras do convento me salvaram. Meu marido trabalhava para você, não é mesmo?

Demiris hesitou, avaliando sua resposta com o maior cuidado.

— Trabalhava. — Até quanto deveria contar? — Era um dos meus pilotos. E eu tinha um senso de responsabilidade em relação a você. É só isso...

Ela fitou-o nos olhos.

— Mas sabia quem eu era. Por que não me disse esta manhã?

— Receei o choque. Achei que era melhor que descobrisse as coisas pessoalmente.

— Sabe o que aconteceu com meu marido e aquela... aquela mulher? Onde estão?

Foi a vez de Demiris fitar Catherine nos olhos.

— Foram executados.

Ele observou o sangue se esvair do rosto de Catherine. Ela deixou escapar um pequeno som. Sentiu-se subitamente muito fraca para ficar de pé e arriou numa cadeira.

— Eu não...

— Foram executados pelo Estado, Catherine.

— Mas... por quê?

Cuidado. Perigo.

— Porque tentaram assassiná-la.

Catherine franziu o rosto.

— Não entendo. Por que o Estado os executou? Estou viva...

Ele interrompeu-a.

— As leis gregas são muito rigorosas, Catherine. E a justiça aqui é rápida. Eles foram submetidos a um julgamento público. Diversas testemunhas declararam que seu marido e Noelle Page tentaram matá-la. Eles foram julgados culpados e condenados à morte.

— É difícil acreditar. — Catherine estava atordoada. — O julgamento...

Constantin Demiris adiantou-se e pôs a mão em seu ombro.

— Deve remover o passado de sua mente. Eles tentaram fazer uma coisa horrível com você e pagaram por isso. — Demiris assumiu um tom mais jovial. — Acho que você e eu deveríamos agora conversar sobre o futuro. Tem algum plano?

Ela não o ouvia. *Larry*, pensou. *O rosto bonito de Larry, rindo. Os braços de Larry, a voz...*

— Catherine...

Ela levantou os olhos.

— Como?

— Já pensou no futuro?

— Não. Eu... não sei o que vou fazer. Acho que poderia ficar em Atenas...

— Nada disso — declarou Demiris, com firmeza. — Não seria uma boa ideia. Traria de volta muitas lembranças desagradáveis. Sugiro que deixe a Grécia.

— Mas não tenho para onde ir...

— Pensei um pouco a respeito, Catherine. Tenho escritório em Londres. Houve uma época em que você trabalhou para um homem chamado William Fraser, em Washington. Lembra disso?

— William...?

E de repente ela lembrou. Fora um dos períodos mais felizes de sua vida.

— Creio que era a assistente administrativa dele.

— Isso mesmo...

— Poderia fazer o mesmo trabalho para mim em Londres.

Catherine hesitou.

— Não sei... não quero parecer ingrata, mas...

— Eu compreendo. Sei que tudo parece estar acontecendo muito depressa. — A voz de Demiris era de simpatia. — Precisa de algum tempo para pensar a respeito de tudo. Por que não janta sozinha em seu quarto e pela manhã voltamos a conversar?

Sugerir que ela jantasse em seu quarto fora uma inspiração de última hora. Não podia permitir que sua esposa a encontrasse.

— É muito gentil — murmurou Catherine. — E muito generoso. As roupas são...

Ele afagou a mão de Catherine, segurando-a por uma fração a mais do que o necessário.

— O prazer foi meu.

Ela sentou no quarto, contemplando o sol ardente mergulhar no Egeu azul, numa explosão de cores. *Não há sentido em reconstituir o passado. Há o futuro para pensar. Graças a Deus por Constantin Demiris.* Ele era o seu cabo salva-vidas. Sem ele, não teria a quem recorrer. E lhe oferecera um emprego em

Londres. *Vou aceitá-lo?* Seus pensamentos foram interrompidos por uma batida na porta.

— Trouxemos o seu jantar, madame.

Muito depois de Catherine se retirar, Constantin Demiris continuou sentado na biblioteca, pensando a respeito da conversa. *Noelle.* Apenas uma vez na vida Demiris permitira-se perder o controle de suas emoções. Apaixonara-se perdidamente por Noelle Page e ela se tornara sua amante. Jamais conhecera uma mulher como ela. Era conhecedora de arte, música e negócios, tornara-se indispensável. Nada em Noelle o surpreendia. Tudo em Noelle o surpreendia. Estava obcecado por ela. Era a mulher mais linda e sensual que já conhecera. Renunciara ao estrelato para ficar ao seu lado. Noelle lhe despertara emoções que nunca experimentara antes. Era sua amante, confidente e amiga. Confiara completamente em Noelle e ela o traíra com Larry Douglas. Fora um erro pelo qual Noelle pagou com a própria vida. Constantin Demiris providenciara com as autoridades para que o corpo fosse sepultado no cemitério em Psara, sua ilha particular no Egeu. Todos comentaram que fora um gesto belo e sentimental. Na verdade, Demiris cuidara do enterro ali só para ter o prazer requintado de pisar na sepultura da sacana. Na mesinha de cabeceira de Demiris havia uma fotografia de Noelle, adorável, fitando-o e sorrindo. Sorrindo eternamente, congelada no tempo.

Mesmo agora, mais de um ano depois, Demiris não era capaz de parar de pensar em Noelle. Era uma ferida aberta que nenhum médico jamais seria capaz de curar.

Por quê, Noelle, por quê? Dei tudo a você. E a amava, sua puta. Isso mesmo, eu a amava. E amo.

E havia também Larry Douglas. Ele também pagara com a vida. Mas isso não era suficiente para Demiris. Tinha outra vingança em mente. Perfeita. Iria desfrutar de todo prazer com a esposa de Douglas, assim como Douglas fizera com Noelle. E depois despacharia Catherine ao encontro do marido.

— COSTA...

Era a voz de sua esposa.

Melina entrou na Biblioteca.

CONSTANTIN DEMIRIS era casado com Melina Lambrou, uma mulher atraente, de uma antiga e aristocrática família grega. Era alta e magnífica, com uma dignidade inata.

— Costa, quem é a mulher que vi no vestíbulo?

Sua voz estava tensa. A pergunta pegou-o desprevenido.

— Como? Ah, sim... é amiga de um associado nos negócios. Vai trabalhar para mim em Londres.

— Só a vi de passagem, mas ela me lembra alguém.

— É mesmo?

— É, sim. — Melina hesitou. — Lembra-me a esposa do piloto que trabalhava para você. Mas isso é impossível. Eles a mataram.

— É verdade — concordou Demiris. — Eles a mataram.

Ele observou Melina se afastar. Teria de tomar cuidado. Melina não era uma tola. *Nunca deveria ter casado com ela*, pensou Demiris. *Foi um tremendo erro...*

DEZ ANOS ANTES o casamento de Melina Lambrou e Constantin Demiris irradiara ondas de choque pelos círculos empresariais e sociais, de Atenas à Riviera e Newport. O que tornara o casamento tão excitante era o fato de que apenas um mês antes do casamento Melina estava noiva de outro homem.

QUANDO CRIANÇA, Melina consternara a família por ser voluntariosa. Aos dez anos decidira que queria ser marinheira. O motorista da família a encontrara no porto, tentando entrar num navio, e levara-a para casa em desgraça. Aos doze anos tentara fugir com um circo itinerante.

Ao completar dezessete anos, Melina já se resignara a seu destino — era bela, fabulosamente rica e filha de Mihalis Lambrou. Os jornais adoravam escrever a seu respeito. Era uma figura de conto de fadas e seus companheiros eram príncipes e princesas. Apesar de tudo, por algum milagre, Melina conseguira permanecer imaculada. Tinha um irmão, Spyros, dez anos mais velho, e adoravam um ao outro. Os pais morreram quando Melina tinha treze anos e fora Spyros quem a criara.

Ele era extremamente protetor da irmã... até demais, pensava Melina. Quando ela alcançou o final da adolescência, Spyros tornou-se ainda mais cauteloso com os pretendentes de Melina, investigando meticulosamente cada candidato à mão da irmã. Nenhum deles se mostrara bastante bom.

— Você precisa tomar cuidado — ele advertia constantemente a Melina. — É um alvo para todos os caçadores de fortuna do mundo. É jovem, rica e bonita, tem um nome famoso.

— Bravo, meu querido irmão. Isso será de grande conforto para mim quando tiver oitenta anos e morrer solteirona.

— Não se preocupe, Melina. O homem certo acabará aparecendo.

Seu nome era conde Vassilis Manos, tinha quarenta e poucos anos, um bem-sucedido empresário, de uma antiga e distinta família grega. O conde apaixonou-se de imediato pela linda e jovem Melina. O pedido de casamento foi formulado poucas semanas após se conhecerem.

— Ele é perfeito para você — declarou Spyros, na maior felicidade. — Manos tem os pés no chão e é louco por você.

Melina não sentia tanto entusiasmo.

— Ele não tem nada de excitante, Spyros. Quando estamos juntos, só sabe falar de negócios, negócios e mais negócios. Gostaria que ele fosse mais... mais romântico.

O irmão garantiu, com toda firmeza:

— Há mais num casamento do que apenas romance. Deve ter um marido que seja sólido e estável, que se devotará a você.

E Melina acabou sendo convencida a aceitar o pedido de casamento do conde Manos. Ele ficou emocionado.

— Acaba de me transformar no homem mais feliz do mundo. Tenho uma nova companhia e vou lhe dar o nome de Melina Internacional.

Ela teria preferido uma dúzia de rosas. A data do casamento foi marcada, mil convites entregues, planos elaborados.

E FOI ENTÃO QUE Constantin Demiris entrou na vida de Melina Lambrou.

Conheceram-se em uma da dúzia ou mais de festas oferecidas aos noivos. A anfitriã apresentou-os.

— Esta é Melina Lambrou... Constantin Demiris.

Demiris contemplou-a com seus olhos pretos pensativos.

— Por quanto tempo eles a deixarão ficar?

— Como?

— Certamente foi enviada dos céus para ensinar a nós, os mortais, o que é a beleza.

Melina riu.

— É muito lisonjeiro, Sr. Demiris.

Ele sacudiu a cabeça.

— Você está além da lisonja. Nada que eu pudesse dizer lhe faria justiça.

O conde Manos aproximou-se nesse instante e interrompeu a conversa.

Naquela noite, pouco antes de dormir, Melina pensou em Demiris. Já ouvira falar a seu respeito, é claro. Ele era rico, viúvo, tinha a reputação de ser um financista implacável e um conquistador compulsivo. *Fico contente por não estar apaixonada por ele*, pensou Melina.

Os deuses estavam rindo.

NA MANHÃ SEGUINTE à festa, o mordomo de Melina entrou na sala do desjejum e informou:

— Acabam de lhe trazer um pacote, Srta. Lambrou. Foi entregue pelo motorista do Sr. Demiris.

— Pode trazer, por favor.

Então Constantin Demiris pensa que vai me impressionar com sua riqueza. Pois ele terá um grande desapontamento. O que quer que ele tenha mandado... uma joia valiosa ou alguma antiguidade inestimável... vou devolver imediatamente.

O pacote era pequeno e retangular, muito bem embrulhado. Melina abriu-o. O cartão dizia, simplesmente: "Achei que poderia gostar disso. Constantin."

Era um exemplar encadernado em couro de *Toda Raba*, de Nikos Kazantzakis, seu autor predileto. *Como ele descobrira?*

Melina escreveu um bilhete de agradecimento polido e pensou: *Ponto final.*

Na manhã seguinte, chegou outro embrulho. Era um disco de Delius, seu compositor predileto. O bilhete dizia: "Pode gostar de ouvir isso enquanto lê *Toda Raba*."

Daquele dia em diante houve presentes diários. Suas flores prediletas, perfumes, músicas e livros. Constantin Demiris se dera ao trabalho de descobrir quais eram os gostos de Melina e ela não podia deixar de se sentir lisonjeada por sua atenção. Quando Melina telefonou para agradecer, Demiris disse:

— Nada que eu possa um dia dar lhe faria justiça.

A quantas mulheres ele já dissera isso antes?

— Quer almoçar comigo, Melina?

Ela já ia dizer não, mas pensou: *Não há mal nenhum em almoçar com ele. É um homem muito atencioso.*

— Está bem.

Quando comentou para o conde Manos que ia almoçar com Constantin Demiris, ele protestou.

— Qual é o sentido, minha cara? Não tem nada em comum com aquele homem horrível. Por que vai se encontrar com ele?

— Ele tem me enviado presentes todos os dias, Vassilis. Vou pedir-lhe que pare com isso.

E mesmo enquanto falava, Melina pensou: *Eu poderia ter falado isso pelo telefone.*

CONSTANTIN DEMIRIS fizera reserva no popular restaurante Floca, na rua Panepistimiou, e estava esperando quando Melina chegou. Levantou-se no mesmo instante.

— Você está aqui. Receei que pudesse mudar de ideia.

— Sempre cumpro a minha palavra.

Ele fitou-a nos olhos e declarou solenemente:

— E eu também cumpro a minha. Vou casar com você.

Melina sacudiu a cabeça, meio divertida, meio irritada.

— Sr. Demiris, estou noiva de outro homem.

— Manos? — Ele acenou com a mão em dispensa. — Não é o homem certo para você.

— É mesmo? E por que não?

— Já mandei investigá-lo. A insanidade multiplica-se em sua família, ele é hemofílico e procurado pela polícia por assédio sexual em Bruxelas, além de péssimo jogador de tênis.

Melina não pôde deixar de rir.

— E você?

— Não jogo tênis.

— E é por isso que devo casar com você?

— Não. Casará comigo porque vou torná-la a mulher mais feliz que já existiu.

— Sr. Demiris...

Ele cobriu a mão de Melina.

— Costa.

Melina retirou a mão.

— Sr. Demiris, vim aqui hoje para lhe dizer que quero que pare de me mandar presentes. Não pretendo tornar a vê-lo.

Ele fitou-a em silêncio por um momento.

— Tenho certeza de que não é uma pessoa cruel.

— Espero que não.

Demiris sorriu.

— Ótimo. Então não vai querer partir meu coração.

— Duvido que seu coração seja tão facilmente partido. Tem uma reputação e tanto.

— Isso foi antes de conhecê-la. Sonhava com você há muito tempo.

Melina riu.

— Falo sério. Quando era muito jovem, costumava ler sobre a família Lambrou. Vocês eram muito ricos e eu muito pobre. Não tinha nada. Vivíamos de um dia para outro. Meu pai era um estivador que trabalhava nas docas do Pireu. Éramos quatorze irmãos e tínhamos de lutar por tudo o que queríamos.

Melina sentiu-se comovida, a contragosto.

— Mas agora é um homem rico.

— Sou, sim... mas não tão rico quanto ainda serei.

— O que o fez rico?

— A fome. Eu estava sempre com fome. E ainda continuo faminto.

Ela podia ler a verdade nos olhos de Demiris.

— Como... como começou?

— Quer mesmo saber?

E Melina ouviu-se a responder:

— Quero, sim.

— Quando tinha dezessete anos, fui trabalhar numa pequena companhia petrolífera no Oriente Médio. E não estava indo muito bem. Uma noite, jantei com um jovem geólogo que trabalhava para uma grande companhia. Pedi um bife naquela noite, mas ele tomou apenas sopa. Perguntei por que não comia um bife também e ele explicou que não tinha os dentes de trás e não dispunha de dinheiro para comprar uma dentadura. Dei-lhe cinquenta dólares para comprá-la. Um mês depois, ele me telefonou no meio da noite para dizer que acabara de descobrir um novo depósito de petróleo. Ainda não comunicara a seu empregador. Pela manhã, comecei a tomar emprestado todo dinheiro que podia e ao final da tarde comprara opções em todas as terras ao redor da nova descoberta. E era um dos maiores depósitos de petróleo do mundo.

Melina absorvia cada palavra, fascinada.

— Esse foi o começo. Eu precisava de petroleiros para transportar meu petróleo e acabei comprando uma frota. Depois uma refinaria. E uma empresa aérea. — Demiris deu de ombros. — E continuei assim.

Só muito depois do casamento é que Melina descobriu que a história do bife não passava de pura ficção.

MELINA LAMBROU não tinha a menor intenção de tornar a se encontrar com Constantin Demiris. Mas por uma série de coincidências cuidadosamente arranjadas, Demiris dava um jeito de aparecer na mesma festa, teatro ou evento beneficente a que Melina comparecia. E cada vez ela sentia seu magnetismo intenso. Em comparação com ele, Vassilis Manos parecia — ela detestava admitir, até para si mesma — um chato.

Melina Lambrou gostava dos pintores flamengos, e quando uma tela de Bruegel, *Caçadores na Neve*, foi posta à venda, antes que ela pudesse comprá-la Constantin Demiris mandou-a para sua casa como um presente. Melina sentia-se fascinada pelo conhecimento extraordinário que ele tinha de seus gostos.

— Não posso aceitar um presente tão dispendioso — ela protestou.

— Mas não é um presente. Terá de pagar. Jante comigo esta noite.

E ela acabou aceitando. O homem era irresistível.

Uma semana depois, Melina rompeu o noivado com o conde Manos.

QUANDO MELINA lhe deu a notícia, o irmão ficou aturdido.

— Mas por quê? — indagou Spyros. — Por quê?

— Porque vou casar com Constantin Demiris.

Ele ficou consternado.

— Deve estar louca. Não pode casar com Demiris. Ele é um monstro. Vai destruí-la. Se...

— Está enganado em relação a ele, Spyros. É um homem maravilhoso. Estamos apaixonados. E...

— *Você* está apaixonada — interrompeu-a Spyros, bruscamente. — Não sei o que ele está querendo, mas não tem nada a ver com amor. Sabe qual é a reputação de Demiris com as mulheres? Ele...

— Tudo isso pertence ao passado, Spyros. Serei sua esposa.

E nada do que ele falou foi capaz de dissuadir a irmã do casamento.

Um mês depois, Melina Lambrou e Constantin Demiris estavam casados.

NO COMEÇO PARECIA um casamento perfeito. Constantin era divertido e atencioso. Era um amante excitante e ardente, constantemente surpreendendo Melina com presentes suntuosos e viagens a lugares exóticos. Ele disse na primeira noite da lua de mel:

— Minha primeira esposa nunca pôde me dar uma criança. Agora teremos muitos filhos.

— E nenhuma filha?

— Se você quiser. Mas primeiro um homem.

Constantin ficou extasiado no dia em que Melina soube que estava grávida.

— Ele vai assumir meu império — declarou Demiris, na maior felicidade.

Melina abortou no terceiro mês. Constantin Demiris estava fora do país quando aconteceu. Ao voltar e ouvir a notícia, reagiu como um louco.

— O que você fez? — ele gritou. — Como pôde acontecer?

— Costa, eu...

— Foi negligente!

— Não... juro...

Ele respirou fundo.

— Muito bem. O que está feito, está feito. Teremos outro filho.

— Eu... não posso.

Melina não foi capaz de fitá-lo nos olhos.

— O que está dizendo?

— Tiveram de fazer uma operação. Não posso ter outro filho.

Ele ficou absolutamente imóvel por um longo tempo, depois virou-se e saiu sem dizer nada.

Daquele momento em diante, a vida de Melina tornou-se um inferno. Constantin Demiris comportava-se como se a esposa tivesse deliberadamente matado seu filho. Ignorava-a e começou a sair com outras mulheres.

Melina poderia até suportar isso, mas o que tornava a humilhação tão angustiante era o prazer que o marido sentia em ostentar publicamente suas ligações. Levava as amantes para Psara, sua ilha particular, perto de Chios, em cruzeiros no seu iate e a funções públicas. A imprensa registrava alegremente as aventuras românticas de Constantin Demiris.

ESTAVAM NUM jantar na casa de um proeminente banqueiro.

— Você e Melina não podem deixar de ir — dissera o banqueiro. — Tenho um novo cozinheiro oriental que prepara a melhor comida chinesa do mundo.

A lista de convidados era prestigiosa. À mesa de jantar havia uma coleção fascinante de artistas, políticos e industriais. A comida era de fato maravilhosa. O cozinheiro preparara sopa de barbatana de tubarão, trouxinhas de camarão, porco *mu shu*, pato de Pequim, costeletas de porco, talharim de Cantão e uma dúzia de outros pratos.

Melina sentava-se ao lado do anfitrião, numa extremidade da mesa, o marido ao lado da anfitriã, na outra extremidade. À direita de Demiris estava uma linda e jovem artista de cinema. Demiris concentrava-se nela, ignorando todas as outras pessoas à mesa. Melina podia ouvir trechos do que ele dizia.

— Assim que terminar o filme, deve ir para o meu iate. Serão férias maravilhosas para você. Faremos um cruzeiro pela costa dálmata...

Melina bem que tentou não ouvir, mas era impossível. Demiris não fazia o menor esforço para manter a voz baixa.

— Nunca esteve em Psara, não é mesmo? É uma ilhazinha adorável, completamente isolada. Vai adorar.

Melina sentia vontade de rastejar por baixo da mesa. Mas o pior ainda estava por acontecer.

Haviam acabado o prato de costeletas de porco e os garçons trouxeram tigelas de prata para limpar os dedos.

Quando uma tigela foi colocada diante da jovem estrela do cinema, Demiris disse:

— Não vai precisar disso.

Sorrindo, ele pegou as mãos da jovem e começou lentamente a lamber o molho de seus dedos, um a um. Os outros convidados desviaram os olhos. Melina levantou-se e virou-se para o anfitrião.

— Se me dá licença... estou morrendo de dor de cabeça.

Os convidados observaram-na fugir da sala. Demiris não voltou para casa naquela noite nem na seguinte.

Ao saber do incidente, Spyros ficou lívido.

— Basta me dar uma palavra e matarei o filho da puta, Melina.

— Ele não pode fazer nada. É a sua natureza.

— Sua natureza? Ele é um animal! Deveria ser internado! Por que não se divorcia?

Era uma pergunta que Melina Demiris já se fizera muitas vezes, nas noites longas e solitárias que passava sozinha. E sempre aflorava a mesma resposta: *Eu o amo.*

Às 5h 30 da manhã, Catherine foi acordada por uma criada contrafeita.

— Bom-dia, madame...

Catherine abriu os olhos e olhou ao redor, confusa. Em vez da pequena cela no convento, estava num lindo quarto na... A memória voltou impetuosa. *A viagem para Atenas... Você é Catherine Douglas... Eles foram executados pelo Estado...*

— Madame...

— Pois não?

— O Sr. Demiris pergunta se não gostaria de acompanhá-lo no desjejum no terraço.

Catherine fitou a criada, ainda sonolenta. Ficara acordada até 4 h da madrugada, a mente em turbilhão.

— Obrigada. Diga ao Sr. Demiris que descerei num instante.

Vinte minutos depois, um mordomo conduziu Catherine para um enorme terraço, dando para o mar. Havia um muro de pedra baixo, com jardins seis metros abaixo. Constantin Demiris estava sentado a uma mesa, esperando. Estudou Catherine, enquanto ela se aproximava. Havia uma inocência excitante naquela mulher. Ia conquistá-la, possuí-la, torná-la sua. Imaginou-a nua em sua cama, ajudando-o a punir Noelle e Larry mais uma vez. Demiris levantou-se.

— Bom-dia. Perdoe-me por acordá-la tão cedo, mas devo partir para o escritório dentro de poucos minutos e queria primeiro ter a oportunidade de conversar com você.

— Não tem problema.

Catherine se sentou à mesa de mármore grande, de frente para ele, virada para o mar. O sol começava a surgir, despejando mil centelhas sobre o mar.

— De que gostaria para o desjejum?

Ela sacudiu a cabeça.

— Não estou com fome.

— Talvez um café?

— Obrigada.

O mordomo despejou café quente numa xícara Belleek.

— Muito bem, Catherine, pensou em nossa conversa?

Catherine não pensara em outra coisa durante a noite inteira. Nada restava para ela em Atenas e não tinha qualquer lugar para onde ir. *Não voltarei para o convento*, ela decidiu. O convite para trabalhar em Londres para Constantin Demiris parecia atraente. *Na verdade,* Catherine admitiu para si mesma, *parece excitante. Pode ser o início de uma vida nova.*

— Pensei, sim.

— E o que decidiu?

— Acho que eu gostaria de tentar.

Constantin Demiris conseguiu ocultar seu alívio.

— Fico contente por isso. Já esteve alguma vez em Londres?

— Não. Isto é... acho que não.

Por que não sei com certeza? Ainda havia muitas lacunas assustadoras em sua memória. *Quantas surpresas mais ainda terei?*

— É uma das poucas cidades civilizadas que ainda restam no mundo. Tenho certeza que vai gostar muito.

Catherine hesitou.

— Sr. Demiris, por que está se dando a todo esse trabalho por mim?

— Digamos apenas que tenho um senso de responsabilidade. — Ele fez uma pausa. — Apresentei seu marido a Noelle Page.

— Ah...

Noelle Page. O nome provocou um pequeno calafrio em Catherine. Os dois haviam morrido um pelo outro. *Larry devia amá-la muito.* Catherine forçou-se a fazer uma pergunta que a atormentara durante a noite inteira:

— Como... como eles foram executados?

Houve uma pequena pausa.

— Foram executados por um pelotão de fuzilamento.

— Oh! — Ela podia sentir as balas penetrando na carne de Larry, dilacerando o corpo do homem que tanto amara outrora. E arrependeu-se de ter perguntado.

— Permita que eu lhe dê um conselho: não pense mais no passado. Só pode deixá-la magoada. Ponha tudo isso para trás.

Catherine respondeu lentamente:

— Tem razão. Tentarei.

— Assim é melhor. Por acaso tenho um avião partindo para Londres esta manhã, Catherine. Pode se aprontar para partir num instante?

Catherine pensou em todas as viagens que fizera com Larry, os animados preparativos, a arrumação das malas, a expectativa. Desta vez não haveria ninguém para acompanhá-la, pouco para arrumar e nenhuma expectativa.

— Claro que posso.

— Excelente. Por falar nisso, agora que recuperou a memória, talvez haja alguém com quem gostaria de entrar em contato, alguém de seu passado que gostaria de avisar que está bem.

O nome que aflorou instantaneamente na mente de Catherine foi o de William Fraser. Era a única pessoa no mundo que restava de seu passado. Mas sabia que ainda não estava preparada para encará-lo. *Depois que eu me instalar*, pensou Catherine. *Depois que recomeçar a trabalhar, entrarei em contato com ele.*

Constantin Demiris observava-a atentamente, esperando sua resposta.

— Não — respondeu Catherine finalmente. — Não há ninguém.

Ela não tinha a menor ideia de que acabara de salvar a vida de William Fraser.

— Providenciarei um passaporte para você. — Ele estendeu um envelope. — Aqui está um adiantamento sobre o seu salário. Não terá de se preocupar com um lugar para morar. A companhia possui um apartamento em Londres. Você ficará lá.

Era demais.

— É muito generoso...

Ele pegou a mão de Catherine.

— Vai descobrir que sou... — Demiris resolveu mudar o que ia dizer. *Trate-a com cuidado*, ele pensou. *Devagar. Não pode assustá-la.* — ...que sou um bom amigo.

— E é mesmo um bom amigo.

Demiris sorriu. *Espere só!*

DUAS HORAS DEPOIS, Constantin Demiris ajudou Catherine a embarcar no banco traseiro do Rolls-Royce que a levaria ao aeroporto.

— Divirta-se em Londres — ele disse. — Ficarei em contato com você.

Cinco minutos depois do carro partir, Demiris falava pelo telefone com Londres.

— Ela está a caminho.

Capítulo 5

O AVIÃO ESTAVA PARA deixar o Aeroporto Hellenikon às 9h da manhã. Era um Hawker Siddeley e, para surpresa de Catherine, ela era a única passageira. O piloto, um grego simpático de meia-idade, providenciou para que Catherine estivesse confortavelmente sentada e afivelada, depois informou:

— Partiremos dentro de alguns minutos.

— Obrigada.

Catherine observou-o se dirigir à carlinga, a fim de se juntar ao copiloto, e seu coração começou subitamente a bater mais depressa. *Este é o avião que Larry pilotava. Noelle Page sentou-se no lugar em que estou agora?* Catherine experimentou a sensação de que ia desmaiar; as paredes começaram a se fechar sobre ela. Contraiu os olhos e respirou fundo. *Tudo isso acabou*, ela pensou. *Demiris tem razão. É o passado e nada pode mudá-lo.*

Ela ouviu o rugido dos motores e abriu os olhos. O avião estava decolando, seguindo para noroeste, na direção de Londres. *Quantas vezes Larry realizara aquele voo? Larry.* Sentia-se abalada pelo turbilhão de emoções que o nome provocava. E as recordações. As lembranças terríveis e maravilhosas...

Era o verão de 1940, o ano antes de os Estados Unidos entrarem na guerra. Ela acabara de concluir a Universidade do Noroeste e fora de Chicago para Washington, D.C., à procura de um emprego. Sua colega de quarto lhe dissera:

— Soube de uma oportunidade de emprego que pode interessá-la. Uma das moças na festa disse que vai voltar para o Texas. Ela trabalha para Bill Fraser. Ele está no comando das relações públicas do Departamento de Estado. Soube disso ontem à noite. Portanto, se você partir agora pode chegar na frente de todas as outras.

Catherine foi correndo, só para encontrar a sala de recepção de Fraser abarrotada com dezenas de candidatas ao emprego. *Não tenho a menor chance*, pensou Catherine. A porta da sala interna foi aberta e William Fraser apareceu. Era alto e atraente, cabelos louros crespos, grisalhos nas têmporas, olhos azuis brilhantes, um queixo forte e um tanto intimidativo.

— Preciso de um exemplar de *Life* — ele disse à recepcionista. — O número que saiu há três ou quatro semanas. Tem uma fotografia de Stalin na capa.

— Vou pedir, Sr. Fraser.

— Sally, estou com o Senador Borah no telefone. Quero ler para ele um parágrafo desta revista. Você tem dois minutos para providenciá-la.

Ela tornou a entrar em sua sala e fechou a porta. As candidatas se entreolharam e deram de ombros.

Catherine ficou imóvel, pensando depressa. Virou-se e abriu caminho pela multidão para sair da sala. Ouviu uma das mulheres comentar:

— Ótimo. É menos uma na disputa.

Três minutos depois, Catherine voltou à sala com um exemplar antigo da revista *Life* com uma fotografia de Stalin na capa. Entregou-o à recepcionista. Cinco minutos depois, Catherine descobriu-se sentada na sala de William Fraser.

— Sally me disse que foi você quem conseguiu a revista.

— Fui, sim, senhor.

— Presumo que por acaso não tinha um exemplar atrasado de três semanas na bolsa.

— Não, senhor.

— Como conseguiu tão depressa?

— Fui até a barbearia. As barbearias e consultórios de dentistas sempre têm números atrasados.

— É tão esperta assim em tudo?

— Não, senhor.

— Vamos descobrir — disse William Fraser.

Ela foi contratada.

CATHERINE ADOROU o excitamento de trabalhar para Fraser. Ele era solteiro, rico e sociável, parecia conhecer todo mundo em Washington. A revista *Time* classificara-o como "O solteiro mais cobiçado do ano".

Seis meses depois de Catherine começar a trabalhar para William Fraser, eles se apaixonaram. No quarto dele, Catherine murmurou:

— Tenho de lhe contar uma coisa: sou virgem.

Fraser sacudiu a cabeça, espantado.

— Isso é incrível. Como fui encontrar a única virgem na cidade de Washington?

WILLIAM FRASER disse um dia a Catherine:

— Pediram a nosso escritório para supervisionar um filme de recrutamento para o Corpo Aéreo do Exército, que está sendo rodado nos estúdios da MGM, em Hollywood. Eu gostaria que você cuidasse disso, enquanto estou em Londres.

— Eu? Ora, Bill, não sei sequer pôr filme numa Brownie! O que sei sobre a produção de um filme de recrutamento?

Fraser sorriu.

— Sabe tanto quanto qualquer outra pessoa. Não precisa se preocupar. Eles têm um diretor, chamado Allan Benjamin. O Exército planeja usar atores no filme.

— Por quê?

— Tenho a impressão que eles acham que os soldados não serão bastante convincentes para representarem soldados.

— Parece típico do Exército.

E Catherine voou para Hollywood a fim de supervisionar o filme.

O ESTÚDIO ESTAVA repleto de extras, a maioria usando uniformes mal-ajustados do Exército.

— Com licença — disse Catherine a um homem que passava. — O Sr. Allan Benjamin está aqui?

— O pequeno cabo? — O homem apontou. — É aquele ali.

Catherine virou-se e viu um homem franzino, de aparência frágil, num uniforme com divisas de cabo. Ele gritava com um homem que usava estrelas de general.

— Que se dane o que disse o diretor de elenco! Estou cheio de generais! Preciso de soldados! — Ele ergueu as mãos em desespero. — Todo mundo quer ser cacique, ninguém quer ser índio!

— Com licença — disse Catherine. — Sou Catherine Alexander.

— Graças a Deus! Você assume o comando. Não sei o que estou fazendo aqui. Tinha um emprego de trinta e cinco mil dólares por ano em Dearborn editando uma revista de móveis, fui recrutado para o Corpo de Sinalização e incumbido de escrever filmes de recrutamento e treinamento. O que sei de produção e direção? É tudo seu!

Ele virou-se e encaminhou-se apressado para a saída, deixando Catherine parada ali. Um homem magro e grisalho, de suéter, aproximou-se dela, com um sorriso divertido.

— Precisa de ajuda?

— Preciso de um milagre — respondeu Catherine. — Estou no comando disso e não sei o que devo fazer.

O sorriso do homem se alargou.

— Bem-vinda a Hollywood. Sou Tom O'Brien, o assistente de diretor.

— Acha que pode dirigir esse filme?

Ele contraiu os cantos dos lábios.

— Posso tentar. Já fiz seis filmes com Willie Wyler. A situação não é tão ruim quanto parece. Tudo o que precisamos é de um pouco de organização. O roteiro foi escrito e o cenário está pronto.

Catherine correu os olhos pelo estúdio.

— Alguns desses uniformes parecem horríveis. Vamos ver se não podemos melhorá-los.

O'Brien acenou com a cabeça em aprovação.

— Certo.

Catherine e O'Brien encaminharam-se para o grupo de extras. O barulho de conversa no enorme estúdio era ensurdecedor.

— Fiquem quietos, por favor! — gritou O'Brien. — Esta é a Srta. Alexander. Ela está no comando aqui.

— Entrem em fila para que possamos dar uma boa olhada em vocês, por favor — disse Catherine.

O'Brien organizou os homens numa fila irregular. Catherine ouviu risos e vozes bem perto e virou-se, irritada. Um dos homens de uniforme continuava parado num canto, sem dar a menor atenção, conversando com algumas moças, que absorviam cada palavra sua e riam. A atitude do homem enfureceu Catherine.

— Com licença, mas pode fazer o favor de se juntar aos outros?

Ele virou-se e indagou, indolente:

— Está falando comigo?

— Estou, sim. Gostaríamos de começar a trabalhar.

Era um homem extraordinariamente bonito, alto e forte, cabelos de um preto-azulado e olhos escuros arrebatadores. O uniforme ajustava-se com perfeição. Tinha nos ombros as divisas de capitão e várias fitas coloridas no peito. Catherine examinou-as.

— Essas medalhas...?

— Não são bastante impressionantes, chefe?

Sua voz era profunda, um tom divertido e insolente.

— Tire-as.

— Por quê? Achei que dariam um pouco de cor ao filme.

— Só há uma coisinha que esqueceu. A América ainda não está em guerra. Só poderia ganhar essas medalhas num parque de diversões.

— Tem razão — ele admitiu, envergonhado. — Não pensei nisso. Tirarei algumas.

— Tire *todas*! — ordenou Catherine, bruscamente.

Depois da filmagem da manhã, quando Catherine almoçava na cantina, o homem aproximou-se de sua mesa.

— Como acha que me saí esta manhã? Fui convincente?

O comportamento do homem enfureceu Catherine.

— Gosta de usar esse uniforme e se exibir para as garotas, mas já pensou em se alistar?

Ele parecia chocado.

— E levar um tiro? Isso é coisa para otários.

Catherine estava prestes a explodir.

— Acho que você é desprezível.

— Por quê?

— Se não sabe por que, eu nunca poderia lhe explicar.

— Por que não tenta? Ao jantar, esta noite. No seu apartamento. Sabe cozinhar?

— Não se incomode em voltar ao estúdio — disse Catherine, rispidamente. — Avisarei ao Sr. O'Brien para lhe enviar um cheque pelo trabalho desta manhã. Qual é o seu nome?

— Douglas... Larry Douglas.

A EXPERIÊNCIA COM o jovem e arrogante ator deixou Catherine irritada e ela decidiu esquecê-lo. Por algum motivo, no entanto, descobriu que isso era difícil.

QUANDO CATHERINE voltou a Washington, William Fraser lhe disse:

— Senti saudade. E pensei muito em você. Você me ama?

— Muito, Bill.

— Eu também amo você. Por que não saímos esta noite para comemorar?

Catherine sabia que naquela noite ele a pediria em casamento.

FORAM AO EXCLUSIVO Jefferson Club. No meio do jantar, Larry Douglas entrou no salão, ainda usando seu uniforme do Corpo Aéreo do Exército, com todas as medalhas. Catherine observou incrédula enquanto ele se aproximava e cumprimentava não a ela, mas Fraser. Bill Fraser se levantou.

— Cathy, este é o capitão Lawrence Douglas. Larry, esta é a Srta. Alexander... Catherine. Larry voava com a RAF. Era o líder da esquadrilha americana ali. Convenceram-no a comandar uma base de caças na Virgínia, a fim de preparar alguns dos nossos homens para o combate.

Como a representação de um filme antigo, Catherine recordou como lhe ordenara que tirasse as medalhas e como ele obedecera, jovialmente. Ela fora presunçosa, arrogante... e o chamara de covarde! Sentiu vontade de se esconder debaixo da mesa.

No dia seguinte, Larry Douglas telefonou para Catherine, no escritório. Ela recusou-se a atender. Ao final do expediente, ele estava lá fora, à sua espera. Tirara as medalhas e as fitas, usava as divisas de um segundo-tenente. Sorriu e encaminhou-se para ela.

— Está melhor assim?

Catherine fitava-o fixamente.

— Não... não está usando a insígnia errada, contra os regulamentos?

— Não sei. Pensei que você é que estivesse encarregada de tudo isso.

Ela fitou-o nos olhos e compreendeu que estava perdida. Havia em Douglas uma força magnética irresistível.

— O que quer de mim?

— Tudo. Quero você.

Foram para o apartamento dele e fizeram amor. E foi uma alegria profunda, como Catherine nunca sonhara que fosse possível, um gozo simultâneo fantástico que sacudiu o quarto e o universo, uma explosão que se tornou um êxtase delirante, uma jornada inacreditável, uma chegada e uma partida, um fim e um começo. E ela ficou estendida ali, exausta e atordoada, apertando-o com força, disposta a nunca mais largá-lo, não querendo que aquele sentimento acabasse.

Casaram cinco horas depois em Maryland.

Agora, sentada no avião, a caminho de Londres para iniciar uma vida nova, Catherine pensou: *Éramos tão felizes... Onde tudo saiu errado? Os filmes românticos e as canções de amor nos enganaram a acreditar nos finais felizes, em cavaleiros de armaduras reluzentes e no amor que nunca morria. Acreditávamos sinceramente que James Stewart e Donna Reed achavam que A Felicidade Não se Compra e sabíamos que Clark Gable e Claudette*

Colbert ficariam juntos para sempre depois do que Aconteceu Naquela Noite, derramamos lágrimas quando Frederic March voltou para Mirna Loy para Os Melhores Anos de Nossas Vidas, tínhamos certeza que Joan Fontaine encontrou a felicidade nos braços de Laurence Olivier em Rebecca, a Mulher Inesquecível. E eram mentiras. Tudo não passava de mentiras. E as canções. I'll Be Loving You, Always (Sempre Amarei Você). *Como os homens calculam sempre? Com um marcador de ovos pochês?* How Deep is the Ocean? (Quão Profundo é o Oceano?) *O que Irving Berlin tinha em mente? Um palmo? Dois palmos? E...* Forever and a Day (A Eternidade e um Dia). *Estou partindo. Quero o divórcio...* Some Enchanted Evening (Uma Noite Encantada). *Vamos escalar o Monte Tzoumerka...* You and the Night and the Music (Você, a Noite e a Músical). *O gerente do hotel me falou sobre algumas cavernas aqui perto...* (I Love You) for Sentimental Reasons (Eu Amo Você por Razões Sentimentais). *Ninguém jamais saberá... agora, enquanto ela está dormindo.* Be My Love (Seja Meu Amor). *E ouvíamos as canções, assistíamos aos filmes, pensávamos sinceramente que a vida seria assim. Eu acreditava demais em meu marido. Será que algum dia poderei acreditar de novo em alguém? O que fiz para que ele quisesse me assassinar?*

— Srta. Alexander...

Catherine levantou os olhos, aturdida, desfocada. O piloto estava parado à sua frente.

— Pousamos. Seja bem-vinda a Londres.

Havia uma limusine à espera de Catherine no aeroporto. O motorista disse:

— Pegarei sua bagagem, Srta. Alexander. Meu nome é Alfred. Gostaria de seguir direto para seu apartamento?

Meu apartamento.

— Seria ótimo.

Catherine recostou-se no banco. Era incrível. Constantin Demiris providenciara um avião particular para ela e um apartamento. Ou era o homem mais generoso do mundo ou... Ela não podia pensar em qualquer alternativa. Não. *Ele é o homem mais generoso do mundo. Terei de encontrar uma maneira apropriada de demonstrar minha gratidão.*

O APARTAMENTO, na Elizabeth, perto da Eaton Square, era excepcionalmente luxuoso. Tinha um enorme vestíbulo, uma sala de estar muito bem decorada e com um lustre de cristal, uma biblioteca toda revestida de madeira, uma cozinha estocada com comida, três quartos atraentemente decorados e alojamentos para empregadas.

Catherine foi recebida na porta por uma mulher na casa dos quarenta anos, usando um vestido preto.

— Boa-tarde, Srta. Alexander. Sou Anna, sua governanta.

Claro. Minha governanta. Catherine começava a aceitar tudo tranquilamente.

— Como vai?

O motorista levou as malas de Catherine para o quarto.

— A limusine está à sua disposição — ele informou. — Basta avisar a Anna quando estiver pronta para ir ao escritório e virei buscá-la.

A limusine está à minha disposição. Naturalmente.

— Obrigada.

— Vou desfazer as malas — disse Anna. — Se precisar de alguma coisa, basta me dizer.

— Não posso pensar em nada — respondeu Catherine, sinceramente.

CATHERINE VAGUEOU pelo apartamento até Anna acabar de arrumar suas coisas. Entrou no quarto, contemplou os lindos ves-

tidos novos que Demiris lhe comprara e pensou: *Tudo isso é como um sonho maravilhoso.* Havia uma sensação de total irrealidade. Quarenta e oito horas antes ela estava regando as roseiras no convento. Agora levava a vida de uma duquesa. Especulou como seria o trabalho. *Seja como for, trabalharei com afinco. Não quero decepcioná-lo. Ele tem sido maravilhoso.* Ela sentiu-se subitamente cansada. Deitou-se na cama macia e confortável. *Descansarei só um minuto*, ela pensou. E fechou os olhos.

Estava se afogando e gritando por socorro. E Larry nadava em sua direção, alcançava-a e empurrava-a para o fundo. E ela se encontrava numa caverna escura, morcegos voavam para cima dela, arrancavam seus cabelos, batiam com as asas pegajosas em seu rosto. Catherine despertou com um sobressalto e sentou-se na cama, tremendo.

Respirou fundo várias vezes para se controlar. *Já chega*, ela pensou. *Está acabado. Isso foi ontem. Agora é hoje. Ninguém vai lhe fazer mal. Ninguém. Nunca mais.*

Fora do quarto de Catherine, Anna, a governanta, estivera escutando os gritos. Esperou um momento; como o silêncio persistiu, afastou-se e foi para o telefone, a fim de fazer seu relatório a Constantin Demiris.

A Corporação Comercial Helênica ficava na Bond Street, 217, perto de Piccadilly, num velho prédio do governo que anos antes fora convertido em prédio de escritórios particulares. A fachada era uma obra-prima da arquitetura, elegante e graciosa.

Quando Catherine chegou, os funcionários estavam à espera. Havia meia dúzia de pessoas perto da porta para cumprimentá-la.

— Seja bem-vinda, Srta. Alexander. Sou Evelyn Kaye. Este é Carl... Tucker... Matthew... Jennie...

Os nomes e rostos tornaram-se confusos.

— Como têm passado?

— Sua sala está pronta. Vou mostrar o caminho.

— Obrigada.

A sala de recepção era mobiliada com bom gosto, com um sofá Chesterfield, flanqueado por duas poltronas Chippendale e com uma tapeçaria por trás. Percorreram um longo corredor atapetado e passaram por uma sala de reuniões, as paredes revestidas por placas de pinheiro e cadeiras de couro ao longo de uma mesa envernizada.

Catherine foi introduzida numa sala atraente, com móveis antigos e confortáveis e um sofá de couro.

— É todo seu.

— É lindo! — ela murmurou.

Havia flores frescas na mesa.

— Do Sr. Demiris.

Ele é muito atencioso.

Evelyn Kaye, a mulher que a conduzira à sala, era corpulenta, de meia-idade, com um rosto simpático e um comportamento acolhedor.

— Levará alguns dias para se acostumar ao trabalho, mas a operação é realmente muito simples. Somos um dos centros nervosos do império Demiris. Coordenamos os relatórios das divisões do exterior e mandamos para a matriz em Atenas. Sou gerente do escritório. Será minha assistente.

— Ah... — *Então sou a assistente da gerente do escritório.* Catherine não tinha a menor ideia do que esperavam dela. Fora lançada num mundo de fantasia. Aviões particulares, limusines, um lindo apartamento com empregados...

— Wim Vandeen é o nosso gênio matemático residente. Ele computa todas as informações e as reúne numa tabela de análise financeira. Sua mente funciona mais depressa do que a maioria das máquinas calculadoras. Vamos até sua sala para você conhecê-lo.

Elas continuaram pelo corredor até uma sala na extremidade. Evelyn abriu-a sem bater.

— Wim, esta é minha nova assistente.

Catherine entrou na sala e parou, olhando fixamente. Wim Vandeen parecia ter trinta e poucos anos, magro, a boca frouxa, uma expressão vazia. Olhava para seus pés.

— Wim... Wim! Esta é Catherine Alexander.

Ele levantou os olhos.

— O verdadeiro nome de Catherine I era Marta Skowronka, uma serva nascida em 1684 e que foi capturada pelos russos. Casou com Pedro I e foi imperatriz da Rússia de 1725 a 1727. Catherine a Grande era filha de um príncipe alemão e nasceu em 1729, casou com Pedro, que se tornou o imperador Pedro III em 1762 e sucedeu-o no trono nesse mesmo ano, depois de assassiná-lo. Sob seu reinado houve três divisões da Polônia e duas guerras contra a Turquia... — As informações se despejavam como se saíssem de uma fonte, a voz monótona. Catherine ficou escutando, aturdida.

— Isso... isso é muito interessante — ela conseguiu balbuciar.

Wim Vandeen desviou os olhos. Evelyn disse:

— Wim é inibido quando conhece as pessoas.

Inibido?, pensou Catherine. O *homem é esquisito. E é um gênio? Que tipo de trabalho será este?*

Em seu escritório em Atenas, na rua Aghiou Geronda, Constantin Demiris escutava um relatório pelo telefone de Alfred, falando de Londres.

— Levei a Srta. Alexander diretamente do aeroporto para o apartamento, Sr. Demiris. Perguntei se desejava que a levasse a algum lugar, como o senhor sugeriu, e ela disse que não.

— Ela não teve qualquer contato externo?

— Não, senhor. Isto é, a menos que tenha dado algum telefonema do apartamento.

Constantin Demiris não estava preocupado com isso. Anna, a governanta, informaria tudo a respeito. Ele desligou, satisfeito. Catherine não representava qualquer perigo imediato para ele e providenciaria para que fosse vigiada. Ela estava sozinha no mundo. Não tinha ninguém a quem recorrer, a não ser seu benfeitor, Constantin Demiris. *Preciso acertar tudo para ir a Londres em breve*, pensou Demiris, feliz. *Muito em breve.*

CATHERINE ALEXANDER descobriu que seu novo emprego era bastante interessante. As informações chegavam diariamente do vasto império de Constantin Demiris. Havia contas de carregamento de uma usina siderúrgica em Indiana, Estados Unidos, auditorias numa fábrica de automóveis na Itália, faturas de uma cadeia de jornais na Austrália, uma mina de ouro, uma companhia seguradora. Catherine conferia os relatórios e providenciava para que as informações fossem encaminhadas a Wim Vandeen. Wim olhava os relatórios uma vez, passava-os pelo incrível computador que era o seu cérebro e quase instantaneamente calculava as porcentagens de lucro ou prejuízos para a companhia.

Catherine gostou de conhecer seus novos colegas e ficou impressionada pela beleza do velho prédio em que trabalhava.

Fez um comentário a respeito para Evelyn Kaye, na presença de Wim, que disse no mesmo instante:

— Este prédio era uma alfândega do governo, projetado por *Sir* Christopher Wren, em 1721. Depois do grande incêndio de Londres, Christopher Wren reformou cinquenta igrejas, inclusive as de St. Paul, St. Michael e St. Bride. Projetou a Bolsa Real e a Casa Buckingham. Morreu em 1723 e está sepultado em St. Paul. Esta casa foi convertida em prédio de escritórios em 1907 e na Segunda Guerra Mundial, durante a *blitz*, o governo declarou-a um abrigo antiaéreo oficial.

O abrigo antiaéreo era uma sala grande à prova de bombas, ao lado do porão, com o acesso através de uma pesada porta de ferro. Catherine deu uma olhada na sala fortificada e não pôde deixar de pensar nos bravos homens, mulheres e crianças britânicos que ali se abrigavam durante os terríveis bombardeios da Luftwaffe de Hitler.

O porão propriamente dito era imenso, espalhando-se por toda a extensão do prédio. Tinha uma caldeira quente para aquecer o prédio e estava repleto de equipamentos telefônicos e eletrônicos. A caldeira era um problema. Várias vezes Catherine teve de escoltar um mecânico ao porão para examiná-la. Cada um mexia em algum lugar, declarava que consertara o defeito e ia embora.

— Parece um perigo — comentava Catherine. — Não há nenhuma possibilidade de explodir?

— Claro que não, madame. Está vendo esta válvula de segurança aqui? Se a caldeira algum dia ficar muito quente, a válvula de segurança solta todo o vapor em excesso. Não há problema.

DEPOIS QUE O EXPEDIENTE terminava, havia Londres. Londres... uma cornucópia de maravilhosos espetáculos de teatro, balés e concertos. Havia velhas livrarias muito interessantes, como Hatchard's e Foyle's, e dezenas de museus, pequenas lojas de antiguidades e restaurantes. Catherine visitava as lojas de litografias em Cecil Court, fazia compras na Harrods, Fortnum e Mason, Marks e Spencer, aos domingos tomava chá no Savoy.

De vez em quando pensamentos espontâneos afloravam na mente de Catherine. Havia muitas coisas que a lembravam de Larry. Uma voz... uma frase... uma colônia... uma canção. *Não. O passado acabou. Só o futuro é importante.* E a cada dia ela se tornava mais forte.

Catherine e Evelyn Kaye tornaram-se amigas e de vez em quando saíam juntas. Num domingo visitaram a exposição de arte ao ar livre na margem do Tâmisa. Havia dezenas de artistas ali, jovens e velhos, expondo seus quadros. Todos tinham uma coisa em comum: Eram fracassados que não haviam conseguido expor suas obras em qualquer galeria. Os quadros eram horríveis. Catherine comprou um por compaixão.

— Onde vai colocá-lo? — perguntou Evelyn.

— Na sala da caldeira — respondeu Catherine.

Andando pelas ruas de Londres, sempre encontravam os artistas das calçadas, homens que usavam giz colorido para pintar no chão. Algumas obras eram espantosas. As pessoas paravam para admirá-las e jogavam algumas moedas para os artistas. Uma tarde, ao voltar do almoço, Catherine parou para observar um velho trabalhar numa linda paisagem. Quando ele terminava, começou a chover e o velho ficou imóvel, contemplando sua obra ser dissolvida pela água. *É muito parecido com minha vida passada*, pensou Catherine.

Evelyn levou Catherine ao Shepherd Market.

— É um lugar muito interessante — garantiu Evelyn.

E sem dúvida era pitoresco. Havia um restaurante de trezentos anos chamado Tiddy Dols, uma banca de jornais, um mercado, um salão de beleza, uma padaria, lojas de antiguidades e várias residências de dois e três andares.

As etiquetas nas caixas de correspondência eram estranhas. Uma dizia “Helen” e por baixo “Aulas de francês”. Outra dizia “Rosie” e por baixo “Ensina-se grego aqui”.

— Esta é uma área educacional? — perguntou Catherine.

Evelyn riu.

— De certa forma, acho que sim. Só que o tipo de educação que essas mulheres oferecem não pode ser ensinada na escola.

Evelyn riu ainda mais alto e Catherine corou.

CATHERINE FICAVA sozinha na maior parte do tempo, mas mantinha-se ocupada demais para se sentir solitária. Mergulhava nos dias como se tentasse compensar os preciosos momentos de sua vida que lhe haviam sido roubados. Não queria se preocupar com o passado ou futuro. Visitou o Castelo de Windsor, Canterbury com sua linda catedral e Hampton Court. Nos fins de semana ia para o campo e se hospedava em pequenas e exóticas estalagens, e fazia longas caminhadas por lá.

Estou viva, ela pensava. *Ninguém nasce feliz. Todos precisam construir a própria felicidade. Sou uma sobrevivente. Sou jovem e saudável, coisas maravilhosas vão acontecer.*

Na segunda-feira ela voltava ao trabalho. Voltava a Evelyn, às moças e a Wim Vandeen.

Wim Vandeen era um enigma.

Catherine jamais conhecera alguém como ele. Havia vinte funcionários no escritório e, sem se dar ao trabalho de usar uma calculadora, Wim Vandeen lembrava o salário de cada um, o número de registro na previdência social e as deduções. Tudo isso estava arquivado, mas ele mantinha todos os registros da companhia na cabeça. Conhecia o fluxo de caixa mensal de cada divisão e como se comparava com os melhores meses dos últimos cinco anos, quando ingressara na companhia.

WIM VANDEEN lembrava tudo que já vira, ouvira ou lera. A extensão de seu conhecimento era incrível. As perguntas mais simples, sobre qualquer assunto, desencadeavam um fluxo de informações, embora ele fosse antissocial. Catherine comentou com Evelyn.

— Não consigo entender Wim.

— Wim é um excêntrico — disse Evelyn. — Deve aceitá-lo como ele é. Só se interessa por números. Não creio que se preocupe com as pessoas.

— Ele tem amigos?

— Não.

— Nunca sai com ninguém... com garotas?

— Não.

Catherine tinha a impressão de que Wim se sentia isolado e solitário, e não podia deixar de experimentar uma afinidade por ele.

A EXTENSÃO DO conhecimento de Wim impressionava Catherine. Certa manhã ela sentiu dor de ouvido e Wim disse asperamente:

— Este tempo não vai ajudar. É melhor procurar um médico.

— Obrigada, Wim. Eu...

— As partes do ouvido são aurícula, meato auditivo, membrana timpanal, a cadeia de ossículos... martelo, bigorna e estribo, cavidade timpanal, duto semicircular, janela oval e trompa de Eustáquio, nervo auditivo e duto coclear. — E ele se afastou.

Em outra ocasião, Catherine e Evelyn levaram Wim para almoçar no Ram's Head, um *pub* próximo. Os fregueses jogavam dardos na sala dos fundos.

— Interessa-se por esportes, Wim? — perguntou Catherine. — Já assistiu a alguma partida de beisebol?

— Beisebol — repetiu Wim. — A bola tem vinte e quatro centímetros de circunferência. É feita de fio em torno de um cone de borracha dura e coberta por couro branco. O bastão é geralmente feito de freixo, com sete centímetros no diâmetro maior, com um metro e seis centímetros de comprimento.

Ele conhece todas as estatísticas, pensou Catherine, *mas alguma vez já experimentou a emoção de fazer?*

— Já praticou algum esporte? Basquete, por exemplo?

— O basquete é jogado num piso de madeira ou concreto. A bola tem uma cobertura esférica de couro com setenta e oito centímetros de diâmetro, inflada por uma câmara de borracha a treze libras de pressão. Pesa de 560 a 620 gramas. O basquete foi inventado por James Naismith, em 1891.

Catherine tinha a sua resposta.

Às vezes Wim podia ser um embaraço em público. Num domingo, Catherine e Evelyn levaram-no a Maidenhead, na margem do Tâmisa. Foram almoçar no Compleat Angler. O garçom aproximou-se da mesa.

— Temos mariscos frescos hoje.

Catherine virou-se para Wim.

— Gosta de mariscos?

— Há mariscos longos, redondos, amêijoas, lingueirão e vermelhos.

O garçom fitava-o aturdido.

— Vai pedir algum, senhor?

— Não gosto de mariscos — respondeu Wim, bruscamente.

Catherine gostava de todas as pessoas com que trabalhava, mas Wim tornou-se especial para ela. Ele era brilhante além de sua compreensão e ao mesmo tempo parecia retraído e solitário. Catherine disse a Evelyn um dia:

— Não há qualquer possibilidade de que Wim possa levar uma vida normal? Apaixonar-se e casar?

Evelyn suspirou.

— Já expliquei. Ele não tem emoções. Nunca se afeiçoará a ninguém.

Mas Catherine não acreditava nisso. Uma ou outra vez teve a impressão de divisar um lampejo de interesse, afeição ou riso nos olhos de Wim e sentiu vontade de puxá-lo para fora, ajudá-lo. Ou fora apenas sua imaginação?

Um dia, o pessoal do escritório recebeu um convite para um baile de caridade no Savoy. Catherine foi à sala de Wim.

— Você dança, Wim?

Ele fitou-a fixamente.

— Um compasso e meio de música no tempo de quatro e quatro completa uma unidade rítmica no *fox-trot*. O homem inicia o passo básico com o pé esquerdo e dá dois passos para a frente. A mulher começa com o pé direito e dá dois passos para trás. Os dois passos lentos são seguidos por um passo rápido em ângulo reto com os passos lentos. Para a inclinação, o homem adianta-se sobre o pé esquerdo e se inclina... devagar... depois se adianta sobre o pé direito... devagar. Depois desloca-se para a esquerda com o pé esquerdo... depressa. Depois, aproxima o pé direito do pé esquerdo... depressa.

Catherine ficou imóvel, sem saber o que dizer. *Ele conhece todas as palavras, mas não compreende seu significado.*

Constantin Demiris telefonou. Era tarde da noite e Catherine se preparava para deitar.

— Espero não estar incomodando-a. Sou eu, Costa.

— Claro que não incomoda. — Catherine sentiu-se contente por ouvir a voz de Demiris. Sentia falta da possibilidade de conversar com ele, pedir seu conselho. Afinal, Demiris era a única pessoa no mundo que conhecia seu passado. Sentia-o como um velho amigo.

— Tenho pensado em você, Catherine. Fiquei preocupado que pudesse achar Londres um lugar solitário. Afinal, não conhece ninguém aí.

— Às vezes me sinto um pouco solitária — admitiu Catherine —, mas estou me aguentando. Sempre me lembro do que disse. Esquecer o passado, viver para o futuro.

— É isso mesmo. Por falar em futuro, estarei em Londres amanhã. Gostaria de levá-la para jantar.

— Terei o maior prazer — disse Catherine, efusiva.

Aguardava ansiosa por uma oportunidade assim. Queria demonstrar como se sentia grata.

Ao desligar, Constantin Demiris sorriu para si mesmo. *A caçada começou.*

JANTARAM NO RITZ. O restaurante era elegante e a comida estava deliciosa, mas Catherine sentia-se excitada demais para prestar atenção a outra coisa que não fosse o homem sentado à sua frente. Tinha muito para lhe dizer.

— O pessoal do seu escritório é maravilhoso — ela comentou. — Wim é espantoso. Nunca vi ninguém que pudesse...

Mas Demiris não escutava as palavras. Estudava Catherine, pensando como ela era linda e vulnerável. *Mas não vou pressioná-la*, pensou Demiris. *De jeito nenhum. Levarei o jogo lentamente e saborearei a vitória. Esta será por você, Noelle, e por seu amante.*

— Vai passar muito tempo em Londres? — perguntou Catherine.

— Apenas um ou dois dias. Tenho alguns negócios para acertar.

Era verdade. Mas ele sabia que poderia ter resolvido tudo pelo telefone. Viera a Londres para iniciar sua campanha de atrair Catherine ainda mais, deixá-la emocionalmente dependente. Demiris inclinou-se para a frente.

— Já lhe contei alguma vez, Catherine, sobre o tempo em que trabalhei nos campos petrolíferos da Arábia Saudita?

DEMIRIS TORNOU a levar Catherine para jantar na noite seguinte.

— Evelyn me disse que você tem feito um excelente trabalho no escritório. Vou lhe dar um aumento.

— Já tem sido generoso demais — protestou Catherine. — Eu acho...

Demiris fitou-a nos olhos.

— Não sabe o quanto posso ser generoso.

Catherine ficou embaraçada. Ele está apenas sendo gentil, ela pensou. *Não devo imaginar coisas.*

No DIA SEGUINTE, Demiris estava pronto para partir.

— Não quer me acompanhar até o aeroporto, Catherine?

— Claro.

Ela achava-o fascinante. Era um homem divertido e inteligente, sentia-se lisonjeada por sua atenção. No aeroporto, Demiris deu um beijo rápido no rosto de Catherine.

— Fiquei contente porque pudemos passar algum tempo juntos, Catherine.

— Eu também fiquei. Obrigada, Costa.

Catherine ficou observando o avião decolar. *Ele é muito especial*, ela pensou. *Vou sentir saudade.*

Capítulo 6

TODOS SEMPRE se mostraram espantados com a evidente amizade profunda entre Constantin Demiris e seu cunhado, Spyros Lambrou.

Spyros Lambrou era quase tão rico e poderoso quanto Demiris. Demiris possuía a maior frota de cargueiros do mundo; Spyros Lambrou possuía a segunda maior. Demiris controlava uma cadeia de jornais, empresas aéreas, campos petrolíferos, bancos, extensas propriedades imobiliárias e uma indústria petroquímica. Pareciam concorrentes quase amistosos; mais do que isso, companheiros.

— Não é maravilhoso que os dois homens mais poderosos do mundo sejam tão grandes amigos? — comentavam as pessoas.

Na verdade, eram rivais implacáveis que desprezavam um ao outro. Quando Spyros Lambrou comprou um iate de cem pés, Constantin Demiris imediatamente encomendou um iate de 150 pés com quatro motores diesel G.M., uma tripulação de treze homens, duas lanchas e uma piscina de água doce.

Quando a frota de Spyros Lambrou alcançou um total de doze petroleiros, com uma tonelagem de duzentas mil, Constantin Demiris aumentou sua própria frota para 23 petroleiros, com uma tonelagem de 650 mil. Spyros Lambrou comprou diversos cavalos de corrida e Demiris adquiriu uma cavalariça maior para correr contra ele, ganhando sistematicamente.

Os dois homens encontravam-se com frequência, pois serviam juntos em comitês de caridade, integravam os conselhos de várias corporações e ocasionalmente compareciam a reuniões familiares.

Eram exatamente opostos em temperamento. Enquanto Constantin Demiris viera da sarjeta e lutara para chegar ao topo, Spyros Lambrou nascera aristocrata. Era esguio e elegante, sempre impecavelmente vestido, sempre cortês, com uma classe tradicional. Sua árvore genealógica incluía Otto da Baviera, que outrora reinara como rei da Grécia. Durante os primeiros levantes políticos na Grécia, uma pequena minoria, a oligarquia, acumulara fortunas no comércio, navegação e terras. O pai de Spyros Lambrou fora um deles e Spyros herdara seu império.

Ao longo dos anos, Spyros Lambrou e Constantin Demiris haviam mantido a farsa de amizade. Mas cada um estava determinado a destruir o outro no final, Demiris por causa de seu instinto de sobrevivência, Lambrou por causa do tratamento que o cunhado dispensava a Melina.

Spyros Lambrou era supersticioso. Apreciava a sua sorte na vida e se preocupava em não hostilizar os deuses. De vez em quando consultava psíquicos em busca de orientação. Era bastante inteligente para reconhecer as fraudes, mas havia uma psíquica que considerava extraordinária. Ela previra o aborto de Melina, o que aconteceria a seu casamento e uma dúzia de outras coisas que se consumaram. Ela vivia em Atenas.

Seu nome era madame Piris.

CONSTANTIN DEMIRIS tinha o hábito de chegar a seu escritório na rua Aghiou Geronda todos os dias, pontualmente às 6 h da manhã. Quando seus rivais começavam a trabalhar, Demiris já realizara diversas operações com seus agentes, em uma dúzia de países.

A sala de Demiris era espetacular. A vista era magnífica, com janelas panorâmicas deixando a cidade de Atenas a seus pés. O chão era de granito preto. Os móveis eram de aço e couro. Nas paredes havia uma coleção de arte cubista, com Légers, Braques e meia dúzia de Picassos. Havia uma enorme escrivaninha de vidro e aço e um verdadeiro trono de couro. Na escrivaninha havia uma máscara mortuária de Alexandre o Grande, montada em cristal. A inscrição por baixo dizia: "Alexandros. O defensor do homem."

Naquela manhã em especial, o telefone particular estava tocando no momento em que Constantin Demiris entrou na sala. Havia apenas meia dúzia de pessoas que conheciam aquele número. Demiris atendeu.

— *Kalimehra.*

— *Kalimehra.*

A voz no outro lado da linha pertencia ao secretário particular de Spyros Lambrou. Ele parecia nervoso.

— Desculpe incomodá-lo, Sr. Demiris, mas mandou-me ligar quando tivesse alguma informação que pudesse...

— Tudo bem. O que é?

— O Sr. Lambrou está planejando adquirir uma companhia chamada Aurora International. Está registrada na Bolsa de Valores de Nova York. O Sr. Lambrou tem um amigo no conselho de administração que o informou que a companhia vai fechar um grande contrato com o governo para construir bombardeiros. Trata-se de uma informação confidencial, é claro. A ação terá um grande aumento quando o anúncio...

— Não estou interessado no mercado de ações — interrompeu-o Demiris, bruscamente. — Não torne a me incomodar se não tiver algo importante para me dizer.

— Desculpe, Sr. Demiris. Pensei...

Mas Demiris já desligara.

Às 8 h, quando seu assistente, Giannis Tcharos, entrou na sala, Constantin Demiris levantou os olhos da escrivaninha.

— Há uma companhia na Bolsa de Nova York, Aurora International. Avise a todos os jornais que a companhia está sendo investigada por fraude. Use uma fonte anônima, mas espalhe a notícia. Quero que insistam na história até as ações caírem. Depois comece a comprar, até que eu tenha o controle acionário.

— Pois não, senhor. Isso é tudo?

— Não. Depois que eu adquirir o controle, anuncie que os rumores eram infundados. Ah, mais uma coisa. Providencie para que a Bolsa de Nova York seja avisada de que Spyros Lambrou comprou suas ações com base em informações internas.

Giannis Tcharos disse, suavemente:

— Sr. Demiris, nos Estados Unidos isso é um crime.

Constantin Demiris sorriu.

— Sei disso.

A um quilômetro e meio de distância, na praça Syntagma, Spyros Lambrou trabalhava em seu escritório. A sala refletia seu gosto eclético. Os móveis eram antiguidades raras, uma mistura de francês e italiano. Três das paredes estavam cobertas por obras de impressionistas franceses. A quarta parede era dedicada a artistas belgas, de Van Rysselbeghe a De Smet. A placa na porta da sala externa dizia LAMBROU & ASSOCIADOS, mas nunca houvera associados. Spyros Lambrou herdara um próspero negócio do pai e ao longo dos anos o desenvolvera para um conglomerado internacional.

Spyros Lambrou deveria ser um homem feliz. Era rico e bem-sucedido, desfrutava de excelente saúde. Mas era-lhe impossível ser realmente feliz enquanto Constantin Demiris estivesse vivo. O cunhado era um anátema para ele. Lambrou desprezava-o. Demiris era *polymichanos*, um homem fértil em estratagemas, um patife sem moral. Lambrou sempre odiara Demiris pelo tratamento que dispensava a Melina, mas a selvagem rivalidade entre os dois tinha o seu próprio nexo terrível.

Começara dez anos antes, num almoço de Spyros Lambrou com a irmã. Ela nunca o vira tão excitado.

— Melina, sabia que a cada dia o mundo consome todo o combustível fóssil que só foi criado em mil anos?

— Não, Spyros, não sabia.

— Haverá uma tremenda demanda por petróleo no futuro e não haverá petroleiros suficientes para transportá-lo.

— Vai construir alguns?

Ele acenou com a cabeça.

— Mas não apenas petroleiros comuns. Construirei a primeira frota de superpetroleiros. Serão duas vezes maiores do que os atuais. — Sua voz transbordava de entusiasmo. — Passei meses estudando os dados. Um galão de petróleo bruto transportado do golfo Pérsico para um porto na costa leste dos Estados Unidos custa sete *cents*. Mas num superpetroleiro o custo cairia para três *cents* por galão. Tem alguma ideia do que isso pode significar.

— Spyros... de onde vai tirar o dinheiro para construir uma frota assim?

Ele sorriu.

— Essa é a melhor parte do meu plano. Não vai me custar nada.

— Como assim?

Ele inclinou-se para a frente.

— Vou aos Estados Unidos no próximo mês para conversar com os executivos das grandes companhias petrolíferas. Com esses petroleiros, posso transportar o petróleo para eles pela metade do preço que gastam agora.

— Mas... você não tem nenhum grande petroleiro!

O sorriso de Spyros se alargou.

— Não, não tenho, mas se obtiver contratos de frete a longo prazo das companhias petrolíferas, os bancos me emprestarão o dinheiro de que preciso para construí-los. O que você acha?

— Acho que você é um gênio. O plano é brilhante.

Melina ficou tão excitada com a ideia do irmão que a mencionou para Demiris naquela noite, ao jantar. Ao terminar a explicação, ela indagou:

— Não é uma ideia maravilhosa?

Constantin Demiris ficou em silêncio por um momento.

— Seu irmão é um sonhador. Nunca poderia dar certo.

Melina fitou-o surpresa.

— Por que não, Costa?

— Porque é um esquema temerário. Em primeiro lugar, não haverá uma demanda tão grande de petróleo e com isso esses petroleiros míticos navegarão vazios. Segundo, as companhias petrolíferas não estão dispostas a entregarem seu precioso petróleo a uma frota fantasma, que ainda não existe. E terceiro, os banqueiros vão rir quando ele apresentar a proposta.

O rosto de Melina se contraiu em desapontamento.

— Spyros estava muito entusiasmado. Não gostaria de discutir o assunto com ele?

Demiris sacudiu a cabeça.

— Deixe-o ter seu sonho, Melina. E seria melhor se ele não soubesse de nossa conversa.

— Está bem, Costa. Tudo o que você disser.

No início da manhã seguinte, Constantin Demiris viajou para os Estados Unidos, a fim de discutir a questão dos grandes petroleiros. Sabia que as reservas mundiais de petróleo fora dos Estados Unidos e dos territórios do bloco soviético eram controladas pelas sete irmãs: Standard Oil Company of New Jersey, Standard Oil Company of California, Gulf Oil, Texas Company, Socony-Vacuum, Royal Dutch-Shell e Anglo-Iranian. Sabia que se pudesse obter o apoio de uma única, as outras certamente seguiriam atrás.

A PRIMEIRA VISITA de Constantin Demiris foi aos escritórios executivos da Standard Oil of New Jersey. Tinha um encontro com Owen Curtiss, um quarto vice-presidente.

— Em que posso ajudá-lo, Sr. Demiris?

— Tenho um conceito que acho que poderá proporcionar um grande benefício financeiro à sua companhia.

— Já disse isso pelo telefone. — Curtiss olhou para o relógio. — Tenho uma reunião dentro de poucos minutos. Se puder ser breve...

— Serei breve. Custa sete *cents* transportar um galão de petróleo bruto do golfo Pérsico para a costa leste dos Estados Unidos.

— Correto.

— O que diria se eu lhe garantisse que posso transportar seu petróleo por três *cents* o galão?

Curtiss sorriu, condescendente.

— E como faria esse milagre?

Demiris respondeu suavemente:

— Com uma frota de petroleiros que terão o dobro da capacidade de carga dos atuais. Posso transportar petróleo tão depressa quanto vocês forem capazes de bombeá-lo do solo.

Curtiss estudou-o com uma expressão pensativa.

— Onde conseguiria uma frota de grandes petroleiros?

— Vou construí-los.

— Lamento, mas não estamos interessados em investir em...

Demiris interrompeu-o:

— Não vai lhes custar nada. Tudo o que estou pedindo é um contrato a longo prazo para transportar seu petróleo pela metade do preço que estão pagando agora. Obterei o financiamento dos bancos.

Houve um silêncio prolongado e expectante. Owen Curtiss limpou a garganta.

— Acho melhor levá-lo para conversar com o nosso presidente.

Esse foi o começo. As outras companhias petrolíferas se mostraram igualmente ansiosas em fechar contratos com os novos petroleiros de Constantin Demiris. Quando Spyros Lambrou soube o que estava acontecendo, já era tarde demais. Ele voou para os Estados Unidos e ainda conseguiu realizar uns poucos negócios com algumas companhias independentes, mas Demiris já conquistara a melhor parte do mercado.

— Ele é seu marido — trovejou Lambrou —, mas juro para você, Melina, que algum dia ainda o farei pagar pelo que fez.

Melina sentia-se consternada pelo que acontecera. Achava que traíra o irmão. Mas quando confrontou o marido, ele deu de ombros.

— Não fui procurá-los, Melina. Eles é que vieram a mim. Como podia recusar?

E isso encerrou a discussão.

Mas as considerações financeiras eram insignificantes em comparação com os sentimentos de Lambrou pela maneira como Demiris tratava sua irmã.

Poderia ignorar o fato de que Constantin Demiris era um notório conquistador — afinal, um homem devia ter os seus prazeres. Mas o fato de Demiris ser tão clamoroso em suas conquistas era um insulto, não apenas para Melina, mas para toda a família Lambrou. A ligação de Demiris com a atriz Noelle Page fora o exemplo mais escandaloso. Virara manchete no mundo inteiro. *Um dia*, pensava Spyros Lambrou. *Um dia...*

Nikos Veritos, o assistente de Lambrou, entrou em sua sala. Veritos trabalhava com Lambrou há quinze anos. Era competente, mas desprovido de imaginação, um homem sem futuro, indefinido e anônimo. A rivalidade entre os cunhados proporcionava a Veritos o que considerava uma oportunidade de ouro. Apostava na vitória de Constantin Demiris e de vez em quando lhe passava uma informação confidencial, esperando por uma recompensa apropriada.

Veritos aproximou-se de Lambrou.

— Com licença. Está aqui um certo Sr. Anthony Rizzoli, querendo vê-lo.

Lambrou suspirou.

— Vamos acabar logo com isso. Mande-o entrar.

Anthony Rizzoli tinha quarenta e poucos anos, cabelos pretos, nariz aquilino, olhos castanhos fundos. Movia-se com a agilidade de um pugilista treinado. Usava um caro terno bege sob medida, uma camisa de seda amarela e sapatos de couro macio. Era polido e de fala suave, mas havia algo estranhamente ameaçador nele.

— É um prazer conhecê-lo, Sr. Lambrou.

— Sente-se, Sr. Rizzoli.

Rizzoli obedeceu.

— Em que posso ajudá-lo?

— Como já expliquei ao Sr. Veritos, gostaria de fretar um dos seus cargueiros. Tenho uma fábrica em Marselha e quero transportar alguns equipamentos pesados para os Estados Unidos. Se fecharmos o negócio, poderei lhe oferecer muitas outras operações no futuro.

Spyros Lambrou recostou-se na cadeira e estudou o homem sentado à sua frente. *Repulsivo.*

— Isso é tudo o que planeja transportar, Sr. Rizzoli?

Tony Rizzoli franziu o rosto.

— Como assim? Não estou entendendo.

— Acho que compreende. Meus navios não estão à sua disposição.

— Por que não? Do que está falando?

— Drogas, Sr. Rizzoli. É um traficante de drogas.

Os olhos de Rizzoli se contraíram.

— Está louco! Tem dado atenção a rumores!

Mas eram mais do que rumores. Spyros Lambrou investigara o homem cuidadosamente. Tony Rizzoli era um dos maiores contrabandistas de drogas da Europa. Era a Máfia, parte da organização, a informação era de que as fontes de transporte de Rizzoli haviam secado. Era por isso que se mostrava agora tão ansioso em fazer um acordo.

— Terá de procurar em outro lugar.

Tony Rizzoli ficou imóvel, fitando-o com olhos frios. Finalmente, acenou com a cabeça e disse:

— Está certo. — Ele tirou um cartão do bolso e largou-o na mesa. — Se mudar de ideia, aqui está onde poderá me encontrar.

Rizzoli se levantou e saiu. Spyros Lambrou pegou o cartão: "Anthony Rizzoli — Exportação & Importação". Havia o endereço e o telefone de um hotel de Atenas na base do cartão.

Nikos Veritos permanecera sentado em silêncio, olhos arregalados, escutando a conversa. Depois que Rizzoli se retirou, ele murmurou:

— Ele é mesmo...?

— É, sim. O Sr. Rizzoli negocia com heroína. Se algum dia o deixasse usar um dos nossos navios, o governo poderia suspender as operações de toda a nossa frota.

TONY RIZZOLI SAIU do gabinete de Lambrou furioso. *Aquele grego miserável me tratando como se eu fosse um camponês! E como soubera das drogas? O embarque era excepcionalmente grande, com um valor nas ruas de pelo menos dez milhões de dólares. Mas o problema era levar a carga até Nova York. Os agentes de narcóticos enxameiam por toda Atenas. Terei de dar um telefonema para a Sicília e adiar o embarque.* Tony Rizzoli nunca perdera uma remessa e não tencionava perder aquela. Considerava-se um vencedor nato.

Fora criado em Hell's Kitchen, em Nova York. Geograficamente, ficava no meio do West Side de Manhattan, entre a Oitava Avenida e o rio Hudson, os limites norte e sul estendiam-se da rua 23 à rua 59. Mas em termos psicológicos e emocionais, Hell's Kitchen era uma cidade dentro de uma cidade, um encrave armado. As ruas eram dominadas por quadrilhas. Havia os Gophers, a Parlor Mob, os Gorilas e a quadrilha Rhodes. Os contratos de assassinato valiam cem dólares, lesões corporais um pouco menos.

Os habitantes de Hell's Kitchen viviam em cortiços sórdidos, infestados de piolhos, ratos e baratas. Não havia banheiras e os jovens resolviam a deficiência à sua maneira, mergulhando nus nas águas ao largo das docas do rio Hudson, onde os esgotos das ruas de Kitchen se esvaziavam. As docas recendiam de uma massa estagnada de gatos e cachorros, mortos e inchados.

As ruas ofereciam uma interminável variedade de ação. Um carro dos bombeiros atendendo a um alarme... uma briga de quadrilhas num dos telhados dos cortiços... um cortejo nupcial... partidas de beisebol estilizado na calçada... uma perseguição a um cavalo desgarrado... um tiroteio. Os únicos recreios com que as crianças contavam eram as ruas, os telhados dos cortiços, os terrenos baldios cheios de lixo e — no verão — as águas malcheirosas do rio. E pairando acima o cheiro acre da pobreza. Fora essa a atmosfera em que Tony Rizzoli crescera.

A LEMBRANÇA MAIS antiga de Tony Rizzoli era a de ser derrubado e o dinheiro do leite roubado. Tinha sete anos. Os garotos mais velhos e maiores eram uma constante ameaça. O percurso para a escola era uma terra de ninguém e a própria escola era um campo de batalha. Aos quinze anos Rizzoli desenvolvera um corpo forte e uma considerável habilidade como lutador. Gostava de brigar, e ser bom nisso proporcionava-lhe um sentimento de superioridade. Ele e os amigos costumavam lutar boxe no ginásio de Stillman.

De vez em quando alguns mafiosos apareciam por lá para assistir aos treinos dos pugilistas que possuíam. Frank Costello aparecia uma ou duas vezes por mês, assim como Joe Adonis e Lucky Luciano. Divertiam-se com as lutas de boxe dos garotos e começaram a fazer apostas. Tony Rizzoli era sempre o vencedor e rapidamente tornou-se um dos prediletos dos mafiosos.

Um dia, quando trocava de roupa no vestiário, Rizzoli ouviu uma conversa entre Frank Costello e Lucky Luciano.

— O garoto é uma mina de ouro — Luciano estava dizendo. — Ganhei cinco mil nele na semana passada.

— Vai apostar na luta dele com Lou Domenic?

— Claro. Apostarei dez mil.

— Qual é a cotação?

— Dez para um. Mas que diferença faz? Rizzoli é uma barbada.

Tony Rizzoli não sabia direito o que a conversa significava. Foi procurar o irmão mais velho, Gino, e contou a história.

— Santo Deus! — exclamou o irmão. — Esses caras estão apostando dinheiro alto em você.

— Mas por quê? Não sou um profissional.

Gino pensou por um momento.

— Nunca perdeu uma luta, não é mesmo, Tony?

— Nunca.

— O que provavelmente aconteceu é que eles fizeram algumas apostas pequenas para se divertirem e quando descobriram o que você podia fazer começaram a apostar para valer.

O garoto mais jovem deu de ombros.

— Não significa nada para mim.

Gino pegou seu braço e disse, na maior ansiedade:

— Pode significar muito para você. Para nós dois. Preste atenção, garoto...

A LUTA COM Lou Domenic foi no ginásio de Stillman, numa tarde de sexta-feira. Todos os homens importantes estavam presentes — Frank Costello, Joe Adonis, Albert Anastasia, Lucky Luciano e Meyer Lansky. Gostavam de assistir às lutas dos garotos, mas gostavam ainda mais de terem descoberto uma maneira de ganhar dinheiro com os garotos.

Lou Domenic tinha dezessete anos, um ano mais velho do que Tony e dois quilos e meio mais pesado. Mas não era adversário para a habilidade de pugilista e o instinto de matador de Tony Rizzoli.

A luta era em cinco *rounds*. Tony ganhou fácil o primeiro. Também o segundo. E o terceiro. Os mafiosos já estavam contando o dinheiro.

— O garoto vai crescer para se tornar um campeão do mundo! — exultou Lucky Luciano. — Quanto apostou nele?

— Dez mil — respondeu Frank Costello. — A melhor cotação que consegui foi de quinze para um. O garoto já tem uma reputação.

E, subitamente, aconteceu o inesperado. No meio do quinto *round* Lou Domenic derrubou Tony com um *uppercut*. O juiz iniciou a contagem... bem devagar, olhando apreensivo para a audiência impassível.

— Levante, seu filho da puta! — berrou Joe Adonis. — Levante e lute!

A contagem continuou, ainda mais lentamente, até chegar a dez. Tony Rizzoli ainda estava na lona, apagado.

— Filho da puta! Um soco de sorte!

Os homens começaram a somar seus prejuízos. Eram substanciais. Tony Rizzoli foi levado para um dos vestiários por Gino, carregado. Tony mantinha os olhos firmemente fechados, temendo que pudessem descobrir que estava consciente e lhe fizessem alguma coisa horrível.

Foi só depois que estava são e salvo em casa é que Tony começou a relaxar.

— Conseguimos! — exclamou seu irmão, excitado. — Sabe quanto dinheiro ganhamos? Quase mil dólares!

— Não entendo...

— Tomei emprestado dos agiotas deles para apostar em Domenic e me deram quinze por um. Estamos ricos.

— Eles não vão ficar zangados? — perguntou Tony.

Gino sorriu.

— Nunca saberão.

NO DIA SEGUINTE, quando Tony Rizzoli saiu da escola, havia uma longa limusine preta esperando no meio-fio. Lucky Luciano estava no banco de trás. Acenou para o garoto.

— Entre.

O coração de Tony Rizzoli disparou.

— Não posso, Sr. Luciano. Estou atrasado para...

— Entre.

Tony Rizzoli embarcou na limusine. Lucky Luciano disse ao motorista:

— Dê uma volta pelo quarteirão.

Graças a Deus ele não estava sendo levado para um passeio! Lucky Luciano virou-se para o garoto.

— O nocaute foi simulado.

Rizzoli corou.

— Não, senhor. Eu...

— Não tente me sacanear. Quanto ganhou com a luta?

— Nada, Sr. Luciano. Eu...

— Só vou perguntar mais uma vez. Quanto ganhou com aquele nocaute falso?

O garoto hesitou.

— Mil dólares.

Lucky Luciano riu.

— Isso é ninharia. Mas acho que para um... Quantos anos você tem?

— Quase dezesseis.

— Acho que não é tão ruim assim para um garoto de dezesseis anos. Sabe que custou muito dinheiro a mim e a meus amigos?

— Desculpe. Eu...

— Esqueça. É um garoto esperto. Tem futuro.

— Obrigado.

— Não vou contar nada, Tony, pois meus amigos poderiam cortar seus colhões e obrigá-lo a comer. Mas quero que me procure na segunda-feira. Vamos trabalhar juntos.

UMA SEMANA DEPOIS, Tony Rizzoli estava trabalhando para Lucky Luciano. Começou como mensageiro do jogo dos números e depois se tornou um guarda-costas. Era esperto e dinâmico, foi subindo até se tornar lugar-tenente de Luciano.

Quando Lucky Luciano foi preso, condenado e mandado para a penitenciária, Tony Rizzoli continuou com sua organização.

AS FAMÍLIAS PROMOVIAM o jogo, agiotagem, prostituição e qualquer outra coisa em que se pudesse obter um lucro ilegal. O tráfico de tóxicos era em geral desprezado, mas alguns membros insistiam em se envolver e as Famílias, com bastante relutância, concederam permissão para montarem operações particulares.

A ideia tornou-se uma obsessão para Tony Rizzoli. Pelo que pudera observar, as pessoas no tráfico de tóxicos eram completamente desorganizadas. *Todos eles improvisam. Com um cérebro certo e a força por trás...*

Ele tomou sua decisão.

TONY RIZZOLI NÃO era homem de entrar em qualquer coisa casualmente. Começou por ler tudo o que pôde encontrar sobre heroína.

A heroína estava se tornando rapidamente o principal narcótico. A maconha e a cocaína proporcionavam um "barato", mas a heroína criava um estado de completa euforia, sem angústia, sem problemas, sem preocupações. As pessoas escravizadas pela heroína mostravam-se dispostas a vender qualquer coisa que possuíssem, a roubar qualquer coisa a seu alcance, a cometer qualquer crime. A heroína tornava-se uma religião, uma razão de viver.

A Turquia era uma das principais produtoras de papoula, da qual derivava a heroína.

A Família tinha contatos na Turquia e por isso Rizzoli teve uma conversa com Pete Lucca, um dos *capi.*

— Pretendo entrar no tráfico — anunciou Rizzoli. — Mas tudo o que eu fizer será pela Família. Quero que saiba disso.

— Você é um bom garoto, Tony.

— Eu gostaria de ir à Turquia para avaliar a situação. Pode providenciar?

O velho hesitou.

— Mandarei um aviso. Mas eles não são como nós, Tony. Não têm moral. São animais. Se não confiarem em você, vão matá-lo.

— Tomarei cuidado.

— Deve mesmo.

Duas semanas depois, Tony Rizzoli estava a caminho da Turquia. Foi a Izmir, Afyon e Eskisehir, as regiões de cultivo da papoula. No início, Rizzoli era recebido com profunda suspeita. Era um estrangeiro e os estrangeiros não eram bem-vindos.

— Vamos fazer muitos negócios juntos — disse Rizzoli. — Gostaria de dar uma olhada nas plantações de papoula.

Um dar de ombros.

— Não sei de nada sobre plantações de papoulas. Está perdendo seu tempo. Volte para sua terra.

Mas Rizzoli estava determinado. Houve meia dúzia de telefonemas e telegramas em código. Finalmente, em Kilis, na fronteira turca-síria, ele teve permissão para assistir à colheita do ópio na fazenda de Carella, um dos maiores plantadores.

— Não dá para entender — comentou Tony. — Como se pode extrair de uma porra de uma flor?

Um cientista de casaco branco explicou:

— Há várias etapas, Sr. Rizzoli. A heroína é sintetizada do ópio, que é produzido pelo tratamento da morfina com ácido acético. A heroína é extraída de uma variedade específica da papoula, chamada *Papaver somniferum*, a flor do sono. O ópio tira seu nome da palavra grega *opos*, que significa suco.

— Já entendi.

Na época da colheita, Tony foi convidado a visitar a propriedade principal de Carella. Cada membro da família de Carella estava equipado com um *çizgi biçak*, um facão em formato de bisturi, para efetuar uma incisão precisa na planta. Carella explicou:

— As papoulas devem ser colhidas num período de 24 horas ou a colheita estará perdida.

Havia nove pessoas na família e cada uma trabalhou freneticamente para concluir a colheita a tempo. O ar ficou impregnado de vapores que induziam à sonolência. Rizzoli sentiu-se tonto.

— Tome cuidado — advertiu Carella. — Fique acordado. Se deitar no campo, nunca mais vai levantar.

As janelas e portas da casa da plantação eram mantidas fechadas durante o período de 24 horas da colheita.

DEPOIS QUE AS PAPOULAS foram colhidas, Rizzoli observou a massa branca viscosa de uma base de morfina ser convertida em heroína num "laboratório" nas colinas.

— Então é assim que se faz, hein?

Carella sacudiu a cabeça.

— Não, meu amigo. Isso é apenas o começo. Produzir a heroína é a parte mais fácil. O segredo do negócio é transportá-la sem ser apanhado.

Tony Rizzoli podia sentir o excitamento crescer. Era nesse ponto que sua competência faria a diferença. Até agora o negócio fora operado por trapalhões. Mostraria a todos como um profissional agia.

— Como transportam a mercadoria?

— Há muitas maneiras. Caminhão, ônibus, trem, carro, mula, camelo...

— Camelo?

— Costumávamos contrabandear heroína em latas na barriga de camelos... até que os guardas começaram a usar detectores de metal. Por isso, trocamos para sacos de borracha. Ao final da viagem matamos os camelos. O problema é que às vezes os sacos estouram dentro dos camelos, os animais chegam à fronteira cambaleando como bêbados. E os guardas descobrem.

— Qual é o percurso que usam?

— Às vezes a heroína segue por Alepo, Beirute e Istambul, e depois Marselha. Às vezes vão de Istambul para a Grécia, depois para a Sicília, através da Córsega e Marrocos, em seguida atravessam o Atlântico.

— Agradeço sua cooperação — disse Rizzoli. — Falarei a respeito com os rapazes. Tenho outro pedido a lhe fazer.

— Qual é?

— Gostaria de acompanhar a próxima remessa.

Houve uma longa pausa.

— Pode ser perigoso.

— Correrei os riscos.

NA TARDE SEGUINTE, Tony Rizzoli foi apresentado a um bandido alto e corpulento, com um enorme bigode de pontas caídas.

— Este é Mustafá de Afyon. Em turco, *afyon* significa ópio. Mustafá é um dos nossos mais hábeis contrabandistas.

— Não se pode deixar de ser hábil — comentou Mustafá, modesto. — Há muitos perigos.

Tony Rizzoli sorriu.

— Mas vale o risco, não é mesmo?

Mustafá respondeu com extrema dignidade:

— Está falando de dinheiro. Para nós, o ópio é mais do que uma colheita que dá dinheiro. Há toda uma mística envolvendo-o. É a única colheita que é mais do que apenas alimento. A seiva branca da planta é um elixir concedido por Deus, um medicamento natural, se tomado em pequenas quantidades. Pode ser comido ou aplicado diretamente na pele e curará a maioria das aflições mais comuns... problemas de estômago, resfriados, febre, dores, torceduras. Mas é preciso tomar cuidado. Se tomar em grandes quantidades, não apenas turvará os sentidos, como também o impedirá de proezas sexuais... e nada na Turquia pode destruir mais a dignidade de um homem do que a impotência.

— Claro, claro... Tem toda razão.

A JORNADA DE AFYON começou à meia-noite. Um grupo de camponeses, andando em fila indiana pela noite escura, encontrou-se com Mustafá. As mulas foram carregadas com ópio, 350 quilos, empilhadas nos lombos de sete mulas vigorosas. O odor doce e pungente do ópio, como feno molhado, pairava no ar em torno dos homens. Havia uma dúzia de camponeses para guardar o ópio na transação com Mustafá. Cada um estava armado com um rifle.

— Precisamos tomar cuidado hoje em dia — Mustafá explicou a Rizzoli. — Temos a Interpol e muitas polícias procurando por nós. Era mais divertido nos velhos tempos. Transportávamos ópio através de uma aldeia ou cidade em um caixão envolto por um pano preto. Era uma visão comovente as pessoas e os guardas nas ruas tirando o chapéu em respeito à passagem do caixão com ópio.

A província de Afyon fica no centro da região ocidental da Turquia, na base das montanhas Sultan, num platô alto, remoto e virtualmente isolado das principais cidades da nação.

— O território é ótimo para o nosso trabalho — comentou Mustafá. — Não é fácil nos encontrar.

As mulas deslocavam-se lentamente pelas montanhas desoladas e à meia-noite, três dias depois, alcançaram a fronteira turca-síria. Foram recebidos ali por uma mulher vestida de preto. Ela conduzia um cavalo carregando um inocente saco de farinha de trigo, com uma corda presa frouxamente na sela. A corda estendia-se para trás, mas nunca encostava no solo. Era comprida, com sessenta metros. A outra extremidade era suspensa por Mustafá e seus quinze homens contratados. Andavam agachados, uma das mãos segurando a corda e a outra um saco de ópio. Cada saco pesava quinze quilos. A mulher e seu cavalo avançaram por uma área coalhada de minas, mas havia uma trilha definida por um pequeno rebanho de ovelhas conduzido por ali antes. Se a corda caía no chão, era um sinal para Mustafá e os outros de que havia guardas à frente. Se a mulher era detida para interrogatório, os contrabandistas esperavam um pouco e depois concluíam a travessia na fronteira, sãos e salvos.

Efetuaram a travessia em Kilis, o ponto mais minado da fronteira. Depois de passarem pela área controlada pelas patrulhas, os contrabandistas entraram na terra de ninguém, com cinco quilômetros de extensão, até o ponto de encontro, onde foram recebidos por contrabandistas sírios. Puseram os sacos de ópio no chão e foram presenteados com uma garrafa de *raki*, que os homens passaram de um para o outro. Rizzoli ficou observando enquanto o ópio era pesado, examinado e amarrado nos lombos de uma dúzia de burros sírios, imundos. O trabalho fora concluído.

Muito bem, pensou Rizzoli. *Agora vamos verificar como faz o pessoal da Tailândia.*

BANGKOK FOI A ESCALA seguinte de Rizzoli. Depois que se asseguraram que ele merecia confiança, permitiram-lhe acompanhar um barco de pesca tailandês, que carregava a droga em sacos de polietileno dentro de tambores de querosene vazios, com argolas presas na tampa. Ao se aproximar de Hong Kong, os tambores foram lançados nas águas rasas, em fila, nas proximidades de Lima e ilhas Ladrone, onde era simples para um barco de pesca de Hong Kong recolhê-los com uma vara e um gancho.

— Nada mal — comentou Rizzoli.

Mas tem de haver uma maneira melhor.

OS PLANTADORES referiam-se à heroína como "H" e "*horse*" (cavalo), mas para Tony Rizzoli a heroína era ouro. Os lucros eram espetaculares. Os camponeses que cultivavam o ópio ganhavam 350 dólares por dez quilos, mas depois de processado e vendido nas ruas de Nova York o valor aumentava para 250 mil dólares.

É muito fácil, pensou Rizzoli. *Carella estava certo. O segredo do negócio é não ser apanhado.*

Isso fora o começo, dez anos antes. Mas agora era tudo mais difícil. A Interpol, a organização policial internacional, pusera recentemente o tráfico de tóxicos no topo de sua lista. Todos os navios que deixavam os principais portos do tráfico e que pareciam suspeitos, mesmo ligeiramente, eram abordados e revistados. Fora por isso que Rizzoli procurara Spyros Lambrou. A frota dele estava acima de qualquer suspeita. Era improvável que a polícia revistasse um de seus cargueiros. Mas o desgraçado o repelira. *Encontrarei outro jeito*, pensou Rizzoli. *Mas é melhor encontrá-lo depressa.*

— CATHERINE... estou incomodando-a?

Era meia-noite.

— Não, Costa. É um prazer ouvir sua voz.

— Está tudo bem aí?

— Está, sim... graças a você. Gosto cada vez mais do meu trabalho.

— Ótimo. Irei a Londres dentro de poucas semanas. E aguardo ansioso a oportunidade de revê-la. — *Cuidado. Não pressione demais.* — Quero discutir alguns problemas da companhia.

— Está certo.

— Então boa-noite.

— Boa-noite.

DESTA VEZ FOI ela quem ligou.

— Costa... não sei o que dizer. O medalhão é lindo, mas não deveria...

— É uma pequena lembrança, Catherine. Evelyn me disse que você tem sido de grande valia para ela. Eu queria apenas expressar meu agradecimento.

É MUITO FÁCIL, pensou Demiris. Pequenos presentes e lisonjas.

Mais tarde: Minha mulher e eu estamos nos separando.

Depois o estágio de "Eu me sinto solitário".

Uma vaga conversa de casamento e um convite para seu iate e ilha. A rotina nunca falhava. *Esta será particularmente excitante*, pensou Demiris, *porque terá um final diferente. Ela vai morrer.*

ELE TELEFONOU para Napoleon Cotas. O advogado mostrou-se satisfeito por ouvi-lo.

— Já faz bastante tempo, Costa. Está tudo bem?

— Está sim, obrigado. Preciso de um favor.

— Claro.

— Noelle Page possuía uma pequena *villa* em Rafina. Quero que a compre para mim, sob o nome de outra pessoa.

— Não há problema. Mandarei um dos advogados do meu escritório...

— Quero que cuide de tudo pessoalmente.

Houve uma pausa.

— Está certo. Cuidarei de tudo.

— Obrigado.

Napoleon Cotas continuou sentado depois de desligar, olhando fixamente para o telefone. A *villa* era o ninho de amor em que Noelle Page e Larry Douglas haviam conduzido sua ligação amorosa. O que Constantin Demiris estaria possivelmente querendo?

Capítulo 7

O Palácio da Justiça Arsakion, no centro de Atenas, é um prédio de pedra, grande e cinzento, ocupando todo o quarteirão, na rua da Universidade e Strada. Dos trinta tribunais que funcionam no prédio, apenas três estão reservados aos processos criminais: nas salas 21, 30 e 33.

Por causa do enorme interesse despertado pelo julgamento por homicídio de Anastasia Savalas, as audiências estavam sendo realizadas na Sala 33. Tinha doze metros de largura e noventa de comprimento, os lugares eram divididos em três seções, separadas por dois metros, com nove bancos de madeira em cada uma. Na frente do tribunal havia um estrado alto, por trás de uma divisória de mogno de dois metros, com cadeiras de encostos altos para os três juízes presidindo o julgamento.

Na frente do estrado havia um banco de testemunhas, sobre uma pequena plataforma. Na parede do outro lado ficava o recinto do júri, ocupado agora por dez jurados, com a mesa dos advogados na frente.

O julgamento era bastante espetacular por si mesmo, mas a *pièce de résistance* era o fato de a defesa ser conduzida por Napoleon Cotas, um dos mais eminentes advogados criminais do mundo. Cotas só atuava em casos de homicídio e tinha uma série de vitórias notáveis. Napoleon Cotas era magro, de aparência emaciada, os olhos grandes e tristes de um sabujo no rosto enrugado. Vestia-se mal e sua aparência física não inspirava confiança. Mas por trás da atitude vagamente confusa escondia-se uma mente brilhante e incisiva.

A imprensa especulara intensamente sobre o motivo que levara Napoleon Cotas a defender a mulher em julgamento. Não havia possibilidade de vitória. As apostas eram de que seria a primeira derrota de Cotas.

Peter Demonides, o promotor, já enfrentara Cotas antes e — embora nunca o admitisse, nem para si mesmo — sentia o maior respeito e temor de sua competência. Desta vez, porém, Demonides achava que não havia muito com que se preocupar. Se alguma vez já houvera um caso líquido e certo de homicídio, era o julgamento de Anastasia Savalas.

Os fatos eram simples: Anastasia Savalas era uma linda jovem, casada com um homem rico, George Savalas, trinta anos mais velho. Anastasia mantinha uma ligação com o jovem motorista do casal, Josef Pappas. Segundo testemunhas, o marido ameaçara-a com o divórcio e a exclusão do testamento. Na noite do crime ela dispensara os criados e preparara o jantar para o marido. George Savalas estava resfriado. Teve um acesso de tosse durante o jantar. A mulher fora buscar o xarope para a tosse. Savalas tomara um gole e caíra morto.

Um caso líquido e certo.

A SALA 33 ESTAVA apinhada de espectadores no início da manhã. Anastasia Savalas sentou à mesa dos réus, usando um conjunto simples de saia e blusa pretas, sem joias, quase nenhuma maquiagem. Era extraordinariamente bela.

O promotor, Peter Demonides, estava falando para o júri:

— Senhoras e senhores. Às vezes, num caso de homicídio, um julgamento se prolonga por três ou quatro meses. Mas não creio que tenham de se preocupar com sua permanência aqui durante todo esse tempo. Quando ouvirem os fatos neste caso, tenho certeza de que concordarão, sem a menor sombra de dúvida, que só há um veredicto possível: homicídio em primeiro grau. O Estado provará que a ré deliberadamente assassinou seu marido porque ele a ameaçava com o divórcio, quando descobriu sua ligação com o motorista da família. Provaremos que a ré teve o motivo, a oportunidade e os meios para executar seu plano a sangue-frio. Obrigado.

Ele voltou a seu lugar e o juiz principal virou-se para Cotas.

— A defesa está pronta para apresentar as alegações iniciais?

Napoleon Cotas levantou-se lentamente.

— Está, sim, meritíssimo.

Ele se encaminhou para o júri, indeciso, quase arrastando os pés. Parou, piscando para os jurados, e quando falou era quase como se falasse para si mesmo:

— Já vivi muito tempo e aprendi que nenhum homem ou mulher pode esconder uma natureza má. Sempre aparece. Um poeta disse uma vez que os olhos são as janelas da alma. Acho que é verdade. E peço que vocês, senhoras e senhores do júri, observem os olhos da ré. Não há a menor possibilidade de que ela pudesse encontrar em seu coração o ânimo para assassinar alguém.

Napoleon Cotas ficou imóvel por um instante, como se tentasse pensar em mais alguma coisa para dizer, depois voltou à sua cadeira.

Peter Demonides experimentou um súbito sentimento de triunfo. *Santo Deus! Essa é a pior alegação inicial que já ouvi em toda a minha vida! O velho está liquidado!*

— A acusação está preparada para chamar sua primeira testemunha?

— Está, sim, meritíssimo. Eu gostaria de chamar Rosa Lykourgos.

Uma mulher de meia-idade, corpulenta, levantou-se na área dos espectadores e avançou para a frente do tribunal, com uma expressão determinada. Prestou juramento.

— Sra. Lykourgos, qual é a sua ocupação?

— Sou a governanta... — Ela hesitou. — Eu *era* a governanta do Sr. Savalas.

— Sr. George Savalas?

— Isso mesmo, senhor.

— E pode nos informar há quanto tempo trabalhava para o Sr. Savalas?

— Há vinte e cinco anos.

— É um bocado de tempo. Gostava de seu patrão?

— Ele era um santo.

— Já era empregada do Sr. Savalas durante seu primeiro casamento?

— Sim, senhor. Estava a seu lado quando a primeira esposa foi sepultada.

— Seria justo dizer que eles tinham um bom relacionamento?

— Eram profundamente apaixonados um pelo outro.

Peter Demonides olhou para Napoleon Cotas, esperando seu protesto a essa linha de interrogatório. Mas Cotas permaneceu sentado, aparentemente perdido em seus pensamentos. O promotor continuou:

— E continuava trabalhando para o Sr. Savalas durante o seu segundo casamento, com Anastasia Savalas?

— Continuava, senhor.

A resposta saiu em tom ríspido.

— Diria que era um casamento feliz?

Demonides tornou a olhar para Napoleon Cotas, mas também não houve reação agora.

— Feliz? Não, senhor. Eles brigavam como cão e gato.

— Testemunhou alguma dessas brigas?

— Não se podia deixar de tomar conhecimento. Ouviam-se suas vozes por toda a casa... e é uma casa grande.

— Devo presumir que essas brigas eram verbais, em vez de físicas? Ou seja, o Sr. Savalas nunca bateu na esposa?

— Oh, não, eram mesmo físicas. Só que acontecia o inverso, era a madame quem batia nele. O Sr. Savalas já era bastante idoso e se tornara um homem frágil.

— E viu a Sra. Savalas bater no marido?

— Mais de uma vez. — A testemunha olhou para Anastasia Savalas enquanto falava, com uma sombria satisfação em sua voz.

— Sra. Lykourgos, na noite em que o Sr. Savalas morreu, quais os membros da criadagem que estavam trabalhando na casa?

— Nenhum.

Peter Demonides demonstrou surpresa.

— Está querendo dizer que numa casa que diz ser tão grande não havia nenhum criado presente? O Sr. Savalas não empregava uma cozinheira ou copeira... um mordomo...?

— Claro que sim, senhor. Havia todo esse pessoal. Mas a madame mandou que tirássemos a noite de folga. Disse que queria preparar o jantar para o marido pessoalmente. Seria como uma segunda lua de mel.

A última frase foi encerrada com uma risada desdenhosa.

— Quer dizer que a Sra. Savalas queria se livrar da presença de todos?

Desta vez foi o juiz principal quem olhou para Napoleon Cotas, esperando seu protesto. Mas o advogado de defesa continuou impassível, distraído. O juiz virou-se para Demonides.

— O promotor deve parar de induzir a testemunha.

— Peço desculpas, meritíssimo. Reformularei a pergunta.

Demonides chegou mais perto da Sra. Lykourgos.

— O que está querendo dizer é que, numa noite em que os criados normalmente ficariam na casa, a Sra. Savalas ordenou que todos saíssem, a fim de poder ficar a sós com o marido?

— Sim, senhor. E o pobre coitado sofria de um terrível resfriado.

— A Sra. Savalas preparava o jantar para o marido com frequência?

A Sra. Lykourgos torceu o nariz.

— Ela? Não, senhor. De jeito nenhum. Nunca levantou um dedo na casa.

E Napoleon Cotas permaneceu sentado, escutando como se não passasse de um espectador.

— Obrigado, Sra. Lykourgos. Foi bastante útil.

Peter Demonides olhou para Cotas, tentando esconder sua satisfação. O depoimento da Sra. Lykourgos tivera um efeito perceptível no júri. Todos lançavam olhares de desaprovação para a ré. *Vamos ver se o velho consegue dar um jeito nisso.*

— A testemunha é sua.

Napoleon Cotas levantou os olhos.

— Como! Ah... Não tenho perguntas a fazer.

O juiz principal fitou-o com uma expressão aturdida.

— Sr. Cotas... não deseja reinquirir a testemunha?

Napoleon Cotas levantou-se.

— Não, meritíssimo. Ela parece ser uma mulher absolutamente honesta.

Ele tornou a se sentar. Peter Demonides não podia acreditar em sua sorte. *Cotas nem mesmo tenta lutar*, ele pensou. O *velho está acabado.* Demonides já saboreava a vitória. O juiz fitou-o.

— Pode chamar sua próxima testemunha.

— O Estado gostaria de chamar Josef Pappas.

Um jovem alto, bonito, cabelos pretos, levantou-se na área dos espectadores e se encaminhou para o banco das testemunhas. Prestou juramento. Peter Demonides começou:

— Sr. Pappas, poderia fazer o favor de informar ao tribunal qual é a sua ocupação?

— Sou motorista.

— Está empregado no momento?

— Não.

— Mas estava empregado até recentemente. Isto é, esteve empregado até a morte de George Savalas.

— Isso mesmo.

— Há quanto tempo trabalhava para a família Savalas?

— Pouco mais de um ano.

— Era um emprego agradável?

Josef Pappas lançou um olhar para Cotas, esperando que ele viesse em seu socorro. Houve apenas silêncio.

— Era um emprego agradável, Sr. Pappas?

— Acho que era bom.

— Tinha um bom salário?

— Tinha.

— E não diria que o emprego era mais do que bom? Afinal, não havia alguns extras que acompanhavam a função? Não ia para a cama regularmente com a Sra. Savalas?

Josef Pappas tornou a olhar para Napoleon Cotas, suplicando ajuda. Mas não houve nenhuma.

— Eu... Sim, senhor. Acho que sim.

Peter Demonides foi fulminante em seu desdém:

— Você *acha*? Está sob juramento. Ou tinha uma ligação com ela ou não tinha. Qual dos dois?

Pappas se contorcia no assento.

— Tínhamos uma ligação.

— Apesar de trabalhar para o marido dela... de receber um salário generoso do marido e viver sob o seu teto?

— Sim, senhor.

— Não o perturbou receber o dinheiro do Sr. Savalas semana após semana, enquanto mantinha uma ligação com sua esposa?

— Não era apenas uma ligação.

Peter Demonides armou a armadilha com o maior cuidado.

— Não era apenas uma ligação? O que está querendo dizer com isso? Não entendi.

— Anastasia e eu planejávamos casar.

Houve murmúrios de surpresa no tribunal. Os jurados olhavam fixamente para a ré.

— O casamento era ideia sua ou da Sra. Savalas?

— Nós dois queríamos.

— Mas quem sugeriu?

— Acho que foi ela.

Ele olhou para Anastasia Savalas, que sustentou o olhar sem hesitação.

— Francamente, Sr. Pappas, estou espantado. Como esperava casar? A Sra. Savalas já tinha um marido, não é mesmo? Planejavam esperar que ele morresse de velhice? Ou que sofresse algum acidente fatal? O que exatamente tinham em mente?

As perguntas eram tão inflamadas que o promotor e os três juízes olharam para Napoleon Cotas, esperando o seu protesto. Mas o advogado de defesa estava ocupado rabiscando num bloco, sem prestar qualquer atenção. Anastasia Savalas também começava a parecer preocupada. Peter Demonides tratou de aproveitar a vantagem:

— Não respondeu à minha pergunta, Sr. Pappas.

Josef Pappas remexeu-se na cadeira, contrafeito.

— Não sei direito.

A voz de Peter Demonides era como o estalo de um chicote.

— Pois então vou lhe explicar *direito*. A Sra. Savalas planejava assassinar o marido para tirá-lo do caminho. Sabia que o marido ia se divorciar e excluí-la do testamento e isso a deixaria sem nada. Ela...

— Protesto! — Não partiu de Napoleon Cotas, mas do juiz principal. — Está pedindo à testemunha para especular.

Ele olhou para Napoleon Cotas, aturdido com o silêncio do advogado de defesa. O velho se sentava imóvel, os olhos meio fechados.

— Desculpe, meritíssimo. — Mas Peter Demonides sabia que a sugestão ficara gravada. Virou-se para Cotas. — A testemunha é sua.

Napoleon Cotas levantou-se.

— Obrigado, Sr. Demonides. Não tenho perguntas.

Os três juízes se entreolharam, perplexos. Um deles falou:

— Sr. Cotas, está consciente de que esta será sua única oportunidade de reinquirir a testemunha?

Napoleon Cotas piscou.

— Estou, sim, meritíssimo.

— E tendo em vista o seu depoimento, não deseja lhe fazer nenhuma pergunta?

Napoleon Cotas sacudiu a mão no ar, vagamente.

— Não, meritíssimo.

O juiz suspirou.

— Muito bem. O promotor pode chamar sua próxima testemunha.

A próxima testemunha era Mihalis Haritonides, um homem corpulento, na casa dos sessenta anos. Depois que ele prestou juramento, o promotor perguntou:

— Pode informar ao tribunal a sua ocupação, por favor?

— Pois não, senhor. Dirijo um hotel.

— E pode nos dizer o nome desse hotel?

— Argos.

— Onde fica esse hotel?

— Em Corfu.

— Vou lhe perguntar, Sr. Haritonides, se alguma das pessoas nesta sala já estiveram hospedadas em seu hotel.

Haritonides olhou ao redor.

— Sim, senhor. Ele e ela.

— Que fique registrado nos autos que a testemunha está apontando para Josef Pappas e Anastasia Savalas. — Demonides tornou a se virar para a testemunha. — Eles se hospedaram em seu hotel mais de uma vez?

— Sim, senhor. Estiveram lá meia dúzia de vezes, no mínimo.

— E passaram a noite ali, juntos, no mesmo quarto?

— Sim, senhor. Geralmente ficavam durante o fim de semana.

— Obrigado, Sr. Haritonides. — Ele olhou para Napoleon Cotas. — A testemunha é sua.

— Não tenho perguntas a fazer.

O juiz principal olhou para os dois colegas e sussurraram entre si por um momento. O juiz principal olhou para Napoleon Cotas.

— Não tem perguntas a fazer a esta testemunha, Sr. Cotas?

— Não, meritíssimo. Acredito em seu depoimento. É um bom hotel. Eu mesmo já estive lá.

O juiz principal fitou o advogado de defesa em silêncio por um longo momento. Depois, virou-se para o promotor.

— O Estado pode chamar sua próxima testemunha.

— O Estado gostaria de chamar o Dr. Vassilis Frangescos.

Um homem alto, de aparência distinta, levantou-se e seguiu para o banco das testemunhas. Prestou juramento.

— Dr. Frangescos, pode fazer o favor de informar ao tribunal qual é o tipo de medicina que pratica?

— Sou clínico geral.

— Isso é o equivalente ao médico de família?

— É outra maneira de dizer.

— Há quanto tempo exerce a profissão, doutor?

— Quase trinta anos.

— E tem o registro oficial?

— Claro.

— Dr. Frangescos, George Savalas era seu paciente?

— Era, sim.

— Por quanto tempo?

— Há pouco mais de dez anos.

— E tratava o Sr. Savalas por algum problema específico?

— Na primeira vez em que o vi, ele foi me procurar porque tinha pressão alta.

— E tratou-o por isso?

— Tratei.

— E tornou a vê-lo depois disso?

— Ele me procurava de vez em quando, sempre que tinha um problema de bronquite ou fígado... nada de mais grave.

— Quando foi a última vez que viu o Sr. Savalas?

— Foi em dezembro do ano passado.

— Ou seja, pouco antes de sua morte.

— Isso mesmo.

— Ele esteve em seu consultório, doutor?

— Não. Fui vê-lo em casa.

— Geralmente dá consultas em casa?

— Quase nunca.

— Mas neste caso abriu uma exceção.

— Abri.

— Por quê?

O médico hesitou.

— Porque ele não estava em condições de ir ao meu consultório.

— E qual era o seu estado?

— Tinha lacerações, diversas equimoses e uma concussão.

— Sofrera algum acidente?

O Dr. Frangescos tornou a hesitar.

— Não. Ele me contou que fora espancado pela esposa.

Houve murmúrios aturdidos por todo o tribunal. O juiz principal indagou, irritado:

— Sr. Cotas, não vai protestar contra um testemunho indireto nos autos?

Napoleon levantou os olhos e disse baixinho:

— Ah, sim... Obrigado, meritíssimo. Isso mesmo, eu protesto.

Mas é claro que o dano já fora causado. Os jurados olhavam agora para a ré com franca hostilidade.

— Obrigado, Dr. Frangescos. Não tenho mais perguntas. — Peter Demonides virou-se para Cotas e disse, em tom presunçoso:
— A testemunha é sua.

— Não tenho perguntas a fazer.

SEGUIRAM-SE DIVERSAS testemunhas: uma criada que declarou ter visto a Sra. Savalas entrar no quarto do motorista em diversas ocasiões... um mordomo que testemunhou ter ouvido George Savalas ameaçar a esposa com o divórcio e a mudança do testamento... vizinhos que ouviram as ruidosas brigas dos Savalas.

E Napoleon Cotas continuava a não ter perguntas a fazer a todas as testemunhas.

A rede fechava-se depressa sobre Anastasia Savalas.

Peter Demonides já podia sentir a exultação da vitória. Em sua imaginação, via as manchetes nos jornais. Seria o mais rápido julgamento de homicídio na história judiciária. *O julgamento pode terminar até hoje*, ele pensou. *O grande Napoleon Cotas é um homem derrotado.*

— Eu gostaria de chamar o Sr. Nikos Mentakis para prestar depoimento.

Mentakis era um jovem magro e nervoso, falava devagar, com o maior cuidado.

— Sr. Mentakis, pode informar ao tribunal qual é a sua ocupação?

— Pois não, senhor. Trabalho numa chácara.

— Como assim?

— Cultivamos árvores, flores, todas as espécies de plantas.

— Ou seja, é um especialista no cultivo de plantas.

— Acho que se pode dizer assim. Trabalho nisso há bastante tempo.

— E posso presumir que parte do seu trabalho é cuidar para que as plantas à venda permaneçam saudáveis?

— Claro, senhor. Cuidamos muito bem das plantas. Não venderíamos plantas doentes a nossos fregueses. Quase todos são regulares.

— Está querendo dizer com isso que alguns fregueses sempre voltam?

— Sim, senhor. — O tom era orgulhoso. — Prestamos um serviço de primeira.

— Diga-me uma coisa, Sr. Mentakis: a Sra. Savalas era uma de suas freguesas regulares?

— Era, sim, senhor. A Sra. Savalas adora flores e plantas.

O juiz principal interveio, impaciente:

— Sr. Demonides, o tribunal considera que essa linha de interrogatório não é pertinente. Deve passar logo para algo pertinente ou...

— Se o tribunal me permitir terminar, meritíssimo, esta testemunha mostrará que tem uma importante relação com o caso.

O juiz olhou para Napoleon Cotas.

— Sr. Cotas, não vai protestar contra essa linha de interrogatório?

Napoleon Cotas levantou os olhos e piscou aturdido.

— Como? Não, meritíssimo.

O juiz continuou a fitá-lo por um momento, em frustração, depois virou-se para Peter Demonides.

— Muito bem, pode continuar.

— Sr. Mentakis, a Sra. Savalas procurou-o em dezembro e lhe disse que tinha problemas com algumas de suas plantas?

— Isso mesmo, senhor.

— Ela não disse que havia uma infestação de insetos matando suas plantas?

— Foi, sim, senhor.

— E não lhe pediu alguma coisa para se livrar dos insetos?

— Pediu, senhor.

— Pode informar ao tribunal o que era?

— Eu lhe vendi antimônio.

— E pode dizer ao tribunal o que exatamente é isso?

— É um veneno, como arsênico.

Houve o maior tumulto no tribunal. O juiz principal bateu com o martelo.

— Se houver outra manifestação assim, ordenarei aos guardas que evacuem o tribunal. — Ele virou-se para Peter Demonides. — Pode continuar a interrogar a testemunha.

— Então vendeu à Sra. Savalas uma quantidade de antimônio?

— Isso mesmo, senhor.

— E diria que é um veneno letal? Comparou a arsênico.

— É sem dúvida letal, senhor.

— E registrou a venda em seu livro, como é obrigado a fazer por lei quando vende qualquer veneno?

— Registrei, senhor.

— E trouxe esse registro para o tribunal, Sr. Mentakis?

— Trouxe.

Ele entregou um livro de registros a Demonides. O promotor aproximou-se dos juízes.

— Meritíssimo, eu gostaria que este livro fosse registrado nos autos como "Prova A". — Ele virou-se para a testemunha. — Não tenho mais perguntas.

Demonides olhou para Napoleon Cotas, que levantou os olhos e sacudiu a cabeça.

— Não tenho perguntas a fazer.

Peter Demonides respirou fundo. Era o momento para a sua bomba.

— Eu gostaria de apresentar a Prova B. — Ele virou-se para a porta nos fundos da sala e disse a um guarda parado ao lado: — Pode trazer agora, por favor?

O guarda saiu apressado e voltou um instante depois com um vidro de xarope numa bandeja. Faltava uma quantidade considerável. Os espectadores observavam, fascinados, enquanto o guarda entregava o vidro ao promotor. Peter Demonides colocou-o na mesa diante dos jurados.

— Senhoras e senhores, estão olhando para a arma do crime. Esta é a arma que matou George Savalas. Este é o xarope para tosse que a Sra. Savalas deu ao marido na noite em que ele morreu. Está cheio de antimônio. Como podem observar, a vítima tomou um pouco... e vinte minutos depois estava morta.

Napoleon Cotas levantou-se e murmurou:

— Protesto. O promotor não tem como saber que o falecido foi medicado desse vidro em particular.

E Peter Demonides fechou a armadilha:

— Com o devido respeito ao meu nobre colega, a Sra. Savalas admitiu que deu este xarope ao marido quando ele teve um acesso de tosse, na noite em que ele morreu. O vidro estava sob a guarda da polícia até ser trazido a este tribunal, há poucos minutos. O médico-legista testemunhou que George Savalas morreu de envenenamento por antimônio.

Ele olhou para Napoleon Cotas com uma expressão desafiadora. O advogado de defesa sacudiu a cabeça, derrotado.

— Então acho que não pode haver a menor dúvida.

Peter Demonides declarou, triunfante:

— Absolutamente nenhuma. Obrigado, Sr. Cotas. A promotoria encerra a apresentação de provas.

O juiz principal virou-se para Napoleon Cotas.

— A defesa está pronta para apresentar seu sumário?

Napoleon Cotas levantou-se.

— Está, sim, meritíssimo. — Ele ficou parado por um longo momento. Depois, adiantou-se lentamente. Parou diante do recinto do júri, coçando a cabeça, como se tentasse descobrir o que ia dizer. Quando finalmente começou, falava devagar, procurando as palavras. — Creio que alguns de vocês devem estar especulando por que não reinquiri nenhuma das testemunhas. Para dizer a verdade, achei que o Sr. Demonides fez um trabalho tão bom que não havia necessidade que eu fizesse qualquer pergunta.

O *idiota está reforçando a minha argumentação*, pensou Peter Demonides, exultante. Napoleon Cotas virou-se e olhou para o vidro de xarope por um instante, depois voltou a fitar os jurados.

— Todas as testemunhas pareciam muito honestas. Mas não provaram realmente coisa alguma, não é mesmo? O que estou querendo dizer... — Ele sacudiu a cabeça. — Quando se soma tudo o que as testemunhas disseram, temos apenas uma coisa: Uma linda moça casa com um velho, que provavelmente não podia satisfazer suas necessidades sexuais. — Cotas acenou com a cabeça na direção de Josef Pappas.

"Assim, ela encontrou um jovem que podia satisfazê-la. Mas já sabíamos de tudo isso pelos jornais, não é mesmo? Não há nada de secreto na ligação dos dois. Todo mundo sabia. Saiu por escrito em todas as revistas escandalosas do mundo. Claro que não podemos aprovar esse comportamento de Anastasia Savalas, senhoras e senhores, mas ela não está sendo julgada aqui por adultério. Não está neste tribunal porque tem impulsos sexuais normais que qualquer moça poderia ter. Nada disso. Ela está sendo julgada por homicídio."

Ele tornou a olhar para o vidro de xarope, como se o deixasse fascinado.

Que o velho continue a divagar, pensou Peter Demonides. Ele olhou para o relógio na parede do tribunal. Faltavam cinco minutos para meio-dia. Os juízes sempre determinavam um recesso ao meio-dia. *O velho idiota não conseguirá acabar seu sumário.* Nem mesmo era bastante esperto para esperar até que o tribunal voltasse do recesso. *Por que algum dia tive medo dele?*, especulou Peter Demonides.

— Vamos examinar as provas juntos, está certo? — continuou Napoleon Cotas. — Algumas plantas da Sra. Savalas estavam doentes e ela se importava o suficiente para querer salvá-las. Procurou o Sr. Mentakis, um especialista em plantas, que a aconselhou a usar antimônio. E ela seguiu seu conselho. Chamam isso de homicídio? Eu não chamo. E há também o depoimento da governanta, que disse que a Sra. Savalas dispensou todos os criados a fim de poder ter um jantar de lua de mel com o marido, um jantar que ela própria prepararia. Ora, creio que a verdade é que provavelmente a governanta estava meio apaixonada pelo Sr. Savalas. Não se trabalha durante vinte e cinco anos para um homem sem ter profundos sentimentos por ele. E ela se ressentia de Anastasia Savalas. Não perceberam isso por seu tom? — Cotas tossiu de leve e limpou a garganta. — Vamos presumir que a ré, no fundo de seu coração, realmente amava o marido e tentava desesperadamente fazer com que o casamento desse certo. Como qualquer mulher demonstra amor por um homem? Creio que um dos meios mais básicos é cozinhar para ele. Não se trata de uma forma de amor? Eu acho que é. — Ele tornou a olhar para o vidro de xarope. — E outra não é cuidar do homem quando ele está doente... na saúde e na doença?

O relógio na parede indicava que faltava um minuto para o meio-dia.

— Senhoras e senhores, eu lhes disse quando este julgamento começou para fitarem o rosto daquela mulher. Não é o rosto de uma assassina. Aqueles não são os olhos de uma assassina.

Peter Demonides observou os jurados olharem para a ré. Nunca vira uma hostilidade tão evidente. Tinha o júri no bolso.

— A lei é bastante clara, senhoras e senhores. Como serão informados por nossos honrados juízes, para apresentarem um veredicto de culpa não deverão ter qualquer dúvida sobre a culpa da ré. Absolutamente nenhuma.

Enquanto falava, Napoleon Cotas tornou a tossir e tirou um lenço do bolso para cobrir a boca. Aproximou-se do vidro de xarope na mesa diante do júri.

— Quando se chega ao fundo da questão, o promotor não provou realmente coisa alguma, não é mesmo? Só que este é o vidro que a Sra. Savalas entregou ao marido. A verdade é que o Estado não tem nenhuma prova.

Enquanto terminava a frase, ele teve um acesso de tosse. Automaticamente, estendeu a mão para o vidro de xarope, tirou a tampa, levou-o aos lábios e tomou um gole grande. Todos no tribunal olhavam fixamente, fascinados, houve murmúrios de horror.

E no instante seguinte a agitação no tribunal era total. O juiz principal disse, alarmado:

— Sr. Cotas...

Napoleon Cotas tomou outro gole.

— Meritíssimo, as alegações do promotor são um escárnio da justiça. George Savalas não morreu nas mãos desta mulher. A defesa encerra suas alegações.

O relógio bateu meio-dia. Um guarda aproximou-se apressado do juiz principal e sussurrou alguma coisa. O juiz bateu com o martelo.

— Ordem! Ordem! Vamos entrar em recesso. Os jurados devem se retirar e tentar chegar a um veredicto. O tribunal voltará a entrar em sessão às 14 h.

Peter Demonides continuou imóvel, paralisado. Alguém trocara os vidros! Não, isso era impossível. A prova estivera guardada em todos os momentos. O patologista teria se enganado tanto assim? Demonides virou-se para falar com seu assistente. Quando olhou ao redor, à procura de Napoleon Cotas, descobriu que ele desaparecera.

ÀS 14 H, QUANDO o tribunal reiniciou a sessão, os jurados retornaram lentamente à sala e ocuparam seus lugares. Napoleon Cotas ainda não aparecera.

O filho da puta está morto, pensou Peter Demonides.

E no instante mesmo em que assim pensava, Napoleon Cotas passou pela porta, parecendo absolutamente saudável. Todos no tribunal se viraram para observá-lo, enquanto ele ocupava seu lugar. O juiz principal indagou:

— Senhoras e senhores do júri, chegaram a um veredicto?

O primeiro jurado levantou-se.

— Chegamos, meritíssimo. Consideramos que a ré é inocente.

Houve uma explosão espontânea de aplausos dos espectadores.

Peter Demonides sentiu o sangue se esvair de seu rosto. *O filho da puta conseguiu de novo*, ele pensou. E olhou para Napoleon Cotas, que o observava, sorrindo.

Capítulo 8

A FIRMA DE TRITSIS E TRITSIS era sem dúvida o escritório de advocacia de maior prestígio na Grécia. Os fundadores há muito que haviam se aposentado e a firma pertencia agora a Napoleon Cotas. Havia meia dúzia de sócios, mas Cotas era o gênio orientador.

Sempre que as pessoas ricas eram acusadas de assassinato, pensavam logo em Napoleon Cotas. Seu trabalho era fenomenal. Durante os anos em que defendera pessoas acusadas de crimes capitais, conquistara um sucesso depois de outro. O recente julgamento de Anastasia Savalas fora manchete no mundo inteiro. Cotas defendera uma cliente no que todos consideravam um caso de homicídio líquido e certo e obtivera uma vitória espetacular. Assumira um grande risco, mas sabia que era a única maneira de salvar a vida de sua cliente.

Não podia deixar de sorrir para si ao recordar os rostos dos jurados quando tomara um gole do xarope impregnado com um veneno mortal. Calculara seu sumário com todo cuidado para ser interrompido exatamente ao meio-dia. Esse detalhe era fundamental. *Se os juízes mudassem sua rotina e passassem de meio-dia...* Ele estremeceu ao pensar no que aconteceria.

E surgira uma ocorrência inesperada que quase lhe custara a vida. Depois de declarado o recesso, Cotas descia apressado pelo corredor quando um grupo de repórteres lhe bloqueara o caminho.

— Sr. Cotas, como sabia que o xarope para tosse não estava envenenado?

— Pode explicar como...?

— Acha que alguém trocou os vidros...?

— Anastasia Savalas teve...?

— Por favor, senhores, preciso atender a um chamado da natureza. Terei o maior prazer em responder a todas as perguntas depois.

Ele se encaminhou apressado para o banheiro na extremidade do corredor. Um cartaz pendurado na maçaneta dizia: COM DEFEITO. Um repórter dissera:

— Acho que terá de procurar outro banheiro.

Napoleon Cotas sorrira.

— Infelizmente, não posso esperar.

Ele abrira a porta, entrara e trancara. A equipe estava lá dentro, à sua espera. O médico queixara-se:

— Eu já começava a me preocupar. O antimônio trabalha depressa. — E ele acrescentara bruscamente para o assistente: — Apronte a bomba estomacal.

— Pois não, doutor.

O médico tornara a se virar para Napoleon Cotas.

— Deite no chão. Lamento, mas será bastante desagradável.

— Quando penso na alternativa — comentara Napoleon Cotas, sorrindo —, tenho certeza de que não me importo.

OS HONORÁRIOS DE Napoleon Cotas por salvar a vida de Anastasia Savalas foram de um milhão de dólares, depositados numa conta num banco suíço. Cotas tinha uma mansão em Kolonarai

— um dos melhores bairros residenciais de Atenas —, uma *villa* na ilha de Corfu e um apartamento em Paris, na Avenue Foch.

Em tudo e por tudo, Napoleon Cotas tinha bons motivos para se sentir satisfeito com sua vida. Havia apenas uma sombra em seu horizonte.

Chamava-se Frederick Stavros, o mais novo associado de Tritsis e Tritsis. Os outros advogados da firma viviam se queixando de Stavros.

— Ele é de segunda classe, Napoleon. Não pertence a uma firma como a nossa...

— Stavros quase arruinou meu caso. É um idiota...

— Já soube o que Stavros fez ontem no tribunal? O juiz quase o expulsou...

— Por que não despede logo Stavros? Ele é supérfluo aqui. Não precisamos dele e está prejudicando nossa reputação.

Napoleon Cotas sabia muito bem disso. E quase se sentia tentado a revelar a verdade: *Não posso despedi-lo.* Mas se limitava a dizer:

— Vamos lhe dar uma oportunidade. Stavros acabará acertando.

E isso era tudo que os sócios podiam arrancar de Cotas.

UM FILÓSOFO DISSERA: "Tome cuidado com o que deseja; pode conseguir."

Frederick Stavros, o associado mais novo de Tritsis e Tritsis, conseguira o que desejava e isso o transformara num dos homens mais angustiados do mundo. Não conseguia dormir ou comer direito, emagrecera de maneira alarmante.

— Deve procurar um médico, Frederick — insistia a esposa. — Está com uma aparência horrível.

— Não... não adiantaria.

Ele sabia que o seu problema não poderia ser curado por nenhum médico. A consciência o estava matando.

Frederick Stavros era um jovem profundo, ansioso, ambicioso e idealista. Durante anos trabalhara num escritório miserável num bairro pobre de Atenas, Monastiraki, lutando por clientes indigentes, muitas vezes sem receber honorários. Sua vida mudara da noite para o dia quando conhecera Napoleon Cotas.

Um ano antes, Stavros defendera Larry Douglas, julgado junto com Noelle Page pelo assassinato da esposa de Douglas, Catherine. Napoleon Cotas fora contratado pelo poderoso Constantin Demiris para defender sua amante. Desde o início Stavros ficara feliz em deixar que Cotas assumisse o comando das duas defesas. Sentia o maior respeito pelo brilhante advogado.

— Devia ver Cotas em ação — ele comentava para a esposa. — O homem é incrível. Eu gostaria de poder ingressar um dia em sua firma.

Quase ao final do julgamento, houvera uma reviravolta inesperada. Um sorridente Napoleon Cotas reunira Noelle Page, Larry Douglas e Frederick Stavros numa sala particular. E dissera a Stavros:

— Acabo de ter uma reunião com os juízes. Se os réus estiveram dispostos a se declararem culpados, os juízes concordaram em dar a cada um deles uma sentença de cinco anos, quatro dos quais serão suspensos. Na verdade, não terão que passar mais de seis meses na prisão. — Ele se virara para Larry. — Como é americano, Sr. Douglas, será deportado. Nunca mais terá permissão para voltar à Grécia.

Noelle Page e Larry Douglas concordaram ansiosos em se declararem culpados. Quinze minutos, com os réus e seus advogados de pé à sua frente, o juiz principal declarara:

— Os tribunais gregos nunca aplicaram a pena de morte num caso em que não foi provado de forma incontestável que ocorreu um homicídio. Por isso, meus colegas e eu ficamos surpresos quando os réus mudaram de ideia e se declararam culpados no meio do julgamento. Proclamo que a sentença para os dois réus, Noelle Page e Lawrence Douglas, será de execução por um pelotão de fuzilamento... a ser realizada num prazo de noventa dias, a contar desta data.

E fora nesse instante que Stavros compreendera que Napoleon Cotas enganara a todos. Nunca houvera um acordo. Cotas fora contratado por Constantin Demiris não para defender Noelle Page, mas sim para providenciar que ela fosse condenada. Era a vingança de Demiris contra a mulher que o traíra. E Stavros fora um cúmplice involuntário numa incriminação a sangue-frio.

Não posso permitir que isso aconteça, pensara Stavros. *Contarei aos juízes o que Cotas fez e o veredicto será revogado.*

E depois Napoleon Cotas procurara Stavros, dizendo:

— Se estiver livre amanhã, Frederick, por que não almoça comigo? Gostaria que conhecesse meus sócios...

QUATRO SEMANAS DEPOIS, Frederick Stavros era sócio da prestigiada firma Tritsis e Tritsis, com uma sala grande e um salário generoso. Vendera a alma ao demônio. Mas concluíra que era uma barganha terrível demais para manter. *Não posso continuar assim.*

Ele não conseguia se livrar dos sentimentos de culpa. *Sou um assassino*, pensava.

Frederick Stavros angustiava-se com seu dilema e acabou tomando uma decisão. Entrou uma manhã na sala de Napoleon Cotas.

— Leon...

— Santo Deus, homem, está com uma aparência horrível! — exclamou Napoleon Cotas. — Por que não tira umas férias, Frederick? Vai lhe fazer bem.

Mas Stavros sabia que isso não seria uma solução para o problema.

— Leon, sou grato pelo que fez por mim, mas... não posso continuar aqui.

Cotas ficou surpreso.

— Mas do que está falando? Tem se saído muito bem.

— Não. Estou... angustiado.

— Angustiado? Não sei o que pode estar perturbando você assim.

Frederick Stavros fitou-o com uma expressão de incredulidade.

— O que... o que você e eu fizemos com Noelle Page e Larry Douglas. Você não... não sente qualquer remorso?

Os olhos de Cotas se contraíram. *Cuidado!*

— Frederick, às vezes é preciso servir à justiça por caminhos tortuosos. — Napoleon Cotas sorriu. — Pode estar certo de uma coisa: nós não temos com que nos censurar. Eles eram culpados.

— *Nós* os condenamos. Enganamos os dois. Não posso mais viver com isso. Sinto muito. Vim lhe dar o aviso prévio. Só continuarei na firma até o fim do mês.

— Não aceito a sua demissão — protestou Cotas, com firmeza. — Por que não faz o que sugeri... tira umas férias e...?

— Não. Eu nunca poderia me sentir feliz aqui, sabendo o que sei. Sinto muito.

Napoleon Cotas estudou-o atentamente, com olhos frios.

— Tem alguma ideia do que está fazendo? Joga fora uma carreira brilhante... sua vida.

— Não. Estou salvando minha vida.

— Essa decisão é definitiva?

— É, sim, Leon. Sinto muito. Mas não se preocupe. Jamais falarei sobre... o que aconteceu.

Stavros virou-se e saiu da sala. Napoleon Cotas continuou sentado à sua mesa por um longo tempo, imerso em pensamentos. E acabou tomando uma decisão. Pegou o telefone e discou.

— Pode avisar ao Sr. Demiris que eu gostaria de encontrá-lo esta tarde? Diga que é urgente.

Às quatro horas daquela tarde, Napoleon Cotas estava sentado na sala de Constantin Demiris.

— Qual é o problema, Leon?

— Talvez não haja qualquer problema — respondeu Cotas, cauteloso —, mas achei que deveria informá-lo de que Frederick Stavros me procurou esta manhã. Decidiu deixar a firma.

— Stavros? O advogado de Larry Douglas? E daí?

— Parece que a consciência o incomoda.

Houve um silêncio opressivo.

— Entendo.

— Ele prometeu que não falaria sobre... o que ocorreu naquele dia no tribunal.

— Acredita nele?

— Para ser franco, Costa, acredito.

Constantin Demiris sorriu.

— Neste caso, não temos com que nos preocupar, não é mesmo?

Napoleon Cotas levantou-se, aliviado.

— Acho que não. Apenas pensei que você deveria saber.

— Fez bem em me contar. Pode jantar comigo na próxima semana?

— Claro.

— Ligarei depois para você e combinaremos um dia.

— Obrigado, Costa.

Na sexta-feira, ao final da tarde, a antiga igreja de Kapnikarea, no centro de Atenas, estava repleta de silêncio, sereno e acolhedor. Num canto próximo do altar, Frederick Stavros ajoelhou-se diante do padre Konstantinou. O padre pôs um pano sobre sua cabeça.

— Eu pequei, padre. Estou além da redenção.

— O maior problema do homem, meu filho, é que ele pensa que é apenas humano. Quais são os seus pecados?

— Sou um assassino.

— Acabou com vidas?

— Isso mesmo, padre. Não sei o que fazer para expiar.

— Deus sabe o que fazer. Vamos perguntar a Ele.

— Eu me deixei desencaminhar, por vaidade e ganância. Aconteceu há um ano. Eu defendia um homem acusado de homicídio. O julgamento estava correndo bem. E foi então que Napoleon Cotas...

AO DEIXAR A IGREJA, meia hora depois, Frederick Stavros sentia-se um homem diferente. Era como se um tremendo fardo tivesse sido removido de seus ombros. Estava purificado pelo antigo ritual da confissão. Contara tudo ao padre e sentia-se outra vez íntegro, pela primeira vez desde aquele dia terrível.

Começarei vida nova. Vou me mudar para outra cidade e começarei tudo de novo. Tentarei compensar de alguma forma a coisa terrível que fiz. Obrigado, Senhor, por me dar outra oportunidade.

A noite já caíra e o centro da praça Ermos estava quase deserto. O sinal passou para verde no instante em que Frederick Stavros chegou à esquina e começou a atravessar a rua. Estava no meio do cruzamento quando uma limusine preta desceu pela ladeira com os faróis apagados, movendo-se ruidosamente em sua direção como um monstro gigantesco e insensato. Stavros ficou olhando, paralisado. Era tarde demais para se desviar. Houve um estrondo e Stavros sentiu seu corpo ser atingido e esmagado, num instante de dor intensa, seguido pelas trevas.

NAPOLEON COTAS levantava cedo. Gostava daqueles momentos de solidão antes que as pressões do dia começassem a envolvê-lo.

Sempre tomava o café da manhã sozinho e lia os jornais matutinos durante a refeição. Naquela manhã em particular, havia várias notícias de interesse. O primeiro-ministro Themistocles Sophoulis formara um novo gabinete, com uma coalizão de cinco partidos. *Devo lhe mandar um bilhete de parabéns.* Forças comunistas chinesas teriam alcançado a margem norte do rio Iangtsé. Harry Truman e Alben Barkley tomavam posse como presidente e vice-presidente dos Estados Unidos. Napoleon Cotas virou para a segunda página e sentiu o sangue gelar nas veias. A notícia que atraiu sua atenção dizia o seguinte:

> O Sr. Frederick Stavros, sócio da prestigiosa firma de advocacia Tritsis e Tritsis, foi atropelado e morto ontem à noite por um motorista que fugiu, quando deixava a igreja de Kapnikarea. Testemunhas informam que o veículo era uma limusine preta sem placas. O Sr. Stavros teve uma participação destacada no sensacional julgamento de homicídio de Noelle Page e Larry Douglas. Era o advogado de Larry Douglas e...

NAPOLEON COTAS parou de ler. Ficou rígido na cadeira, o café da manhã esquecido. Um acidente. *Teria sido mesmo um acidente?* Constantin Demiris lhe dissera que não havia motivos para se preocupar. Mas muitas pessoas haviam cometido o erro de aceitar o que Demiris dizia.

Cotas pegou o telefone e ligou para Constantin Demiris. Uma secretária completou a ligação.

— Já leu os jornais? — perguntou Cotas.

— Ainda não. Por quê?

— Frederick Stavros está morto.

— *O quê?* — O tom era de surpresa. — Mas o que aconteceu?

— Ele foi morto ontem à noite por um motorista que fugiu.

— Santo Deus! Lamento muito, Leon. Pegaram o motorista?

— Ainda não.

— Talvez eu possa aplicar uma pressão extra na polícia. Ninguém está seguro hoje em dia. Por falar nisso, que tal jantarmos juntos na quinta-feira?

— Pode ser.

— Então está combinado.

Napoleon Cotas era um perito em ler nas entrelinhas. *Constantin Demiris ficou genuinamente surpreso. Nada teve a ver com a morte de Stavros*, decidiu.

NA MANHÃ SEGUINTE, Napoleon Cotas entrou na garagem particular de seu prédio de escritório e estacionou o carro. Ao se encaminhar para o elevador, um jovem surgiu das sombras.

— Tem um fósforo?

Um alarme soou na mente de Cotas. O homem era um estranho, não podia estar naquela garagem.

— Tenho, sim. — Sem pensar, Cotas bateu com a pasta na cara do homem. O estranho soltou um grito de dor.

— Seu filho da puta! — Ele enfiou a mão no bolso e tirou um revólver munido de silenciador.

— Ei, o que está acontecendo aqui? — gritou uma voz.

Um guarda uniformizado se aproximava correndo. O estranho hesitou por um instante, depois correu para a porta aberta. O guarda alcançou Cotas.

— Está tudo bem, Sr. Cotas?

— Hã... está, sim. — Napoleon Cotas descobriu-se fazendo um esforço para respirar. — Não aconteceu nada comigo.

— O que ele queria?

Napoleon Cotas respondeu lentamente:

— Não sei.

PODE TER SIDO *uma coincidência*, Cotas disse a si mesmo, ao se sentar à sua escrivaninha. *É possível que o homem estivesse apenas tentando me assaltar. Não, ele tencionava me matar.* E Constantin Demiris se mostraria tão chocado pela notícia quanto fingira ficar pela morte de Frederick Stavros.

Eu deveria ter imaginado, pensou Cotas. *Demiris não é um homem de correr riscos. Não pode deixar qualquer fio solto. Pois muito bem, o Sr. Demiris terá uma surpresa.*

A voz da secretária de Napoleon Cotas avisou pelo interfone:

— Sr. Cotas, deve comparecer ao tribunal dentro de trinta minutos.

Ele deveria apresentar hoje o seu sumário no caso de assassinato múltiplo, mas sentia-se abalado demais para se apresentar num tribunal.

— Ligue para o juiz e avise que estou doente. E peça a um dos sócios para atender todas as minhas ligações. Não quero ser incomodado.

Cotas tirou um gravador de uma gaveta da mesa e ficou imóvel, pensando. Depois, começou a falar.

NO INÍCIO DA TARDE, Napoleon Cotas apareceu no gabinete do promotor, Peter Demonides, levando um envelope pardo. A recepcionista reconheceu-o no mesmo instante.

— Boa-tarde, Sr. Cotas. Em que posso servi-lo?

— Quero falar com o Sr. Demonides.

— Ele está numa reunião. Marcou um encontro?

— Não. Pode fazer o favor de avisar a ele que estou aqui e que é urgente?

— Pois não.

Quinze minutos depois, Napoleon Cotas foi introduzido na sala do promotor.

— Ora, ora — disse Demonides. — Maomé vem à montanha. Em que posso ajudá-lo? Vamos fazer algum acordo esta tarde?

— Não. É uma questão pessoal, Peter.

— Sente-se, Leon.

Depois que os dois se instalaram, Cotas disse:

— Quero deixar um envelope com você. Está lacrado e só deve ser aberto no caso de minha morte acidental.

Peter Demonides estudava-o, curioso.

— Espera que alguma coisa lhe aconteça?

— É uma possibilidade.

— Entendo. Um cliente ingrato?

— Não importa quem. Você é o único em quem posso confiar. Pode guardar o envelope num cofre em que ninguém possa encontrá-lo?

— Claro. — Demonides inclinou-se para a frente. — Você parece assustado.

— Eu estou.

— Gostaria que meu gabinete lhe desse alguma proteção? Posso mandar um policial acompanhá-lo.

Cotas bateu no envelope.

— Aqui está a única proteção de que preciso.

— Está certo. Se tem certeza...

— Tenho certeza. — Cotas levantou-se e estendeu a mão. — *Efharisto.* Não sabe como estou agradecido.

Peter Demonides sorriu.

— *Parakalo.* Você fica me devendo.

UMA HORA DEPOIS, um mensageiro uniformizado entrou no escritório da Corporação Comercial Helênica. Aproximou-se de uma das secretárias.

— Tenho um pacote para o Sr. Demiris.

— Pode me dar que assino o recibo.

— Tenho ordens para entregá-lo pessoalmente ao Sr. Demiris.

— Desculpe, mas não posso interrompê-lo. De quem é o pacote?

— De Napoleon Cotas.

— Tem certeza que não pode deixá-lo comigo?

— Tenho, madame.

— Verei se o Sr. Demiris pode recebê-lo.

Ela apertou um botão no interfone.

— Com licença, Sr. Demiris. Está aqui um mensageiro com uma encomenda enviada pelo Sr. Cotas.

A voz de Demiris saiu pelo interfone:

— Pode trazê-lo, Irene.

— Ele diz que tem ordens para entregar pessoalmente.

Houve uma pausa.

— Traga-o até aqui.

Irene e o mensageiro entraram na sala.

— Você é Constantin Demiris?

— Sou, sim.

— Quer assinar aqui, por favor?

Demiris assinou um recibo. O mensageiro pôs o envelope em sua mesa.

— Obrigado.

Constantin Demiris observou a secretária e o mensageiro se retirarem. Estudou o envelope por um momento, com uma expressão pensativa, depois abriu-o. Havia um gravador lá dentro, com uma fita no lugar. Curioso, ele apertou um botão e a fita começou a rodar.

A voz de Napoleon Cotas soou na sala:

"Meu caro Costa, tudo seria muito mais simples se você acreditasse que Frederick Stavros não tencionava revelar nosso segredinho. Lamento ainda mais que você não acreditasse que eu não tinha a menor intenção de discutir esse caso deplorável.

Tenho todos os motivos para acreditar que você estava por trás da morte do pobre Stavros e que agora tem a intenção de me matar. Como minha vida é tão preciosa para mim quanto a sua é para você, devo me recusar respeitosamente a ser sua próxima vítima... Tomei a precaução de escrever os detalhes do papel que você e eu desempenhamos no julgamento de Noelle Page e Larry Douglas, pus num envelope lacrado e entreguei ao promotor, para ser aberto no caso de minha morte acidental. Portanto, meu amigo, agora é do seu interesse cuidar para que eu permaneça vivo e saudável."

A gravação terminou. Constantin Demiris continuou sentado, com o olhar perdido no espaço.

AO VOLTAR A SEU escritório, naquela tarde, Napoleon Cotas não sentia mais medo. Constantin Demiris era um homem perigoso, mas estava longe de ser um idiota. Não faria mal a alguém com o risco de correr perigo. *Ele fez seu movimento e dei-lhe um xeque-mate*, pensou Cotas, sorrindo para si mesmo. *Acho que é melhor fazer outros planos para o jantar na quinta-feira.*

DURANTE OS DIAS seguintes, Napoleon Cotas esteve bastante ocupado, preparando-se para um novo julgamento de homicídio, envolvendo uma esposa que matara as duas amantes do marido. Cotas levantava cedo todas as manhãs e trabalhava até tarde da noite, elaborando as reinquirições. O instinto lhe dizia, contra todas as probabilidades, que teria outra vitória espetacular.

Na noite de quarta-feira trabalhou no escritório até meia-noite, depois pegou seu carro e foi para casa. Chegou lá à 1 h da madrugada. O mordomo abriu a porta.

— Deseja alguma coisa, Sr. Cotas? Posso preparar um *mezedes*, se estiver com fome, ou...

— Não, obrigado. Não preciso de nada. Pode ir se deitar.

Napoleon Cotas subiu para seu quarto. Passou a hora seguinte repassando mentalmente o julgamento e por fim às 2 h da madrugada, pegou no sono. E sonhou.

Estava no tribunal, reinquirindo uma testemunha, quando abruptamente o homem começou a arrancar as próprias roupas.

— Por que está fazendo isso? — perguntou Cotas.

— Estou pegando fogo.

Cotas correu os olhos pelo tribunal e descobriu que todos os espectadores também estavam se despindo. Virou-se para o juiz.

— Meritíssimo, devo protestar...

O juiz também tirava as roupas.

— Está quente demais aqui — ele murmurou.

Está quente demais aqui. E há muito barulho.

Napoleon Cotas abriu os olhos. Chamas lambiam a porta do quarto, a fumaça espalhava-se por toda parte.

Ele se sentou na cama, instantaneamente desperto e alerta.

A casa está em chamas. Por que o alarme não soou?

A porta começava a empenar com o calor intenso. Cotas correu para a janela, sufocando com a fumaça. Tentou abri-la, mas estava bem trancada. A fumaça se tornava mais densa, era cada vez mais difícil respirar. Não havia escapatória.

Brasas começaram a cair do teto. Uma parede desabou e um lençol de chamas envolveu-o. Ele gritou. Os cabelos e o pijama pegaram fogo. Às cegas, lançou-se contra a janela fechada e passou pelo vidro, o corpo em chamas indo se espatifar no chão cinco metros abaixo.

NO INÍCIO DA MANHÃ seguinte, o promotor público Peter Demonides foi introduzido por uma criada no estúdio na casa de Constantin Demiris.

— *Kalihmera*, Peter — disse Demiris. — Obrigado por ter vindo. Você trouxe?

— Sim, senhor. — Ele entregou a Demiris o envelope lacrado que Napoleon Cotas lhe dera. — Achei que poderia preferir ficar com isto em casa.

— Foi muito atencioso, Peter. Não quer me acompanhar no café da manhã?

— *Efharisto.* É muita gentileza sua, Sr. Demiris.

— Costa. Pode me chamar de Costa. Estou de olho em você há algum tempo, Peter. Acho que tem um futuro importante. Gostaria de lhe arrumar uma posição condizente em minha organização. Está interessado?

Peter Demonides sorriu.

— Claro que sim, Costa. Estou muito interessado.

— Ótimo. Vamos conversar a respeito enquanto comemos.

Capítulo 9

LONDRES

CATHERINE FALAVA com Constantin Demiris pelo menos uma vez por semana e isto tornou-se um padrão. Ele continuava a lhe mandar presentes e assegurava, quando ela protestava, que eram apenas pequenos símbolos de seu reconhecimento.

— Evelyn me contou que você cuidou muito bem do caso Baxter.

Ou então:

— Soube por Evelyn que sua ideia está nos poupando muito dinheiro nas questões de frete.

Na verdade, a própria Catherine sentia-se orgulhosa de sua atuação. Descobrira meia dúzia de coisas no escritório que podiam ser melhoradas. Recuperara a antiga competência e sabia que a eficiência do escritório aumentara bastante por sua causa.

— Estou muito orgulhoso de você — disse-lhe Constantin Demiris.

E Catherine ficou exultante. Ele era um homem maravilhoso, sempre interessado.

Está quase na hora de fazer meu movimento, decidiu Demiris. Com Stavros e Cotas eliminados, a única pessoa que podia ligá-lo aos acontecimentos era Catherine. O perigo de que isso ocorresse era mínimo, mas Demiris, como Napoleon Cotas descobrira, não era homem de se expor a riscos. *É uma pena que ela tenha de morrer,* pensou Demiris. *É muito bonita. Mas, primeiro, a villa em Rafina.*

Ele comprara a propriedade. Levaria Catherine para lá e faria amor com ela, como Larry Douglas fizera com Noelle. E depois...

DE VEZ EM QUANDO Catherine era lembrada do passado. Leu no *Times* de Londres as notícias das mortes de Frederick Stavros e Napoleon Cotas. Os nomes nada significaram para ela se não fosse pela menção de que haviam sido advogados de Larry Douglas e Noelle Page.

Naquela noite ela tornou a ter o sonho.

CERTA MANHÃ, Catherine leu no jornal uma notícia que lhe provocou um sobressalto.

William Fraser, assessor do presidente dos Estados Unidos, Harry Truman, chegara a Londres para discutir um novo acordo comercial com o primeiro-ministro britânico.

ELA LARGARA O JORNAL, sentindo-se absurdamente vulnerável. *William Fraser.* Ele fora uma parte muito importante de sua vida. *O que teria acontecido se eu não o deixasse?*

Catherine continuou sentada à sua escrivaninha, trêmula, sorrindo, olhando fixamente para a notícia. William Fraser era um dos homens mais ternos que ela já conhecera. Só a lembrança dele a fazia sentir-se protegida e amada. E ele estava em Londres. *Preciso vê-lo*, ela pensou. Segundo o jornal, William Fraser estava hospedado no Claridge.

Catherine ligou para o hotel, com os dedos trêmulos. Tinha a sensação de que o passado estava prestes a se tornar o presente. Descobria-se emocionada com a perspectiva de ver Fraser. *O que ele dirá quando ouvir minha voz? Quando tornar a me ver?*

— Claridge, bom-dia — disse a telefonista.

Catherine respirou fundo.

— O Sr. William Fraser, por favor.

— Desculpe, madame, mas disse o Sr. ou *Sra.* William Fraser?

Catherine experimentou a sensação de que recebera um golpe violento. *Que tola eu sou! Por que não pensei nisso? Claro que ele podia estar casado a esta altura.*

— Madame...

— Eu... Não importa. Obrigada. — Ela repôs o fone no gancho, lentamente.

Cheguei tarde demais. Está acabado. Costa tinha razão. Deixe o passado permanecer como passado.

A SOLIDÃO PODE ser corrosiva, destruindo o espírito. Todos precisam partilhar a alegria, a glória e a angústia. Catherine vivia num mundo repleto de estranhos, observando a felicidade de outros casais, ouvindo o eco dos risos de amantes. Mas recusava-se a sentir pena de si mesma.

Não sou a única mulher no mundo que se encontra sozinha. Estou viva! Estou viva!

NUNCA HAVIA escassez de coisas para fazer em Londres. Os cinemas da cidade exibiam muitos filmes americanos e Catherine gostava de assisti-los. Viu *O Fio da Navalha* e *O Rei e Eu*. *A Luz É Para Todos* era um filme desconcertante e Cary Grant estava maravilhoso em *O Solteirão Cobiçado.*

Catherine frequentava concertos no Albert Hall e ia ao balé em Sadler's Wells. Foi a Stratford-on-Avon para assistir Anthony

Quayle em *A Megera Domada* e *Sir* Laurence Olivier em *Ricardo III*. Mas não era muito divertido ir sozinha.

E foi então que Kirk Reynolds apareceu.

Um homem alto e atraente aproximou-se de Catherine no escritório e disse:

— Sou Kirk Reynolds. Onde você estava?

— Como?

— Tenho esperado por você.

Foi assim que começou.

KIRK REYNOLDS era um advogado americano, trabalhando para Constantin Demiris em fusões internacionais. Tinha quarenta e poucos anos, era sério, inteligente e atencioso. Ao conversar sobre Kirk Reynolds com Evelyn, Catherine comentou:

— Sabe o que mais aprecio nele? Faz com que eu me sinta como uma mulher. E há muito tempo não me sentia assim.

— Tenho minhas dúvidas — disse Evelyn. — Se fosse você, eu tomaria o maior cuidado. Não me precipitaria em coisa alguma.

— Isso não acontecerá — prometeu Catherine.

KIRK REYNOLDS levou Catherine numa excursão por Londres. Estiveram no Old Bailey, onde os criminosos haviam sido julgados por séculos, percorreram os corredores dos tribunais, passando por advogados de aparência solene, usando togas e perucas. Foram ao local da Prisão Newgate, construída no século XVIII. A rua se alargava na frente do lugar em que outrora se erguia a prisão e depois voltava a se estreitar inesperadamente.

— É estranho — comentou Catherine. — Por que fizeram a rua desse jeito?

— Para acomodar as multidões. Era aqui que realizavam as execuções públicas.

Catherine estremeceu. A informação era sinistra demais.

UMA NOITE Kirk Reynolds levou Catherine à East India Dock Road, na área portuária.

— Há pouco tempo este era um lugar em que os guardas só andavam aos pares — comentou Reynolds. — Era um antro de criminosos.

A área era tão escura e assustadora que ainda parecia perigosa a Catherine.

Jantaram no Prospect de Whitby, um dos mais antigos *pubs* da Inglaterra, sentados num balcão que se projetava sobre o Tâmisa, observando as barcaças descerem o rio e passarem pelos grandes navios, que estavam a caminho do mar.

Catherine adorava os nomes insólitos dos *pubs* de Londres, como Ye Olde Cheshire Cheese (O Velho Queijo Cheshire), o Falstaff e o Goat in Boots (Bode de Botas). Em outra noite foram a um restaurante pitoresco e antigo na City Road, chamado de Eagle (Águia).

— Aposto que você já cantou este lugar quando era pequena — comentou Kirk.

Catherine ficou aturdida.

— Cantei este lugar? Nunca antes ouvi falar dele.

— Ouviu, sim. É daqui que se originou uma antiga canção infantil.

— Que canção?

— Há muitos anos a City Road era o coração do distrito dos alfaiates. Ao final da semana, os alfaiates descobriam-se sem dinheiro e punham o ferro de passar no prego, até o dia do pagamento. E alguém escreveu uma cantiga infantil a respeito.

> Pela City Road,
> passando no Eagle,
> É por onde vai o dinheiro
> Do ferro de papai.

Catherine riu.

— Como soube disso?

— Os advogados supostamente sabem de tudo. Mas há uma coisa que não sei. Você esquia?

— Infelizmente, não. Por quê?

Ele se tornou subitamente sério.

— Vou a St. Moritz. Há instrutores de esqui maravilhosos por lá. Não quer ir comigo, Catherine?

A pergunta pegou-a completamente desprevenida.

Kirk aguardava uma resposta.

— Eu... não sei, Kirk.

— Vai pensar a respeito?

— Vou. — O corpo de Catherine tremia. Lembrava como era emocionante fazer amor com Larry e especulou se algum dia voltaria a se sentir assim. — Pensarei a respeito.

Catherine resolveu apresentar Kirk a Wim.

Pegaram Wim em seu apartamento e levaram-no ao The Ivy para jantar. Durante toda a noite Wim não olhou diretamente para Kirk Reynolds uma única vez. Parecia totalmente retraído. Kirk lançou um olhar inquisitivo para Catherine. Ela sugeriu com um movimento silencioso da boca: *Fale com ele.* Kirk acenou com a cabeça e virou-se para Wim.

— Gosta de Londres, Wim?

— Está tudo bem.

— Tem alguma cidade predileta?

— Não.

— Gosta de seu trabalho?

— Está tudo bem.

Kirk olhou para Catherine, sacudiu a cabeça e deu de ombros. Catherine pediu silenciosamente: *Por favor.* Kirk suspirou e tornou a se virar para Wim.

— Vou jogar golfe no domingo. Você também joga?

— Os tacos de cabeça de ferro no golfe são o *driving iron midiron mid mashie mashie iron mashie spade mashie mashie niblick niblick shorter niblick* e *putter*. Os tacos de cabeça de madeira são os *driver brassie spoon* e *baffy*.

Kirk Reynolds piscou aturdido.

— Você deve ser muito bom.

— Ele nunca jogou — explicou Catherine. — Wim apenas... sabe das coisas. Pode fazer qualquer coisa com matemática.

Kirk Reynolds já não aguentava mais. Esperava passar uma noite a sós com Catherine e ela trouxera aquele inconveniente. Ele forçou um sorriso.

— É mesmo? — Virando-se para Wim, Kirk perguntou, com um ar de inocência: — Por acaso sabe qual é a quinquagésima nona potência de dois?

Wim ficou em silêncio por trinta segundos, olhando para a toalha da mesa. Quando Kirk já ia falar de novo, Wim respondeu:

— 576.460.752.303.423.488.

— Santo Deus! — exclamou Kirk. — Isso é para valer?

— É, sim — disse Wim, bruscamente. — É para valer.

Catherine virou-se para Wim.

— Wim, você pode extrair a raiz sexta de... — Ela escolheu um número ao acaso. — ...24.137.585?

Os dois ficaram observando enquanto Wim permanecia em silêncio, impassível, por vinte e cinco segundos.

— Dezessete; o resto é dezesseis.

— Não dá para acreditar! — exclamou Kirk.

— Pois pode acreditar — disse Catherine.

Kirk olhou para Wim.

— Como faz isso?

Wim deu de ombros.

— Ele pode multiplicar dois números de quatro dígitos em trinta segundos e memorizar cinquenta números de telefones em cinco minutos — informou Catherine. — E depois que os memorizou, nunca mais esquece.

Kirk Reynolds olhava espantado para Wim Vanden.

— Meu escritório, sem dúvida, pode aproveitar alguém como você.

— Tenho um emprego — disse Wim.

QUANDO DEIXOU Catherine no prédio de apartamentos, ao final da noite, Kirk Reynolds disse:

— Não esqueça de St. Moritz, está bem?

— Pode deixar que não esquecerei.

Por que não posso simplesmente dizer sim?

Constantin Demiris telefonou ainda naquela noite. Catherine sentiu-se tentada a lhe falar de Kirk Reynolds, mas no último instante decidiu não fazê-lo.

Capítulo 10

ATENAS

O padre Konstantinou sentia-se inquieto. Desde que lera no jornal a notícia da morte de Frederick Stavros estava angustiado. O padre ouvira milhares de confissões desde que fora ordenado, mas a dramática confissão de Frederick Stavros, seguida por sua morte, deixara uma impressão indelével.

— Ei, qual é o problema?

O padre Konstantinou virou-se para contemplar o lindo rapaz estendido nu na cama, ao seu lado.

— Nenhum, amor.

— Eu não o faço feliz?

— Sabe que faz, Georgios.

— Então qual é o problema? Por Jesus Cristo, está se comportando como se eu não estivesse aqui!

— Não blasfeme.

— Não gosto de ser ignorado.

— Desculpe, querido. É que... um dos meus paroquianos foi morto num acidente de automóvel.

— Todos temos de morrer algum dia, não é mesmo?

— Claro. Mas aquele homem estava muito transtornado.

— Quer dizer que estava doente da cabeça?

— Não. Ele tinha um segredo terrível e era um fardo grande demais para carregar.

— Que tipo de segredo?

O padre acariciou a coxa do rapaz.

— Sabe que não posso falar sobre isso. Foi contado no confessionário.

— Pensei que não tínhamos segredos um para o outro.

— E não temos, Georgios, mas...

— *Gamoto!* Ou temos ou não temos. De qualquer maneira, você disse que o garoto morreu. Que diferença pode fazer agora?

— Nenhuma, eu acho, mas...

Georgios Lato abraçou o padre e sussurrou em seu ouvido:

— Estou curioso.

— Está fazendo cócegas no meu ouvido.

Lato começou a acariciar o corpo do padre Konstantinou.

— Ah... não pare...

— Então me conte.

— Está bem. Acho que realmente não pode fazer mal nenhum agora...

GEORGIOS LATO SUBIRA no mundo. Nascera num cortiço de Atenas e aos doze anos se prostituíra. No começo Lato circulava pelas ruas, ganhando uns poucos dólares para atender a bêbados em becos e turistas em quartos de hotel. Era dotado com uma boa aparência, moreno, um corpo forte e firme. Tinha dezesseis anos quando um cafetão lhe disse:

— Você é um *poulaki*, Georgios. Está desperdiçando seu potencial. Posso fazê-lo ganhar muito dinheiro.

E ele cumprira a promessa. Daquele momento em diante Georgios Lato passou a atender apenas a homens ricos e importantes, sendo muito bem recompensado.

Quando conheceu Nikos Veritos, o assistente pessoal do grande magnata Spyros Lambrou, a vida de Lato mudou.

— Estou apaixonado por você — disse Nikos Veritos ao rapaz. — Quero que pare de se prostituir por aí. Pertence a mim agora.

— Claro, Niki. Também amo você.

Veritos constantemente mimava o rapaz com presentes. Comprava suas roupas, pagava o aluguel de um pequeno apartamento e lhe dava dinheiro para as despesas. Mas se angustiava com o que Lato fazia quando não estavam juntos. Um dia resolveu o problema, anunciando:

— Arrumei um emprego para você na companhia de Spyros Lambrou, onde trabalho.

— Para poder ficar de olho em mim? Não vou...

— Não é nada disso, querido. Gostaria apenas de tê-lo sempre ao meu lado.

Georgios Lato protestou a princípio, mas acabou cedendo. E descobriu que, na verdade, gostava de trabalhar na companhia. Trabalhava na sala de correspondência e como mensageiro, o que lhe proporcionava liberdade para ganhar algum dinheiro extra de clientes reconhecidos como o padre Konstantinou.

QUANDO GEORGIOS LATO deixou a cama do padre Konstantinou, naquela tarde, sua mente era um turbilhão. O segredo que o padre lhe confidenciara era uma informação sensacional e a mente de Georgios Lato concentrou-se imediatamente na maneira de ganhar dinheiro com aquilo. Poderia contar a Nikos Veritos, mas tinha planos maiores. *Vou procurar diretamente o chefão*, pensou Lato. *É onde está o dinheiro de verdade.*

Na manhã seguinte, Lato entrou na sala de recepção do gabinete de Spyros Lambrou. A secretária por trás da mesa levantou os olhos.

— A correspondência veio cedo hoje, Georgios.

Georgios Lato sacudiu a cabeça.

— Não, madame. Preciso falar com o Sr. Lambrou.

Ela sorriu.

— É mesmo? E sobre o que deseja lhe falar? Tem alguma proposta de negócio a fazer?

Lato manteve-se solene:

— Não, não é nada disso. Acabei de receber o aviso de que minha mãe está morrendo e... tenho de voltar para casa. Queria apenas agradecer ao Sr. Lambrou por me dar um emprego aqui. Levaria apenas um minuto, mas se ele está muito ocupado... — Lato começou a se virar.

— Espere um pouco. Tenho certeza que ele não vai se importar.

Dez minutos depois, Georgios Lato entrou na sala de Spyros Lambrou. Nunca estivera ali antes e ficou impressionado com a opulência.

— Lamento saber que sua mãe está morrendo, meu rapaz. Talvez uma pequena gratificação possa...

— Obrigado, senhor, mas não é realmente por isso que estou aqui.

Lambrou franziu o rosto.

— Não estou entendendo.

— Sr. Lambrou, tenho uma informação importante que acho que pode lhe ser valiosa.

Ele podia perceber o ceticismo no rosto de Lambrou.

— É mesmo? Estou um pouco ocupado, e por isso se você...

— É sobre Constantin Demiris. — Lato passou a falar bem depressa. — Tenho um amigo que é padre. Ele ouviu uma confissão de um homem que morreu logo depois num acidente de automóvel... e esse homem falou sobre Constantin Demiris. O Sr. Demiris fez uma coisa horrível. Pode ir para a prisão por isso. Mas se não está interessado...

Spyros Lambrou descobriu-se subitamente muito interessado.

— Sente-se... qual é o seu nome?

— Lato, senhor. Georgios Lato.

— Muito bem, Lato, comece do princípio...

O CASAMENTO DE Constantin Demiris e Melina vinha se desintegrando há anos, mas nunca houvera qualquer violência física até recentemente.

Começara no meio de uma discussão acalorada sobre uma ligação de Constantin Demiris com a melhor amiga de Melina.

— Você consegue transformar toda mulher numa prostituta! — ela gritara. — Tudo em que toca se torna lixo!

— *Skaseh!* Cale a porra dessa boca!

— Não pode me obrigar! — bradou Melina, em desafio. — Contarei ao mundo inteiro o *pousti* que você é! Meu irmão tinha razão! Você é um monstro!

Demiris levantou o braço e desferiu um tapa em Melina com toda força. Ela saiu correndo da sala.

Na semana seguinte tiveram outra discussão e Demiris tornou a agredi-la. Melina fez as malas e pegou um avião para Atticos, a ilha particular de seu irmão. Passou ali uma semana, angustiada e solitária. Sentiu saudade do marido e começou a inventar desculpas para o que ele fizera.

A culpa foi minha, pensou Melina. *Eu não deveria ter hostilizado Costa.* E mais: *Ele não queria me bater. Apenas perdeu o controle e não sabia o que estava fazendo.* E mais: *Se Costa não se importasse tanto comigo, não teria me batido, não é mesmo?*

Ao final, no entanto, Melina compreendera que não passavam de desculpas, porque não podia suportar a dissolução do casamento. E voltou para casa no domingo seguinte.

Demiris estava na biblioteca. Levantou os olhos quando Melina entrou.

— Então decidiu voltar.

— Esta é a minha casa, Costa. Você é meu marido e eu o amo. Mas quero lhe dizer uma coisa: se algum dia tornar a me bater, eu o matarei.

E Demiris fitou-a nos olhos e percebeu que ela dizia a verdade.

De uma estranha maneira, o casamento pareceu melhorar depois desse incidente. Durante muito tempo Constantin teve o cuidado de não perder o controle com Melina. Continuava a ter seus romances e Melina era orgulhosa demais para lhe suplicar que parasse. *Um dia ele vai se cansar de todas as suas prostitutas*, ela pensava. *E compreenderá que só precisa de mim.*

Numa noite de sábado, Constantin Demiris estava vestindo um *smoking*, preparando-se para sair. Melina entrou no quarto.

— Aonde você vai?

— Tenho um compromisso.

— Já esqueceu que vamos jantar com Spyros esta noite?

— Não esqueci, mas apareceu algo mais importante.

Melina ficou em silêncio por um instante, observando-o, furiosa.

— E sei o que é... seu *poulaki*! Vai procurar uma de suas prostitutas para satisfazê-lo!

— Deve tomar cuidado com sua língua. Está virando uma lavadeira, Melina. — Demiris contemplou-se no espelho.

— Não vou deixá-lo fazer isso! — O que ele fazia a ela já era bastante terrível, mas insultar seu irmão ainda por cima era demais. Tinha de arranjar um jeito de magoá-lo, e só conhecia um. — Nós dois deveríamos ficar em casa esta noite, Costa.

— É mesmo? — ele indagou, indiferente. — E por quê?

— Não sabe que dia é hoje?

— Não.

— É o aniversário do dia em que matei seu filho, Costa. Fiz um aborto.

Ele ficou completamente imóvel e Melina percebeu que os olhos se tornavam sombrios.

— E pedi aos médicos que dessem um jeito para que eu nunca mais pudesse ter um filho seu — mentiu Melina.

Ele perdeu o controle.

— *Skaseh!*

Desferiu um soco na cara de Melina e continuou a agredi-la. Ela gritou e correu pelo corredor, com Constantin em seu encalço.

Ele alcançou-a no alto da escada e berrou:

— Vou matá-la por isso!

Quando bateu outra vez em Melina, ela perdeu o equilíbrio e rolou pela escada. Ficou imóvel lá embaixo, gemendo de dor.

— Oh, Deus, ajude-me... quebrei alguma coisa.

Demiris limitou-se a fitá-la, com olhos frios.

— Mandarei uma das criadas chamar um médico. Não quero chegar atrasado ao meu compromisso.

O TELEFONE TOCOU pouco antes da hora do jantar.

— Sr. Lambrou? Aqui é o Dr. Metaxis. Sua irmã pediu que lhe telefonasse. Ela está aqui, em minha clínica particular. Infelizmente, sofreu um acidente...

Spyros Lambrou entrou no quarto de Melina na clínica, aproximou-se da cama e contemplou-a, consternado. Melina tinha um braço quebrado, uma concussão e o rosto todo inchado. Spyros Lambrou disse uma única palavra:

— Constantin. — Sua voz tremia de raiva.

Os olhos de Melina encheram-se de lágrimas e ela balbuciou:

— Ele não tinha a intenção.

— Vou destruí-lo. Juro por minha vida.

Spyros Lambrou nunca sentira tanta raiva. Não suportava pensar no que Constantin Demiris estava fazendo com Melina. Tinha de haver uma maneira de detê-lo... mas como? Tinha de haver uma maneira. Ele sentia-se desorientado. Precisava de conselho. E como já fizera muitas vezes no passado, Spyros Lambrou resolveu consultar madame Piris. Talvez ela pudesse ajudá-lo de alguma forma.

A CAMINHO, LAMBROU pensou, irônico: *Meus amigos ririam de mim se soubessem que estou consultando uma psíquica.* Mas a verdade é que no passado madame Piris lhe dissera coisas extraordinárias que haviam se consumado. *Ela vai me ajudar agora.*

SENTARAM A UMA MESA num canto escuro do café mal-iluminado. Ela parecia mais velha do que na última ocasião em que Lambrou a vira. Estava imóvel, os olhos fixados nele.

— Preciso de ajuda, madame Piris.

Ela acenou com a cabeça. *Por onde começar?*

— Houve um julgamento de homicídio há cerca de um ano e meio. Uma mulher chamada Catherine Douglas foi...

A expressão de Madame Piris mudou.

— Não!

Spyros Lambrou ficou aturdido.

— Ela foi assassinada por...

Madame Piris levantou-se.

— Não! Os espíritos me disseram que ela morreria!

Spyros Lambrou sentia-se cada vez mais confuso.

— Ela já morreu. Foi morta pelo...

— Ela está viva!

Lambrou estava totalmente atordoado.

— Não é possível.

— Ela esteve aqui. Veio me procurar há três meses. Mantiveram-na no convento.

Ele ficou absolutamente imóvel. E, de repente, todas as peças ajustaram-se nos lugares. Catherine Douglas ficara no convento. Um dos atos de caridade prediletos de Demiris era dar dinheiro ao convento em Ioannina, a cidade em que Catherine Douglas fora supostamente assassinada. A informação que Spyros recebera de Georgios Lato ajustava-se com perfeição. Demiris mandara duas pessoas inocentes para a morte pelo assassinato de Catherine, enquanto ela continuava viva, escondida pelas freiras.

E Lambrou sabia agora como poderia destruir Constantin Demiris.

Tony Rizzoli.

Capítulo 11

Os PROBLEMAS de Tony Rizzoli se multiplicavam. Tudo que podia sair errado, estava saindo errado. Claro que não era sua culpa o que acontecera, mas ele sabia que a Família o consideraria responsável. Não aceitavam desculpas.

O que aumentava a frustração era o fato de a primeira parte da operação com as drogas ter transcorrido sem dificuldades. Contrabandeara a carga para Atenas sem problemas e a guardara temporariamente num armazém. Subornara um comissário de bordo para contrabandeá-la num voo de Atenas para Nova York. E 24 horas antes do voo, o idiota fora preso por dirigir embriagado e a companhia o despedira.

Tony Rizzoli recorrera a um plano alternativo. Arrumara uma "mula" — neste caso, uma turista de setenta anos chamada Sara Murchison, que visitava a filha em Atenas — para levar uma mala sua para Nova York. Ela não tinha a menor ideia do que estaria carregando.

— São algumas lembranças que prometi mandar para minha mãe — explicara Tony Rizzoli. — Como está disposta a me fazer essa gentileza, quero pagar sua passagem.

— Ora, não é necessário — protestara Sara Murchison. — Fico feliz em ajudá-lo. Moro perto do apartamento de sua mãe e estou ansiosa em conhecê-la.

— E tenho certeza que ela também ficaria satisfeita em conhecê-la — dissera Tony Rizzoli, insinuante. — O problema é que está muito doente. Mas haverá alguém à sua espera para receber a mala.

Era a pessoa perfeita para o serviço — uma terna avó, tipicamente americana. A alfândega só se preocuparia com a possibilidade da mulher contrabandear agulhas de tricô. Sara Murchison deveria partir para Nova York na manhã seguinte.

— Irei buscá-la de carro e a levarei ao aeroporto.

— Obrigada. É um rapaz muito atencioso. Sua mãe deve sentir muito orgulho de você.

— Somos muito ligados.

A mãe de Rizzoli morrera há dez anos.

Na manhã seguinte, quando estava prestes a deixar o hotel, a fim de buscar a mala no armazém, Tony Rizzoli ouviu o telefone tocar.

— Sr. Rizzoli? — A voz era de um estranho.

— O que deseja?

— Aqui é o Dr. Patsaka, do hospital de pronto-socorro de Atenas. Temos uma certa Sra. Sara Murchison internada aqui. Ela caiu ontem à noite e fraturou a bacia. Estava muito preocupada, querendo que eu lhe dissesse como lamenta...

Tony Rizzoli bateu o telefone.

— Merda!

Eram duas frustrações seguidas. Quando conseguiria encontrar outra "mula"?

Rizzoli sabia que precisava tomar cuidado. Havia um rumor de que um importante agente de narcóticos americano se encontrava em Atenas, trabalhando com as autoridades gregas. Vigiavam todas as saídas da cidade, os aviões e navios eram rotineiramente revistados.

Como se não fosse suficiente, havia outro problema. Um de seus informantes — um ladrão que era viciado — avisara-o que a polícia começava a revistar armazéns, à procura de drogas e outras mercadorias de contrabando. A pressão era cada vez maior. Estava na hora de explicar a situação à Família.

Tony Rizzoli deixou o hotel e desceu pela rua Patission até a central telefônica. Não tinha certeza se seu telefone no hotel estava sendo grampeado, mas não queria correr qualquer risco.

O número 85 da Patission era um enorme prédio de pedra, com uma fileira de colunas na frente e uma placa que dizia O.T.E. Rizzoli entrou no saguão e olhou ao redor. Duas dúzias de cabines telefônicas estendiam-se pelas paredes, numeradas. Havia prateleiras com listas telefônicas do mundo inteiro. No centro do saguão havia uma mesa com quatro atendentes, que anotavam os pedidos de ligações. As pessoas entravam em fila à espera das ligações. Tony Rizzoli aproximou-se de uma das atendentes.

— Bom-dia.

— O que deseja?

— Gostaria de fazer uma ligação internacional.

— Lamento, mas haverá uma espera de meia hora.

— Não tem problema.

— Quer me dar o país e o número do telefone, por favor?

Tony Rizzoli hesitou.

— Claro. — Ele estendeu um pedaço de papel para a mulher. — Eu gostaria que a ligação fosse a cobrar.

— Seu nome?

— Brown... Tom Brown.

— Muito bem, Sr. Brown, chamarei assim que a ligação for completada.

— Obrigado.

Ele foi sentar num dos bancos no outro lado. *Eu poderia tentar esconder a mercadoria num automóvel e pagar a alguém para guiá-lo através da fronteira. Mas é arriscado; os carros são revistados. Talvez, se eu pudesse encontrar outra...*

— Sr. Brown... Sr. Tom Brown...

O nome foi repetido duas vezes antes que Rizzoli compreendesse que estava sendo chamado. Levantou e seguiu apressado até a mesa.

— Sua ligação foi aceita. Cabine sete, por favor.

— Obrigado. Pode me devolver o papel que lhe dei? Vou precisar do número.

— Pois não.

A mulher devolveu o papel. Tony Rizzoli entrou na cabine sete e fechou a porta.

— Alô?

— É você, Tony?

— Eu mesmo. Como vai, Pete?

— Para ser franco, estamos um pouco preocupados, Tony. Os rapazes esperavam que a encomenda já estivesse a caminho a esta altura.

— Tive alguns problemas.

— A encomenda foi despachada?

— Não. Ainda está aqui.

Houve um momento de silêncio.

— Não gostaríamos que acontecesse algo errado, Tony.

— Nada demais vai acontecer. Só preciso descobrir outra maneira de despachá-la. Há agentes de narcóticos por toda parte.

— Estamos falando de dez milhões de dólares, Tony.

— Sei disso. Mas não se preocupe, darei um jeito.

— Isso mesmo, Tony, dê um jeito.

A ligação foi cortada.

UM HOMEM DE terno cinza observou Tony Rizzoli se encaminhar para a saída e depois se aproximou da mulher à mesa.

— *Signomi*. Vê aquele homem que está saindo?

A mulher levantou os olhos.

— *Ochi?*

— Quero saber para que número ele ligou.

— Sinto muito, mas não temos permissão para fornecer essa informação.

O homem enfiou a mão no bolso de trás da calça e tirou uma carteira. Havia um escudo dourado preso nela.

— Polícia. Sou o inspetor Tinou.

A expressão da mulher mudou.

— Pois não. Ele me deu um pedaço de papel com o número do telefone e pegou-o de volta.

— Mas não fez uma cópia para o registro?

— Sempre fazemos isso.

— E pode me dar o número, por favor?

— Claro.

Ela escreveu o número num papel e entregou ao inspetor. Ele deu uma olhada. O código do país era 39 e a estação 91. *Itália. Palermo.*

— Obrigado. Por acaso lembra o nome que o homem lhe deu?

— Foi Brown... Tom Brown.

A CONVERSA TELEFÔNICA deixara Tony Rizzoli nervoso. Precisava ir ao banheiro. *Maldito Pete Lucca!* À frente, na esquina da praça Kolonaki, Rizzoli avistou uma placa: APOHORITIRION, banheiro. Homens e mulheres passavam pela porta para usar as mesmas instalações. *E os gregos se consideram civilizados*, pensou Rizzoli. *Repulsivo!*

HAVIA QUATRO HOMENS sentados em torno da mesa de reunião, na *villa* nas montanhas por cima de Palermo.

— A mercadoria já deveria ter sido despachada, Pete — queixou-se um deles. — Qual é o problema?

— Não sei direito, mas o problema pode ser Tony Rizzoli.

— Nunca tivemos problemas com Tony antes.

— Sei disso... mas às vezes as pessoas se tornam gananciosas. Acho que talvez seja melhor mandarmos alguém a Atenas para verificar a situação.

— É uma pena. Sempre gostei de Tony.

NO NÚMERO 10 da rua Stadiou, a chefatura de polícia no centro de Atenas, estava sendo realizada uma reunião. Na sala se encontravam o chefe de polícia Livreri Dmitri, o inspetor Tinou e um americano, tenente Walt Kelly, agente da Divisão Alfandegária do Departamento do Tesouro dos Estados Unidos.

— Temos a informação de que um grande negócio com drogas está prestes a ocorrer — disse Kelly. — A mercadoria será despachada de Atenas. E Tony Rizzoli está envolvido.

O inspetor Tinou permaneceu em silêncio. O departamento de polícia grego não apreciava a interferência de outros países em seus assuntos. Particularmente dos americanos. *Eles são muito seguros de si, muito presunçosos.*

— Já estamos trabalhando nisso, tenente — respondeu o chefe de polícia. — Tony Rizzoli deu um telefonema para Palermo há pouco tempo. Estamos agora verificando o número. Quando descobrirmos teremos a sua fonte.

O telefone na mesa tocou. Dmitri e o inspetor Tinou trocaram um olhar. O inspetor Tinou atendeu.

— Conseguiu?

Ele escutou por um momento, o rosto impassível, depois repôs o fone no gancho.

— E então?

— Descobriram o número.

— E de quem era?

— A ligação foi feita para uma cabine telefônica na praça central da cidade.

— *Gamoto!*

— Nosso Sr. Rizzoli é muito *inch eskipnos.*

Walt Kelly interveio, impaciente:

— Não falo grego.

— Desculpe, tenente. Significa que ele é muito esperto.

— Eu gostaria que aumentassem a vigilância sobre ele — disse Kelly.

A arrogância do homem. O chefe Dmitri virou-se para o inspetor Tinou.

— Não temos realmente provas concretas para fazer mais do que isso, não é mesmo?

— Não, senhor. Apenas fortes suspeitas.

O chefe olhou Walt Kelly.

— Infelizmente, não posso dispensar homens suficientes para seguir cada pessoa que suspeitamos estar envolvida com narcóticos.

— Mas Rizzoli...

— Posso lhe garantir, Sr. Kelly, que temos nossas fontes. Se obtivermos mais informações, sabemos onde encontrá-lo.

Walt Kelly fitou-o fixamente, frustrado.

— Não espere tempo demais ou a mercadoria já terá sido despachada.

A *VILLA* EM RAFINA estava pronta. O corretor dissera a Constantin Demiris:

— Sei que a comprou mobiliada, mas se me permite sugerir uma nova decoração...

— Não. Quero tudo exatamente como está.

Exatamente como estava quando a sua infiel Noelle o traíra com o amante Larry. Ele entrou na sala de estar. *Será que faziam amor aqui, no chão? No estúdio? Na cozinha?* Demiris foi para o quarto. Havia uma cama grande no canto. A cama *deles*. Onde Douglas acariciava o corpo nu de Noelle, onde roubara o que pertencia a Demiris. Douglas pagara por sua traição e agora pagaria de novo. Demiris ficou olhando para a cama. *Farei amor com Catherine primeiro aqui*, pensou Demiris. *E depois nos outros cômodos. Em todos.* Telefonou para Catherine da *villa*.

— Alô?

— Eu estava pensando em você.

TONY RIZZOLI RECEBEU dois visitantes inesperados da Sicília. Entraram em seu quarto no hotel sem se anunciar e Rizzoli no mesmo instante farejou o perigo. Alfredo Mancuso era enorme. E Gino Laveri ainda maior. Mancuso foi direto ao ponto:

— Pete Lucca nos mandou.

Rizzoli tentou parecer indiferente.

— Isso é ótimo. Sejam bem-vindos a Atenas. Em que posso ajudá-los?

— Pare com essa merda, Rizzoli — disse Mancuso. — Pete quer saber qual é o seu jogo.

— Meu jogo? Mas do que está falando? Expliquei a ele que tenho um pequeno problema.

— É por isso que estamos aqui. Para ajudá-lo a resolver esse problema.

— Ei, espere um pouco! — protestou Rizzoli. — A mercadoria está guardada num lugar seguro. Quando...

— Pete não quer que continue guardada. Tem muito dinheiro investido nisso. — Laveri encostou a mão no peito de Rizzoli e empurrou-o para uma cadeira. — Deixe-me explicar a situação, Rizzoli. Se a mercadoria já estivesse nas ruas de Nova York, como deveria, Pete poderia pegar o dinheiro, lavá-lo e pôr para trabalhar de volta nas ruas. Está-me entendendo?

Provavelmente eu poderia dominar esses dois gorilas, pensou Rizzoli. Mas sabia que não estaria brigando com os dois; seria uma luta contra Pete Lucca.

— Claro, compreendo perfeitamente — murmurou Rizzoli. — Mas já não é mais tão fácil como antes. A polícia grega vigia todas as saídas e conta com a ajuda de um narco de Washington. Tenho um plano...

— Pete também tem — interrompeu-o Laveri. — Sabe qual é o plano dele? Mandou avisar a você que se a mercadoria não for despachada até a semana que vem, você terá de entrar com o dinheiro pessoalmente.

— Essa não! — protestou Rizzoli. — Não tenho tanto dinheiro e...

— Pete achou que você poderia não ter. E por isso nos disse para encontrar outros meios de fazê-lo pagar.

Tony Rizzoli respirou fundo.

— Está bem. Basta avisá-lo que tudo se encontra sob controle.

— Claro, claro... Enquanto isso, ficaremos por aqui. Você tem uma semana.

PARA TONY RIZZOLI era uma questão de honra nunca beber antes de meio-dia, mas assim que os dois homens saíram, ele abriu uma garrafa de *scotch* e tomou dois goles compridos. Sentiu o calor do uísque irradiar-se pelo corpo, mas de nada adiantou. *Nada vai ajudar*, ele pensou. *Como o velho pôde se virar contra mim desse jeito? Tenho sido como um filho para ele e agora me dá uma semana para despachar a mercadoria. Preciso de uma mula e depressa. O cassino! Encontrarei uma mula ali.*

ÀS 22 H DAQUELA noite Rizzoli seguiu de carro para o Loutraki, o popular cassino, oitenta quilômetros a oeste de Atenas.

Circulou pelo enorme e movimentado salão de jogo, observando a ação. Havia sempre muitos perdedores, dispostos a fazer qualquer coisa por mais dinheiro para apostar. Quanto mais desesperada a pessoa, mais se tornava uma presa fácil. Rizzoli avistou seu alvo quase que imediatamente, à mesa de roleta. Era um homem pequeno, cabelos grisalhos, na casa dos cinquenta anos, constantemente enxugando a testa com um lenço. Quanto mais perdia, mais suava.

Rizzoli observou-o com interesse. Já vira os sintomas antes. Era um caso clássico de jogador compulsivo, perdendo mais do que podia.

Quando as fichas à sua frente acabaram, o homem disse ao crupiê:

— Eu... eu gostaria de assinar por outra pilha de fichas.

O crupiê virou-se para o chefe da mesa.

— Pode dar. Será a última.

Tony Rizzoli se perguntou quanto o otário já teria perdido. Sentou-se ao seu lado e entrou no jogo. A roleta era um jogo para otários, mas Rizzoli sabia como aproveitar as chances e sua pilha de fichas foi crescendo, enquanto a do homem ao seu lado minguava. O perdedor estava desesperado e espalhava fichas por toda a mesa, apostando nos números e cores, a esmo. *Ele não tem a menor ideia do que está fazendo*, pensou Rizzoli.

A última ficha foi recebida pelo crupiê. O homem continuou sentado, rígido. Olhou para o crupiê, esperançoso.

— Eu poderia...?

O crupiê sacudiu a cabeça.

— Sinto muito.

O homem suspirou e levantou-se. Rizzoli também se levantou.

— É uma pena — disse ele, suavemente. — Tive um pouco de sorte. Permita que eu lhe pague um drinque.

O homem piscou e murmurou, a voz trêmula:

— É muita gentileza sua, senhor.

Encontrei minha mula, pensou Rizzoli. Era evidente que o homem precisava de dinheiro. Provavelmente ficaria grato pela oportunidade de levar uma encomenda inofensiva para Nova York, ganhando cem dólares e a passagem de graça para os Estados Unidos.

— Meu nome é Tony Rizzoli.

— Victor Korontzis.

Rizzoli levou o homem para o bar.

— O que vai querer?

— Eu... infelizmente não me resta qualquer dinheiro.

Tony Rizzoli acenou com a mão, expansivo.

— Não se preocupe com isso.

— Então vou querer um *retsina*. Obrigado.

Rizzoli virou-se para o garçom.

— E traga para mim um Chivas Regal com gelo.

— Está aqui como turista? — perguntou Korontzis, polidamente.

— Isso mesmo. Estou de férias. É um belo país.

Korontzis deu de ombros.

— Acho que sim.

— Não gosta daqui?

— É de fato uma terra bonita, mas a vida é muito cara. Tudo subiu. A menos que você seja um milionário, é difícil pôr comida na mesa, ainda mais quando se tem mulher e quatro filhos.

O tom era amargurado. *Cada vez melhor*, pensou Rizzoli.

— O que você faz, Victor?

— Sou curador do Museu Estatal de Atenas.

— É mesmo? Mas o que faz um curador?

Um tom de orgulho surgiu na voz de Korontzis:

— Sou encarregado de todas as antiguidades desenterradas na Grécia. — Ele tomou um gole de seu drinque. — Isto é, nem tudo. Temos outros museus. O Acrópole e o Museu Arqueológico Nacional. Mas nosso museu tem as peças mais valiosas.

Tony Rizzoli descobriu-se interessado.

— Valiosas até que ponto?

Victor Korontzis deu de ombros.

— A maioria é de valor inestimável. Há uma lei proibindo a saída de antiguidades do país, é claro. Mas temos no museu uma pequena oficina que vende cópias.

O cérebro de Rizzoli começava a funcionar furiosamente.

— E as cópias são boas?

— São excelentes. Só um perito pode distinguir uma cópia do original.

— Deixe-me pagar-lhe outro drinque.

— Obrigado. É muita gentileza sua. Mas, infelizmente, não estou em condições de retribuir.

Rizzoli sorriu.

— Não se preocupe com isso. Mas há uma coisa que pode fazer por mim. Eu gostaria de conhecer seu museu. Parece fascinante.

— E é mesmo! — garantiu Korontzis, entusiasmado. — É um dos museus mais interessantes do mundo. Terei o maior prazer em lhe mostrar tudo, quando quiser.

— Que tal amanhã de manhã?

Tony Rizzoli tinha o pressentimento de que podia ser uma coisa mais lucrativa do que uma mula.

O Museu Estatal de Atenas fica perto da Platia Syntagma, no coração de Atenas. É um lindo prédio, ao estilo de um templo antigo, com quatro colunas jônicas na frente, uma bandeira grega hasteada no topo e quatro figuras esculpidas em mármore no telhado.

Os vastos salões de mármore contêm antiguidades de vários períodos da história grega, há incontáveis mostruários de relíquias e artefatos. Pode-se ver muitas taças e coroas de ouro, espadas com pedras preciosas. Uma estante exibe quatro máscaras mortuárias em ouro e outra tem fragmentos de estátuas de muitos séculos.

Victor Korontzis oferecia uma excursão pessoal a Tony Rizzoli. Parou diante de um mostruário com a estatueta de uma deusa usando uma coroa de papoulas de ópio.

— Esta é a deusa da papoula — explicou Korontzis, a voz baixa. — A coroa é simbólica de sua função como portadora do sono, sonhos, revelação e morte.

— Quanto isso valeria?

Korontzis soltou uma risada.

— Se estivesse à venda? Muitos milhões.

— É mesmo?

O pequeno curador demonstrava um orgulho óbvio enquanto andava, apontando os tesouros de valor inestimável.

— Esta é uma cabeça de *kouros*, de 530 a.C. ...esta é a cabeça de Atena com um elmo coríntio, cerca de 1450 a.C. ...e aqui está uma peça fabulosa, uma máscara de ouro de um aqueu, do túmulo real da Acrópole de Micenas, do século XVI a.C. Acredita-se que é de Agamenon.

— Não me diga!

Ele levou Tony Rizzoli a outro mostruário. Era uma ânfora delicada.

— Esta é uma das minhas peças prediletas — anunciou Korontzis, radiante. — Sei que um pai não pode ter um filho predileto, mas não posso evitar. Esta ânfora...

— Parece um vaso para mim.

— Hã... é isso mesmo. Este vaso foi descoberto na sala do trono, durante as escavações em Cnossos. Pode-se ver os fragmentos mostrando a captura de um touro com uma rede. Nos tempos antigos pegavam-se os touros com redes, a fim de evitar o prematuro derramamento de sangue, e por isso...

— Quanto vale? — interrompeu-o Rizzoli.

— Uns dez milhões de dólares.

Tony Rizzoli franziu o rosto.

— Por isso?

— Deve lembrar que data do final do período minoico, pouco depois de 1500 a.C.

Tony correu os olhos pelas dezenas de mostruários de vidros atulhados de artefatos.

— Todas essas coisas são valiosas?

— Claro que não! Só as antiguidades genuínas. São insubstituíveis e nos proporcionam indicações sobre a maneira como viviam as civilizações antigas.

Tony seguiu Korontzis para outra sala. Pararam na frente de um mostruário no canto. Victor Korontzis apontou para um vaso.

— Este é um dos maiores tesouros. Trata-se de um dos exemplos mais antigos do simbolismo de sinais fonéticos. O círculo com a cruz que está vendo é a forma de Ka. O círculo cruzado é uma das formas mais antigas feitas pelos seres humanos para expressar o cosmo. Só há uma...

Quem se importa com essas merdas?

— Quanto vale? — perguntou Tony.

Korontzis suspirou.

— O resgate de um rei.

Ao deixar o museu naquela manhã, Tony Rizzoli contava riquezas além de seus sonhos mais desvairados. Por um fantástico golpe de sorte tropeçara com uma mina de ouro. Procurava por uma mula e em vez disso descobrira a chave para uma casa de tesouros. Os lucros da operação com a heroína teriam de ser divididos em seis partes. Afinal, ninguém era bastante estúpido para trair a Família; mas uma operação com antiguidades seria diferente. Se contrabandeasse artefatos para fora da Grécia, seria uma operação paralela, só sua; a Família não esperaria coisa alguma disso. Rizzoli tinha todos os motivos para se sentir exultante. E pensou: *Tudo o que tenho de fazer agora é imaginar como fisgar o peixe. Deixarei para mais tarde a preocupação com a mula.*

NAQUELA NOITE, Rizzoli levou seu novo amigo para o Mostrov Athena, um *nightclub* em que a diversão era pornográfica e as mulheres ficavam disponíveis depois do espetáculo.

— Vamos pegar duas mulheres para nos divertirmos um pouco — sugeriu Rizzoli.

— Tenho de voltar para casa — protestou Korontzis — Além do mais, não tenho condições de pagar uma diversão assim.

— Ora, você é meu convidado. Tenho uma conta de despesas. Não me custa nada.

Rizzoli acertou para que uma das mulheres levasse Victor Korontzis para um hotel.

— Não vai também? — perguntou Korontzis.

— Tenho de resolver antes um pequeno problema — explicou Tony. — Vá na frente. Já está tudo acertado.

NA MANHÃ SEGUINTE, Tony Rizzoli voltou ao museu. Havia um bando de turistas percorrendo os salões, admirando os tesouros antigos. Korontzis levou Rizzoli para sua sala. E ficou vermelho quando disse:

— Eu... não sei como lhe agradecer pela noite passada, Tony. Ela... foi maravilhosa.

Rizzoli sorriu.

— Para que servem os amigos, Victor?

— Mas não há nada que eu possa fazer por você em retribuição.

— Nem espero nada em troca. Gosto de você. Gosto de sua companhia. Por falar nisso, haverá um joguinho de pôquer num hotel esta noite. Eu vou jogar. Está interessado?

— Obrigado. Eu adoraria, mas... — Korontzis deu de ombros. — Acho melhor não ir.

— Se o problema é dinheiro, não se preocupe. Cobrirei suas apostas.

Korontzis sacudiu a cabeça.

— Já foi gentil demais. Se eu perdesse, não poderia lhe pagar.

Tony Rizzoli sorriu.

— E quem disse que vai perder? É uma armação.

— Uma armação? Não estou entendendo.

— Um amigo meu, Otto Dalton, está promovendo o jogo. Há alguns turistas americanos endinheirados que adoram jogar na cidade, e Otto e eu vamos dar o golpe em cima deles.

Korontzis arregalou os olhos.

— Dar o golpe? Está querendo dizer... trapacear no jogo? — Ele passou a língua pelos lábios. — Eu... nunca fiz nada assim.

Rizzoli balançou a cabeça, com uma expressão de simpatia.

— Eu compreendo. Se isso o incomoda, não deve fazer. Achei apenas que seria uma maneira fácil de ganhar dois ou três mil dólares.

Os olhos de Korontzis se arregalaram ainda mais.

— Dois ou três mil dólares?

— Isso mesmo. No mínimo.

Korontzis tornou a passar a língua pelos lábios.

— Eu... eu... Não é perigoso?

Tony Rizzoli riu.

— Se fosse perigoso, eu não iria me envolver, não é mesmo? É muito fácil. Otto sabe mexer com as cartas... pode tirá-las de cima, de baixo ou do meio do baralho sem que ninguém perceba. Vem fazendo isso há anos e nunca foi apanhado.

Korontzis não desviava os olhos de Rizzoli.

— Quanto... quanto eu precisaria para entrar no jogo?

— Cerca de quinhentos dólares. Mas vou lhe fazer uma proposta: a coisa é tão fácil que emprestarei os quinhentos e se perder não precisará me pagar.

— É muita generosidade sua, Tony. Mas por que... por que está fazendo isso por mim?

— Posso explicar. — A voz de Tony transbordava de indignação. — Quando vejo um homem decente e trabalhador como você, ocupando um cargo de responsabilidade, como curador de um dos maiores museus do mundo, sem que o Estado aprecie seus esforços o suficiente para lhe dar um salário decente... e você tem dificuldades para sustentar sua família... então, Victor, para ser franco, isso me deixa furioso. Há quanto tempo não lhe dão um aumento?

— Eles... eles não dão aumentos.

— Pois aí está. Agora você tem uma opção, Victor. Pode deixar que eu lhe preste um pequeno favor esta noite, ganhando uns poucos milhares de dólares e passando a viver como deve, ou continua na penúria pelo resto da vida.

— Eu... eu não sei, Tony. Não deveria...

Rizzoli levantou-se.

— Eu compreendo. Provavelmente voltarei a Atenas dentro de um ou dois anos, e talvez possamos nos encontrar de novo. Foi um prazer conhecê-lo, Victor.

Rizzoli encaminhou-se para a porta. E Korontzis tomou sua decisão.

— Espere! Eu... eu gostaria de ir com você esta noite.

Ele mordera a isca.

— Ei, isso é ótimo! Não sabe como fico satisfeito em poder ajudá-lo.

Korontzis hesitou.

— Desculpe, mas quero ter certeza que entendi tudo direito. Disse que se eu perder os quinhentos dólares, não terei de lhe pagar?

— Isso mesmo. Porque não pode perder. O jogo é combinado.

— E onde será?

— No quarto quatrocentos e vinte do Hotel Metrópole. Às 22h. Diga à sua esposa que trabalhará até tarde.

Capítulo 12

HAVIA QUATRO HOMENS no quarto do hotel, além de Tony Rizzoli e Victor Korontzis.

— Quero que conheça meu amigo Otto Dalton — disse Rizzoli. — Victor Korontzis.

Os dois homens trocaram um aperto de mão. Rizzoli olhou para os outros, com uma expressão inquisitiva.

— Creio que não conheço esses outros cavalheiros.

Otto Dalton fez as apresentações.

— Perry Breslauer, de Detroit... Marvin Seymour, de Houston... Sal Prizzi, de Nova York.

Victor Korontzis limitou-se a acenar com a cabeça para os homens, sem confiar em sua voz.

Otto Dalton estava na casa dos sessenta anos, magro, cabelos brancos, afável. Perry Breslauer era mais jovem, mas tinha o rosto enrugado. Marvin Seymour era magro, de aparência suave. Sal Prizzi era um homem enorme, como um carvalho, braços musculosos. Tinha olhos pequenos e frios, o rosto desfigurado por uma cicatriz de faca.

Rizzoli informara Korontzis antes do jogo. *Esses caras têm muita grana. Podem perder alto. Seymour é dono de uma com-*

panhia de seguros, Breslauer tem revendedoras de automóveis por todos os Estados Unidos e Sal Prizzi é diretor de um grande sindicato em Nova York.

— Muito bem, senhores, vamos começar? — propôs Otto Dalton. — As fichas brancas valem cinco dólares, as azuis dez, as vermelhas vinte e cinco e as pretas cinquenta. E agora vamos ver a cor do dinheiro de todos.

Korontzis pegou os quinhentos dólares que Tony Rizzoli lhe emprestara. *Não,* ele pensou, *emprestara não, dera.* Olhou para Rizzoli e sorriu. *Que amigo maravilhoso Rizzoli é!*

Os outros homens tiraram dos bolsos grossos rolos de notas.

Korontzis experimentou uma súbita pontada de preocupação. E se alguma coisa saísse errada e ele perdesse os quinhentos dólares? Não teria importância. Seu amigo Tony arcaria com o prejuízo. Mas se ele ganhasse... Korontzis foi dominado pela euforia.

E o jogo começou.

ERA O CARTEADOR quem determinava o jogo. As apostas foram pequenas a princípio. Houve partidas de pôquer aberto de cinco e sete cartas e pôquer fechado.

No começo os ganhos e perdas foram divididos de forma regular, mas pouco a pouco a maré foi virando.

Parecia que Victor Korontzis e Tony Rizzoli não podiam fazer nada de errado. Se tinham boas cartas, os outros tinham cartas piores. Se os outros tinham boas mãos, Korontzis e Rizzoli tinham mãos ainda melhores.

Victor Korontzis não podia acreditar em sua sorte. Ao final da noite ganhara quase dois mil dólares. Era como um milagre.

— Vocês tiveram muita sorte — resmungou Marvin Seymour.

— E põe sorte nisso — concordou Breslauer. — Que tal nos darem outra chance amanhã?

— Falarei com vocês depois — prometeu Rizzoli.

Depois que eles se retiraram, Korontzis exclamou:

— Não dá para acreditar! Dois mil dólares!

Rizzoli soltou uma risada.

— E isso ainda não é nada. Eu lhe disse que Otto é um dos mais hábeis carteadores do mundo. E aqueles caras estão ansiosos em tentar a sorte outra vez contra nós. Está interessado?

— Pode apostar. — Havia um sorriso largo no rosto de Korontzis. — Acho que acabei de fazer uma piada.

Na noite seguinte, Victor Korontzis ganhou três mil dólares.

— É fantástico! — ele disse a Rizzoli. — Eles não desconfiam de nada?

— Claro que não. Aposto com você como vão pedir para aumentar as apostas amanhã. Acham que vão recuperar todo o seu dinheiro. Você topa?

— Claro, Tony. Não perderia um jogo assim de jeito nenhum.

Ao sentarem à mesa para jogar, Sal Prizzi propôs:

— Somos os grandes perdedores até agora. Que tal aumentarmos as apostas?

Tony Rizzoli olhou para Korontzis e piscou um olho.

— Por mim, está certo. — respondeu Rizzoli. — Vocês concordam?

Todos acenaram com a cabeça. Otto Dalton distribuiu as fichas.

— As brancas valem cinquenta dólares, as azuis cem, as vermelhas quinhentos e as pretas mil.

Victor Korontzis olhou para Rizzoli, apreensivo. Não imaginara que as apostas seriam tão altas.

Rizzoli acenou com a cabeça, tranquilizador.

O jogo começou.

Nada mudou. As mãos de Victor Korontzis eram mágicas. Quaisquer que fossem as cartas, sempre ganhava. Tony Rizzoli também ganhava, mas não tanto.

— Cartas miseráveis! — resmungou Prizzi. — Vamos mudar o baralho.

Otto Dalton atendeu, pegando um baralho novo.

Korontzis olhou para Rizzoli e sorriu. Sabia que nada mudaria sua sorte.

À meia-noite um garçom trouxe sanduíches. Os jogadores fizeram uma pausa de quinze minutos. Tony Rizzoli levou Korontzis para um lado e sussurrou:

— Eu disse a Otto para amaciá-los um pouco.

— Como assim?

— Deixar eles ganharem umas poucas mãos. Se continuarem a perder o tempo todo, vão acabar desanimados e deixarão o jogo.

— Ah, já entendi. É uma manobra esperta.

— Quando eles pensarem que a sorte mudou, vamos tornar a aumentar as apostas e liquidá-los de vez.

Victor Korontzis ainda hesitava.

— Já ganhei muito dinheiro, Tony. Não acha que devemos parar enquanto...

Tony Rizzoli fitou-o nos olhos.

— Victor, não gostaria de sair daqui esta noite com cinquenta mil dólares no bolso?

QUANDO O JOGO recomeçou, Breslauer, Prizzi e Seymour passaram a ganhar. As mãos de Korontzis ainda eram boas, mas as dos outros eram melhores.

Otto Dalton é um gênio, pensou Korontzis. Estivera observando a distribuição das cartas e não fora capaz de perceber qualquer movimento falso.

Victor Korontzis continuou a perder. Não estava preocupado. Dentro de alguns minutos, depois que os outros estivessem... como era mesmo a palavra?... *amaciados*, ele, Rizzoli e Dalton dariam o bote final. Sal Prizzi estava exultante.

— Parece que a sorte mudou!

Tony Rizzoli sacudiu a cabeça, pesaroso.

— Isso acontece, não é mesmo? — Ele lançou um olhar sugestivo para Korontzis.

— A sorte de vocês não podia durar para sempre — comentou Marvin Seymour.

E Perry Breslauer sugeriu:

— Por que não aumentamos as apostas de novo, para nos dar uma chance de recuperação?

Tony Rizzoli fingiu refletir sobre a proposta.

— Não sei... — Ele virou-se para Korontzis. — O que você acha, Victor?

Não gostaria de sair daqui esta noite com cinquenta mil dólares no bolso? Eu poderia comprar uma casa e um carro novo. Posso sair com minha família em férias... Korontzis quase tremia de excitamento. Sorriu.

— Por que não?

— Muito bem — disse Sal Prizzi. — Poremos as fichas na mesa. O céu é o limite.

Estavam jogando pôquer fechado de cinco cartas. As cartas foram distribuídas.

— É a minha vez de abrir — disse Breslauer. — Vamos começar com cinco mil dólares.

Cada jogador pôs sua abertura na mesa.

Victor Korontzis recebeu duas damas. Pediu três cartas e veio outra dama. Rizzoli olhou para suas cartas e disse:

— Aposto mil.

Marvin Seymour estudou sua mão.

— E mais dois mil.

— Pago para ver — disse Sal Prizzi.

Marvin Seymour ganhou com um *straight*.

Na rodada seguinte, Victor Korontzis recebeu um oito, um nove, um dez e um valete de copas. Só faltava uma carta para um *straight flush!*

— Abro com mil dólares — disse Dalton.

— Pago e ponho mais mil.

— Vamos aumentar em mais mil — disse Sal Prizzi.

Era a vez de Victor Korontzis. Ele tinha certeza de que um *straight flush* ganharia de tudo o que os outros tivessem. E só lhe faltava uma carta.

— Eu pago. — Ele recebeu uma carta e deixou-a fechada, sem coragem para olhá-la. Breslauer abriu seu jogo.

— Dois pares, de quatro e dez.

Prizzi também abriu seu jogo.

— Trinca de setes.

Todos olharam para Victor Korontzis. Ele respirou fundo e levantou a última carta. Era preta.

— Não tenho nada — ele balbuciou.

E empurrou suas cartas.

AS MESAS ERAM cada vez mais altas.

A pilha de fichas de Victor Korontzis minguara a quase nada. Ele olhou para Tony Rizzoli, preocupado.

Rizzoli sorriu tranquilizador, um sorriso que dizia: *Não há motivo para se preocupar.*

Rizzoli fez a abertura seguinte.

As cartas foram distribuídas.

— Vamos começar com mil dólares.

Perry Breslauer:

— Ponho mais mil.

Marvin Seymour:

— Vou nos dois mil.

Sal Prizzi:

— Querem saber de uma coisa? Acho que vocês estão blefando. Vamos aumentar essa mesa para cinco mil.

Victor Korontzis ainda não olhara para suas cartas. *Quando essa droga de amaciamento vai acabar?*

— Victor?

Korontzis levantou a mão lentamente e abriu as cartas, uma a uma. Um ás, outro ás e um terceiro ás, mais um rei e um dez. Seu sangue disparou nas veias.

— Vai ao jogo?

Ele sorriu para si mesmo. O amaciamento terminara. Sabia que receberia outro rei para fazer um *full hand.* Descartou o dez e fez um esforço para manter a voz descontraída:

— Eu vou. Uma carta, por favor.

Otto Dalton disse:

— Quero duas. — Ele olhou para suas cartas. — Aposto mil.

Tony Rizzoli sacudiu a cabeça.

— É muito para mim.

Ele largou suas cartas.

— Eu pago e ponho mais cinco mil — disse Sal Prizzi.

Marvin Seymour também largou suas cartas.

— Estou fora.

Estava entre Victor Korontzis e Sal Prizzi.

— Vai pagar? — indagou Prizzi. — Tem de pôr cinco mil.

Victor Korontzis olhou para sua pilha de fichas. Cinco mil dólares era tudo o que lhe restava. *Mas quando eu ganhar esta mesa...* ele pensou. Tornou a olhar para suas cartas. Não podia perder. Empurrou a pilha de fichas para o meio da mesa e pegou uma carta. Era um cinco. Mas ainda tinha três ases. Abriu as cartas.

— Três ases.

Prizzi abriu suas cartas.

— Quatro dois.

Korontzis ficou atordoado, observando Prizzi recolher a mesa. Sentia que de alguma forma falhara com seu amigo Tony. *Se ao menos eu pudesse me aguentar até começarmos a ganhar...* Era a vez de Prizzi dar as cartas.

— Pôquer aberto de sete cartas — ele anunciou. — A abertura é mil dólares.

Os outros jogadores puseram suas aberturas. Victor Korontzis olhou para Tony Rizzoli, desamparado.

— Não tenho...

— Está tudo bem. — Rizzoli virou-se para os outros. — Pessoal, Victor não pôde trazer muito dinheiro esta noite, mas posso garanti-lo. Vamos lhe dar crédito e acertaremos tudo ao final da noite.

— Ei, vamos devagar! — protestou Prizzi. — Afinal, não somos uma instituição de crédito. Não sabemos quem é Victor Korontzis. Como podemos ter certeza de que ele pagará?

Otto Dalton interveio:

— Se Tony diz que garante o Sr. Korontzis, então eu aceito.

Sal Prizzi deu de ombros.

— Acho que está bem.

— Eu concordo — disse Perry Breslauer.

Otto Dalton virou-se para Victor Korontzis.

— Quanto vai querer?

— Dê-lhe dez mil — disse Tony Rizzoli.

Korontzis fitou-o aturdido. Dez mil dólares era mais do que ele ganhava em dois anos. Mas Rizzoli devia saber o que estava fazendo. Victor Korontzis engoliu em seco.

— Acho... está certo.

Uma pilha de fichas foi posta na sua frente.

As cartas naquela noite eram inimigas de Victor Korontzis. Enquanto as apostas continuavam a subir, sua nova pilha de fichas diminuía. Tony Rizzoli também perdia.

Às 2 h da madrugada eles fizeram uma pausa. Korontzis levou Tony Rizzoli para um canto.

— O que está acontecendo? — ele sussurrou, em pânico. — Sabe quanto dinheiro estou perdendo?

— Não se preocupe, Victor. Também estou perdendo. Mas já dei o sinal a Otto. O jogo vai mudar quando chegar sua vez de dar as cartas. Vamos acertá-los em cheio.

Tornaram a sentar.

— Dê mais vinte e cinco mil dólares em fichas a meu amigo — disse Rizzoli.

Marvin Seymour franziu o rosto.

— Tem certeza que ele quer continuar a jogar?

Rizzoli virou-se para Victor Korontzis.

— A decisão é sua.

Korontzis hesitou. *Já dei o sinal a Otto. O jogo vai mudar.*

— Continuo.

— Está certo.

Fichas no valor de 25 mil dólares foram postas na frente de Korontzis. Ele olhou para as fichas e sentiu de repente que sua sorte voltara. Era a vez de Otto Dalton dar as cartas.

— Muito bem, senhores, o jogo é fechado, com cinco cartas. A aposta inicial é mil dólares.

Os jogadores puseram suas fichas no centro da mesa.

Dalton deu cinco cartas para cada um. Korontzis não olhou para sua mão. *Vou esperar*, ele pensou. *Isso me dará sorte.*

— Quem vai ao jogo?

Marvin Seymour, sentado à direita de Dalton, estudou suas cartas por um momento.

— Estou fora.

Ele largou as cartas. Sal Prizzi era o seguinte.

— Eu vou e aumento para mil.

Ele pôs as fichas no meio da mesa. Tony Rizzoli olhou para sua mão e deu de ombros.

— Também estou fora. — Ele largou as cartas.

Perry Breslauer olhou para sua mão e sorriu.

— Pago o aumento e ponho mais cinco mil.

Victor Korontzis teria de pagar seis mil dólares para continuar no jogo. Lentamente, ele pegou a mão e abriu as cartas. E não podia acreditar no que viu. Tinha um *straight flush*... cinco, seis, sete, oito e nove de ouros. Uma mão perfeita! O que significava que Tony estava certo. *Graças a Deus!* Korontzis fez um esforço para esconder sua animação.

— Pago os seis mil e ponho mais cinco mil.

Aquela era a mão que o tornaria rico. Dalton levantou a mão.

— Não dá para mim. Estou fora.

— Pois eu vou — disse Sal Prizzi. — Acho que você está blefando, companheiro. Pago e ponho mais cinco mil.

Victor Korontzis sentiu um pequeno arrepio de excitamento percorrê-lo. Recebera a grande mão de uma vida inteira. Aquela mesa seria a maior do jogo. Perry Breslauer estudava suas cartas.

— Muito bem, eu pago e aumento em mais cinco mil.

Era de novo a vez de Victor Korontzis. Ele respirou fundo.

— Pago e ponho mais cinco mil.

Ele quase tremia de entusiasmo. E tinha de fazer um esforço para não se inclinar e puxar as fichas. Perry Breslauer abriu suas cartas, com uma expressão de triunfo.

— Trinca de reis.

Ganhei!, pensou Korontzis.

— Não é suficiente. — Ele sorriu. — Tenho um *straight flush*.

Ele mostrou as cartas e estendeu as mãos para as fichas, ansioso.

— Espere! — Sal Prizzi baixou lentamente suas cartas. — Ganhei de você com um *royal straight flush*. Dez a ás de espadas.

Victor Korontzis empalideceu. Sentiu que ia desmaiar, o coração começou a palpitar.

— Santo Deus! — exclamou Tony Rizzoli. — Dois *straight flushes*! — Ele virou-se para Korontzis e acrescentou: — Sinto muito, Victor. Eu... não sei o que dizer.

Otto Dalton disse:

— Acho que já chega por esta noite. — Ele consultou um pedaço de papel e virou-se para Victor Korontzis. — Você deve sessenta e cinco mil dólares.

Victor Korontzis olhou para Tony Rizzoli, desamparado. Rizzoli deu de ombros, com uma expressão desolada. Korontzis tirou um lenço do bolso e começou a enxugar o suor da testa.

— Como quer pagar? — indagou Dalton. — Dinheiro ou cheque?

— Não aceito cheques — disse Prizzi. Ele olhou para Victor Korontzis. — Quero dinheiro.

— Eu... eu... — As palavras não saíam. Korontzis percebeu que tremia todo. — Eu... não tenho isso...

A expressão de Sal Prizzi tornou-se sombria.

— Você *o quê?*

Tony Rizzoli apressou-se em interferir:

— Esperem um pouco. Victor está querendo dizer apenas que não tem esse dinheiro com ele. Eu disse que ele era garantido.

— O que você disse de nada me adianta, Rizzoli. Quero ver a cor do dinheiro dele.

— E vai ver — assegurou Rizzoli, tranquilizador. — Receberá tudo em poucos dias.

Sal Prizzi levantou-se bruscamente.

— Porra nenhuma! Não sou obra de caridade para ficar esperando. Quero o dinheiro até amanhã.

— Não se preocupe. Ele vai entregá-lo.

Victor Korontzis estava preso no meio de um pesadelo e não havia saída. Continuou sentado, incapaz de se mexer, mal percebendo que os outros se retiravam. Ficou a sós com Tony. Sentia-se completamente atordoado.

— Eu... jamais conseguirei arrumar tanto dinheiro! — ele se lamuriou. — Nunca!

Rizzoli pôs a mão em seu ombro.

— Não sei o que lhe dizer, Victor. Não entendo o que saiu errado. Acho que perdi quase tanto quanto você esta noite.

Victor Korontzis enxugou os olhos.

— Mas... mas você tem condições para isso, Tony. Eu... terei de explicar a eles que não posso pagar.

— Eu pensaria duas vezes se fosse você, Victor. Sal Prizzi é o presidente do sindicato dos estivadores da Costa Leste. E já me disseram que essa turma não é de brincadeira.

— Não posso fazer nada. Se não tenho o dinheiro, então não tenho o dinheiro. O que ele pode me fazer?

— Vou explicar o que ele pode fazer — disse Rizzoli, muito sério. — Pode mandar seus homens darem tiros nos seus joelhos. Você nunca mais poderá andar. Pode mandar jogar ácido nos seus olhos. Você nunca mais poderá ver. E depois que você tiver sofrido toda a dor que puder suportar, ele decidirá se o deixará continuar a viver assim ou se prefere matá-lo.

Victor Korontzis fitava-o fixamente, muito pálido.

— Está... está brincando.

— Eu gostaria que fosse mesmo brincadeira. A culpa é minha, Victor. Nunca deveria ter deixado que entrasse num jogo com um homem como Sal Prizzi. Ele é um assassino.

— Oh, Deus! O que vou fazer?

— Tem algum jeito de levantar o dinheiro?

Korontzis começou a rir histericamente.

— Tony... mal consigo sustentar minha família com o que ganho.

— Neste caso, Victor, a única coisa que posso sugerir é que deixe a cidade. E talvez seja melhor sair do país. Vá para algum lugar em que Prizzi não possa encontrá-lo.

— Não posso fazer isso — balbuciou Victor Korontzis. — Tenho mulher e quatro filhos. — Ele fez uma pausa, olhando para Tony Rizzoli com uma expressão acusadora. — Você disse que seria uma armação, que não podíamos perder. Disse que...

— Sei o que disse e lamento profundamente. Sempre deu certo antes. A única coisa que posso pensar é que Prizzi trapaceou.

O rosto de Korontzis encheu-se de esperança.

— Então, se ele trapaceou, não preciso pagar.

— Há um problema aí, Victor — disse Rizzoli, paciente. — Se o acusar de trapacear, ele vai matá-lo... e se não pagar, ele também vai matá-lo.

— Oh, Deus! Sou um homem morto!

— Não pode imaginar como lamento essa situação. Tem certeza de que não há nenhuma maneira de levantar...?

— Precisaria de cem vidas para isso. Mil vidas. Tudo o que tenho está hipotecado. Onde arrumaria...?

E foi nesse instante que Tony Rizzoli teve uma súbita inspiração.

— Ei, espere um pouco, Victor! Não disse que aqueles artefatos no museu valiam muito dinheiro?

— E valem mesmo, mas o que isso tem a ver com...?

— Deixe-me acabar. Disse que as cópias eram tão boas quanto os originais.

— Claro que não são. Qualquer perito pode...

— Espere. E se um desses artefatos desaparecesse e uma cópia fosse posta em seu lugar? Afinal, só havia um punhado de turistas quando estive no museu. Eles poderiam perceber a diferença?

— Não, mas... eu... eu entendo o que está sugerindo. Só que eu nunca poderia fazer isso.

Rizzoli disse suavemente:

— Está certo, Victor. Apenas pensei que o museu poderia dispensar um de seus pequenos artefatos. Eles têm muitos.

Victor Korontzis sacudiu a cabeça.

— Sou curador daquele museu há vinte anos. Nunca poderia fazer uma coisa assim.

— Desculpe. Eu nem deveria ter sugerido. Só o fiz porque achei que poderia salvar sua vida. — Rizzoli levantou e esticou-se. — Bom, está ficando tarde. Sua mulher deve estar perguntando a esta altura onde você se meteu.

Victor Korontzis fitava-o fixamente.

— Poderia salvar minha vida? Como?

— É simples. Se pegasse uma daquelas coisas velhas...

— Antiguidades.

— ... antiguidades... e me desse, eu poderia tirá-la do país e vendê-la para você, dando a Prizzi o dinheiro que ficou devendo. Creio que eu poderia convencê-lo a esperar. E você sairia do aperto. Não preciso lhe dizer que correria um grande risco por você, porque estaria na maior encrenca se fosse apanhado. Mas só estou me oferecendo para fazer isso porque acho que estou lhe devendo. Foi por culpa minha que você se meteu nessa confusão.

— Você é um grande amigo, Tony. Mas não posso culpá-lo. Eu não precisava entrar no jogo. Você apenas tentou me fazer um favor.

— Sei disso. E eu gostaria que tudo terminasse de maneira diferente. Mas vamos dormir um pouco. Voltarei a falar com você amanhã. Boa-noite, Victor.

— Boa-noite, Tony.

A LIGAÇÃO FOI FEITA para o museu no início da manhã seguinte.

— Korontzis?

— Sou eu.

— Aqui é Sal Prizzi.

— Bom-dia, Sr. Prizzi.

— Estou ligando para tratar daquela questão dos sessenta e cinco mil dólares. Quando posso receber?

Victor Korontzis começou a suar profusamente.

— Eu... eu não tenho o dinheiro neste momento, Sr. Prizzi.

Houve um silêncio ameaçador no outro lado da linha.

— Qual é o golpe que está querendo me dar?

— Não é golpe nenhum, Sr. Prizzi. Eu...

— Então quero a porra do meu dinheiro. Está me entendendo?

— Sim, senhor.

— A que horas o museu fecha?

— 18... 18 horas.

— Estarei aí. Esteja com o dinheiro à minha espera ou quebrarei sua cara. E, depois disso, farei ainda pior.

A linha ficou muda.

Victor Korontzis continuou sentado, em pânico. Queria se esconder. Mas onde? Foi envolvido por um sentimento de desespero total, apanhado num turbilhão de "ses": *Se eu não tivesse ido ao cassino naquela noite; se eu não tivesse conhecido Tony Rizzoli; se eu cumprisse a promessa que fiz à minha mulher de nunca mais jogar.* Ele sacudiu a cabeça para desanuviá-la. *Tenho de fazer alguma coisa... agora.*

E foi nesse instante que Tony Rizzoli entrou na sala.

— Bom-dia, Victor.

ERAM 18 H 30. Os funcionários já tinham ido embora e o museu se encontrava fechado há meia hora. Victor Korontzis e Tony Rizzoli observavam a porta da frente. Korontzis mostrava-se cada vez mais nervoso.

— E se ele não concordar? E se ele quiser o dinheiro esta noite?

— Darei um jeito — garantiu Tony Rizzoli. — Só peço que me deixe falar tudo.

— E se ele não aparecer? E se ele... você sabe... apenas mandar alguém para me matar? Acha que ele poderia fazer isso?

— Não enquanto tiver uma possibilidade de receber seu dinheiro — responde Rizzoli, confiante.

Às 19 h, Sal Prizzi finalmente apareceu. Korontzis adiantou-se apressado e abriu a porta.

— Boa-noite.

Prizzi olhou para Rizzoli.

— O que você está fazendo aqui? — Ele olhou para Victor Korontzis. — A coisa é só entre nós dois.

— Calma, calma... — disse Rizzoli. — Só estou aqui para ajudar.

— Não preciso de sua ajuda. — Prizzi tornou a se virar para Korontzis. — Onde está meu dinheiro?

— Eu... eu não tenho o dinheiro. Mas...

Prizzi agarrou-o pela garganta.

— Escute aqui, seu safado. Vai me dar o dinheiro esta noite ou virará comida de peixe. Está me entendendo?

Tony Rizzoli interveio:

— Ei, cara, acalme-se. Vai receber seu dinheiro.

Prizzi virou-se para ele.

— Eu lhe disse para não se meter. Não é da sua conta.

— Mas estou fazendo com que seja da minha conta, pois sou amigo de Victor. Ele não tem o dinheiro neste momento, mas temos um jeito de arrumá-lo para você.

— Ele tem ou não tem o dinheiro?

— Tem e não tem — respondeu Rizzoli.

— Mas que merda de resposta é essa?

Tony Rizzoli moveu o braço, indicando a sala.

— O dinheiro está aí.

Sal Prizzi correu os olhos pela sala.

— Onde?

— Naqueles mostruários. Estão cheios de velharias...

— Antiguidades — corrigiu Korontzis, automaticamente.

— ...que valem uma fortuna. E estou falando de milhões.

— É mesmo? — Prizzi olhou para os mostruários. — Mas de que me servem se estão trancadas num museu? Quero dinheiro vivo.

— E vai ter — assegurou Rizzoli, suavemente. — Duas vezes mais do que o nosso amigo lhe deve. Só precisa ter um pouco de paciência, mais nada. Victor não é um caloteiro. Apenas necessita de um pouco mais de tempo. Explicarei o plano. Victor pegará uma dessas velharias... antiguidades... e acertará sua venda. Pagará a você assim que receber o dinheiro.

Sal Prizzi sacudiu a cabeça.

— Não gosto disso. Não sei nada sobre essas coisas antigas.

— Nem precisa saber. Victor é um dos maiores peritos do mundo. — Tony Rizzoli foi até um mostruário e apontou para um cabeça de mármore. — Quanto acha que isto vale, Victor?

Korontzis engoliu em seco.

— Essa é a deusa Higeia, século XIV a.C. Qualquer colecionador teria o maior prazer em pagar dois ou três milhões de dólares por isso.

Rizzoli olhou para Sal Prizzi.

— Aí está. Entende agora o que estou propondo?

Prizzi franziu o rosto.

— Não sei, não. Quanto tempo eu teria de esperar?

— Receberá o dobro de seu dinheiro dentro de um mês.

Prizzi pensou por um momento, depois acenou com a cabeça.

— Está certo. Mas se tenho de esperar um mês, quero mais... duzentos mil a mais.

Tony Rizzoli olhou para Victor Korontzis, que acenou com a cabeça, ansiosamente.

— Combinado — disse Rizzoli. — Negócio fechado.

Sal Prizzi aproximou-se do pequeno curador.

— Estou lhe dando trinta dias. Se eu não tiver meu dinheiro até lá, você vai virar carne de cachorro. Fui bem claro?

Korontzis engoliu em seco.

— Sim, senhor.

— Não se esqueça... trinta dias.

Ele lançou um olhar longo e duro para Tony Rizzoli.

— Não gosto de você.

Os dois ficaram observando Sal Prizzi virar-se e sair pela porta.

Korontzis arriou numa cadeira, enxugando o suor da testa.

— Santo Deus, pensei que ele ia me matar! Acha que podemos conseguir o dinheiro em trinta dias?

— Claro. Tudo o que você tem de fazer é tirar uma dessas coisas do mostruário e pôr uma cópia no lugar.

— Como vai tirá-la do país? Será preso se o apanharem.

— Sei disso — respondeu Rizzoli. — Mas há uma possibilidade e correrei o risco. É o mínimo que devo a você, Victor.

UMA HORA DEPOIS, Tony Rizzoli, Otto Dalton, Perry Breslauer, Sal Prizzi e Marvin Seymour tomavam drinques na suíte de hotel do Dalton.

— Tudo suave como seda — gabou-se Rizzoli. — O filho da puta se mijou de medo.

Sal Prizzi sorriu.

— Eu o deixei apavorado, não é mesmo?

— Até eu fiquei apavorado — comentou Rizzoli. — Devia ser um ator.

— E o que fazemos agora? — indagou Marvin Seymour.

— Ele me entrega uma daquelas antiguidades, eu encontro um meio de tirá-la do país e vendê-la — explicou Rizzoli. — E depois darei a parte de vocês.

— Que beleza! — exclamou Perry Breslauer. — Estou adorando.

É como ter uma mina de ouro, pensou Rizzoli. *Depois que Korontzis fizer uma vez, estará perdido. Não terá mais como recuar. Vou obrigá-lo a limpar toda a porra do museu.*

— E como vamos tirar a coisa do país? — perguntou Marvin Seymour.

— Encontrarei um jeito — assegurou Tony Rizzoli. — Não se preocupem com isso.

Ele tinha mesmo de encontrar. E depressa. Alfredo Mancuso e Gino Laveri estavam à espera.

Capítulo 13

NA CHEFATURA DE POLÍCIA, na rua Stadiou, fora convocada uma reunião de emergência. Ali estavam o chefe Dmitri, o inspetor Tinou, o inspetor Nicolino, Walt Kelly, o agente do Departamento do Tesouro dos Estados Unidos, e meia dúzia de detetives. O clima era muito diferente do que predominara na reunião anterior. O inspetor Nicolino disse:

— Temos motivos agora para acreditar que sua informação era correta, Sr. Kelly. Nossas fontes informam que Tony Rizzoli está tentando encontrar um meio para contrabandear de Atenas uma grande carga de heroína. Já começamos a revistar os possíveis armazéns em que ele pode ter guardado a droga.

— Puseram alguém para vigiar Rizzoli?

— Aumentamos o número de homens esta manhã — informou o chefe Dmitri.

Walt Kelly suspirou.

— Só peço a Deus que não seja tarde demais.

O INSPETOR NICOLINO designou duas equipes de detetives para manter a vigilância sobre Tony Rizzoli, mas subestimou o alvo. Ao final da tarde, Rizzoli já percebera que tinha companhia. Era seguido sempre que deixava o hotel e ao voltar avistava alguém sem fazer nada no fundo do saguão. Eram autênticos profissionais. O que agradou a Rizzoli. Era um sinal de respeito por ele.

Agora precisava não apenas encontrar uma maneira de tirar a heroína de Atenas, mas também contrabandear uma antiguidade de valor inestimável. *Alfredo Mancuso e Gino Laveri estão em cima de mim e a polícia me cerca por toda parte. Tenho de fazer um contato, e depressa.* O único nome que lhe ocorreu imediatamente foi Ivo Bruggi, um pequeno armador de Roma. Rizzoli já fizera negócios com Bruggi no passado. Era uma possibilidade remota, mas melhor do que nada.

RIZZOLI TINHA CERTEZA de que seu telefone no hotel estava sendo grampeado. *Preciso armar um esquema para poder receber ligações no hotel.* Ele ficou sentado a pensar por um longo tempo. Finalmente se levantou, saiu para o corredor e foi bater na porta no outro lado. Um homem idoso, de aparência rabugenta, abriu-a.

— O que você quer?

Rizzoli exibiu todo o seu charme.

— Desculpe incomodá-lo. Sou o seu vizinho do outro lado do corredor. Importa-se que eu entre para lhe falar por um minuto?

O homem fitou-o de alto a baixo, desconfiado.

— Quero ver você abrir a porta de seu quarto.

Tony Rizzoli sorriu.

— Pois não.

Ele atravessou o corredor, tirou a chave do bolso e abriu a porta. O homem acenou com a cabeça.

— Está certo. Entre.

Tony Rizzoli fechou sua porta e entrou no quarto do velho.

— O que você quer?

— Trata-se de um problema pessoal e detesto incomodá-lo, mas... A verdade é que estou me divorciando e minha esposa mandou me vigiar. — Rizzoli sacudiu a cabeça, com uma expressão de repulsa. — E até grampearam o telefone do meu quarto.

— Mulheres! — resmungou o homem. — São todas umas miseráveis. Eu me divorciei no ano passado. Deveria ter feito isso dez anos antes.

— É mesmo? O que eu queria saber é se posso dar a alguns amigos o número de seu quarto, a fim de que eles telefonem para cá. Prometo que não haverá muitas ligações.

O homem começou a sacudir a cabeça.

— Não gosto de ser...

Rizzoli tirou uma nota de cem dólares do bolso.

— Isso é por seu incômodo.

O homem passou a língua pelos lábios.

— Está bem. Terei prazer em ajudar um companheiro de sofrimento.

— É muita gentileza sua. Sempre que houver uma ligação para mim, basta bater na porta do meu quarto. Estarei aqui durante a maior parte do tempo.

— Combinado.

NO INÍCIO DA MANHÃ seguinte, Rizzoli foi a um posto telefônico, a fim de ligar para Ivo Bruggi. Discou para a telefonista e pediu uma ligação para Roma.

— *Signor Bruggi, per piacere.*

— *Non cè in casa.*

— *Quando arriverà?*

— *Non lo so.*

— *Gli dica, per favore, di chiamare il Signor Rizzoli.*

Rizzoli deu o telefone do hotel e o número do quarto de seu vizinho. E voltou para seu quarto no hotel. Detestava aquele quarto. Alguém lhe dissera que a palavra grega para hotel era *xenodochion*, significando um lugar para estranhos. *É mais como uma porra de uma prisão*, pensou Rizzoli. Os móveis eram horríveis: um velho sofá verde, duas mesinhas de cabeceira escalavradas com abajures, uma escrivaninha com um abajur e uma cadeira, uma cama projetada por Torquemada.

Durante os dois dias seguintes Rizzoli permaneceu no quarto, à espera de uma batida na porta, pedindo que o serviço de quarto trouxesse as refeições. E não houve qualquer ligação. *Onde se meteu* o *sacana do Ivo Bruggi?*

A TURMA DE VIGILÂNCIA relatava tudo ao inspetor Nicolino e Walt Kelly.

— Rizzoli está no hotel. Não sai de lá há 48 horas.

— Tem certeza que ele está mesmo lá?

— Absoluta. As criadas o veem pela manhã e à noite, quando arrumam o quarto.

— E ele recebeu telefonemas?

— Nenhum. O que devemos fazer?

— Continuem a vigiá-lo. Ele terá de entrar em ação, mais cedo ou mais tarde. E verifiquem se a intercepção de seu telefone está funcionando direito.

NO DIA SEGUINTE, o telefone no quarto de Rizzoli tocou. *Merda!* Bruggi não deveria estar chamando-o naquele quarto. Deixara um recado para que o idiota o chamasse no quarto do vizinho. Precisaria ter muito cuidado. Rizzoli atendeu.

— Alô?

— É Tony Rizzoli?

A voz não era de Ivo Bruggi.

— Quem fala?

— Procurou-me outro dia no escritório com uma proposta de negócio, Sr. Rizzoli. Recusei. Agora acho que talvez devamos conversar de novo.

Tony Rizzoli experimentou uma súbita exultação. *Spyros Lambrou! O filho da puta mudou de ideia!* Rizzoli mal podia acreditar em sua sorte. *Todos os meus problemas estão resolvidos. Posso despachar a heroína e a antiguidade ao mesmo tempo.*

— Claro. Terei o maior prazer. Quando poderíamos nos encontrar?

— Pode ser esta tarde?

Ele está ansioso em fechar o negócio. Esses sacanas ricos são todos iguais. Sempre querem mais.

— Está certo. Onde?

— Por que não vem ao meu escritório?

— Estarei aí.

Tony Rizzoli desligou, exultante. No saguão do hotel um frustrado detetive entrou em contato com a chefatura.

— Rizzoli acaba de receber um telefonema. Vai ao escritório de alguém, mas o homem não deu o nome e não conseguimos localizar a origem da ligação.

— Tudo bem. Siga-o quando ele deixar o hotel. E avise-me para onde ele for.

— Sim, senhor.

Dez minutos depois, Tony Rizzoli esgueirava-se por uma janela do porão que dava para uma viela por trás do hotel. Trocou de táxi duas vezes para se certificar de que não estava sendo seguido e foi para o escritório de Spyros Lambrou.

DESDE O DIA EM QUE visitara Melina no hospital que Spyros Lambrou jurara vingar a irmã. Mas não conseguiria encontrar uma punição bastante terrível para Constantin Demiris. E de repente, com a visita de Georgios Lato e a surpreendente informação de madame Piris, passara a ter nas mãos uma arma para destruir o cunhado. Sua secretária anunciou:

— O Sr. Anthony Rizzoli está aqui e deseja lhe falar, Sr. Lambrou. Não tem hora marcada e eu disse que o senhor...

— Mande-o entrar.

— Pois não, senhor.

Spyros Lambrou observou Rizzoli passar pela porta, sorridente e confiante.

— Obrigado por ter vindo, Sr. Rizzoli.

O sorriso de Tony Rizzoli se alargou ainda mais.

— O prazer é todo meu. Então se decidiu e vamos fazer negócios juntos, hein?

— Não.

O sorriso de Tony Rizzoli desapareceu.

— O que disse?

— Eu disse não. Não tenho a menor intenção de fazer negócios com você.

Rizzoli estava completamente aturdido.

— Então por que me ligou? Disse que tinha uma proposta a me fazer e...

— E tenho. Gostaria de usar a frota de navios de Constantin Demiris?

Tony Rizzoli arriou numa cadeira.

— Constantin Demiris? Mas do que está falando? Ele nunca...

— Ele aceitará. Posso garantir que o Sr. Demiris terá o maior prazer em lhe conceder tudo o que quiser.

— Mas por quê? O que ele ganharia com isso?

— Nada.

— Não faz sentido. Por que Demiris concordaria com uma operação assim?

— Fico contente que tenha perguntado. — Lambrou apertou o botão do interfone. — Traga café, por favor. — Ele olhou para Rizzoli. — Como prefere o seu?

— Hã... puro, sem açúcar.

— Puro, sem açúcar, para o Sr. Rizzoli.

Depois que o café foi servido e a secretária se retirou, Lambrou disse:

— Vou lhe contar uma pequena história, Sr. Rizzoli.

Tony Rizzoli observava-o atentamente, cauteloso.

— Estou escutando.

— Constantin Demiris é casado com minha irmã. Há alguns anos ele arrumou uma amante. Seu nome era Noelle Page.

— A atriz?

— Isso mesmo. Ela enganou-o com um homem chamado Larry Douglas. Noelle e Douglas foram levados a julgamento pelo assassinato da esposa de Douglas, porque ela não queria conceder o divórcio. Constantin Demiris contratou um advogado chamado Napoleon Cotas para defender Noelle.

— Lembro de ter lido alguma coisa sobre o julgamento.

— Há coisas que não saíram nos jornais. Meu caro cunhado não tinha a menor intenção de salvar a vida de sua amante infiel. Queria vingança. E contratou Napoleon Cotas para fazer com que Noelle fosse condenada. Quase ao final do julgamento, Napoleon Cotas disse aos réus que fizera um acordo com os juízes, desde que eles se declarassem culpados. Era mentira. Eles se declararam culpados e foram executados.

— Talvez esse tal de Cotas realmente pensasse que...

— Deixe-me acabar, por favor. O corpo de Catherine Douglas nunca foi encontrado. E o motivo para que nunca fosse encontrado, Sr. Rizzoli, é que ela está viva. Constantin Demiris a escondeu.

Tony Rizzoli não desviava os olhos de Lambrou.

— Espere um pouco. Demiris *sabia* que ela estava viva e deixou que a amante e seu namorado fossem executados por matá-la?

— Exatamente. Não sei direito o que diz a lei, mas tenho certeza que se os fatos fossem divulgados meu cunhado passaria uma longa temporada na prisão. No mínimo ficaria arruinado.

Tony Rizzoli permaneceu em silêncio por um momento, pensando no que acabara de ouvir. Havia algo que o desconcertava.

— Por que está me contando tudo isso, Sr. Lambrou?

Os lábios de Spyros Lambrou contraíram-se num sorriso de satisfação.

— Porque devo um favor a meu cunhado. Quero que você o procure. Tenho o pressentimento de que ele ficará feliz em permitir que você use seus navios.

Capítulo 14

HAVIA TEMPESTADES a ameaçá-lo sobre as quais não tinha o menor controle, um centro frio em suas profundezas sem lembranças agradáveis para dissolvê-lo. Tudo começara um ano antes, com seu ato de vingança contra Noelle. Pensara que as coisas haviam acabado naquela ocasião, que o passado ficara sepultado. Nunca lhe ocorrera que poderia haver repercussões, até que, inesperadamente, Catherine Alexander ressurgia em sua vida. Isso levara à necessidade de remoção de Frederick Stavros e Napoleon Cotas. Os dois haviam se empenhado num jogo mortal contra ele, do qual saíra como o vencedor. Mas o que surpreendia Constantin Demiris era o quanto apreciara o risco, o excitamento. Os negócios eram fascinantes, mas murchavam em comparação com o jogo de vida e morte. *Sou um assassino*, pensou Demiris. *Não... não um assassino. Um carrasco.* E em vez de se sentir consternado por isso, descobriu que era inebriante.

Constantin Demiris recebia um relatório semanal sobre as atividades de Catherine Alexander. Até agora, tudo corria à perfeição. As atividades sociais de Catherine limitavam-se às pessoas com que trabalhava. Segundo Evelyn, Catherine saía de vez em quando com Kirk Reynolds. Mas como Reynolds trabalhava para Demiris, isso não constituía um problema. *A pobre coitada deve estar desesperada*, pensou Demiris. Reynolds era um chato. Não sabia falar de outra coisa que não a advocacia. Mas até que isso era bom. Quanto mais ansiosa Catherine estivesse por companhia, mais fácil seria para ele. *Devo a Reynolds um voto de agradecimento.*

CATHERINE ENCONTRAVA-SE regularmente com Kirk Reynolds e sentia-se cada vez mais atraída por ele. Não era um homem bonito, mas sem dúvida era atraente. *Aprendi a lição sobre os homens bonitos com Larry*, pensou Catherine, amargurada. *O ditado antigo é verdadeiro: Beleza não põe mesa.* Kirk Reynolds era atencioso e confiável. *É alguém com quem posso contar*, pensou Catherine. *Não sinto o grande fogo da paixão, mas provavelmente nunca mais tornarei a senti-lo. Larry acabou com isso. Sou bastante madura agora para me satisfazer com um homem a quem respeito e que me respeita como uma companheira, alguém com quem posso partilhar uma vida agradável e saudável, sem me preocupar com a possibilidade de ser jogada do alto de montanhas ou enterrada em cavernas escuras.*

Foram ao teatro para assistir *The Lady's Not for Burning*, de Christopher Fry; em outra noite assistiram *September Tide*, com Gertrude Lawrence. Frequentavam boates. Todas as orquestras pareciam tocar o *Tema do Terceiro Homem* e *La Vie en Rose*.

— PARTIREI PARA St. Moritz na próxima semana — Kirk Reynolds disse a Catherine — Já pensou a respeito?

Catherine pensara e muito. Tinha certeza que Kirk Reynolds estava apaixonado por ela. *E eu o amo*, pensou Catherine. *Mas amar e estar apaixonada são duas coisas diferentes, não é mesmo? Ou será que não passo de uma romântica idiota? O que estou procurando — outro Larry? Alguém que consiga me arrebatar, para depois se apaixonar por outra mulher e tentar me matar? Kirk Reynolds seria um marido maravilhoso. Por que estou hesitando?*

NAQUELA NOITE Catherine e Kirk jantaram no Mirabelle. Quando comiam a sobremesa, Kirk disse:

— Caso ainda não tenha percebido, Catherine, estou apaixonado por você. E quero me casar.

Ela sentiu um pânico repentino.

— Kirk... — Catherine não sabia o que ia dizer. E pensou: *As próximas palavras mudarão minha vida. Seria muito simples dizer sim. O que está me impedindo? É o medo do passado? Passarei o resto da minha vida com medo? Não posso permitir que isso aconteça.*

— Cathy...

— Kirk... por que não vamos juntos para St. Moritz?

O rosto de Kirk se iluminou.

— Isso significa...?

— Veremos. Depois que me observar esquiando, provavelmente não vai mais querer casar comigo.

Kirk riu.

— Nada no mundo poderia me impedir de querer casar com você. Faz com que eu me sinta muito feliz. Viajaremos no dia 5 de novembro... o Dia de Guy Fawkes.

— O que é o Dia de Guy Fawkes?

— É uma história fascinante. O rei Jaime impôs uma rigorosa política anticatólica, e por isso um grupo de proeminentes católicos romanos conspirou para derrubar seu governo. Um soldado chamado Guy Fawkes foi trazido da Espanha para liderar a conspiração. Escondeu uma tonelada de pólvora, em trinta e seis barris, no porão da Câmara dos Lordes. Mas na manhã do dia marcado para a explosão, um dos conspiradores denunciou os outros e foram todos presos. Guy Fawkes foi torturado, mas se recusou a falar. Todos os homens foram executados. Agora, todos os anos, na Inglaterra, o dia da descoberta da conspiração é celebrado por fogueiras e fogos de artifício, e os meninos fazem efígies de "Guys".

Catherine sacudiu a cabeça.

— É um feriado dos mais sinistros.

Ele sorriu.

— Prometo que o nosso nada terá de sombrio.

NA NOITE ANTERIOR à viagem, Catherine lavou os cabelos, arrumou e desarrumou a mala duas vezes, sentindo-se tonta com tanto excitamento. Só conhecera carnalmente dois homens, em toda a sua vida, William Fraser e o marido. *Será que ainda usam palavras como carnalmente?*, especulou Catherine. *Por Deus, espero me lembrar como se faz. Dizem que é como andar de bicicleta; depois que se faz uma vez, nunca mais se esquece. Talvez ele fique desapontado comigo na cama. Talvez eu própria me desaponte comigo. Talvez seja melhor eu parar de me preocupar com isso e dormir.*

— SR. DEMIRIS?

— Isso mesmo.

— Catherine Alexander viajou esta manhã para St. Moritz.

Houve um momento de silêncio.

— St. Moritz?

— Sim, senhor.

— Ela foi sozinha?

— Não, senhor. Foi com Kirk Reynolds.

Desta vez o silêncio foi mais prolongado.

— Obrigado, Evelyn.

Kirk Reynolds! Era impossível. O que ela podia ver num homem como Reynolds? *Esperei tempo demais. Deveria ter entrado em ação mais depressa. Terei de fazer alguma coisa. Não posso permitir que ela...* A secretária tocou a campainha do interfone.

— Sr. Demiris, está aqui um Sr. Anthony Rizzoli, desejando lhe falar. Não tem hora marcada e...

— Então por que está me incomodando? — indagou Demiris, desligando abruptamente o interfone.

A campainha tocou outra vez.

— Desculpe incomodá-lo, Sr. Demiris, mas ele diz que traz um recado do Sr. Lambrou. E diz que é muito importante.

Um recado? Estranho. Por que seu cunhado não transmitiria o recado pessoalmente?

— Mande-o entrar.

— Pois não, senhor.

Tony Rizzoli foi introduzido na sala de Constantin Demiris. Olhou ao redor, admirado. Era ainda mais suntuosa do que a sala de Spyros Lambrou.

— É muita gentileza sua me receber, Sr. Demiris.

— Você tem dois minutos.

— Spyros me mandou. Achou que nós dois deveríamos ter uma conversa.

— É mesmo? E o que temos para conversar?

— Importa-se que eu sente?

— Não creio que ficará aqui por tanto tempo.

Tony Rizzoli instalou-se na cadeira diante de Demiris.

— Tenho uma fábrica, Sr. Demiris. E despacho coisas de navio para várias partes do mundo.

— Entendo. E quer fretar um dos meus navios.

— Exatamente.

— Por que Spyros o mandou para mim? Por que não freta um dos navios dele? Por acaso ele tem dois navios ociosos no momento.

Tony Rizzoli deu de ombros.

— Tenho a impressão de que ele não gosta das mercadorias que eu remeto.

— Não entendi. Qual é a sua carga?

— Drogas — respondeu Tony Rizzoli suavemente. — Heroína.

Constantin Demiris fitou-o nos olhos com a maior incredulidade.

— E espera que eu...? Saia daqui antes que eu chame a polícia!

Rizzoli acenou com a cabeça para o telefone.

— Pode chamar. — Ele observou Demiris estender a mão para o telefone. — Eu também gostaria de falar com a polícia. Tenho uma coisa para contar sobre o julgamento de Noelle Page e Larry Douglas.

Constantin Demiris ficou paralisado.

— Do que está falando?

— De duas pessoas executadas pelo assassinato de uma mulher que ainda está viva.

O rosto de Constantin Demiris tornou-se completamente branco.

— Não acha que a polícia se mostraria interessada por essa história, Sr. Demiris? Se isso não acontecer, talvez a imprensa se interesse, não é mesmo? Já posso imaginar as manchetes... e você? Quer que eu faça a ligação, Costa? Spyros me disse que os amigos o chamam de Costa, e creio que nós dois vamos nos tornar grandes amigos. Sabe por quê? Porque grandes amigos não delatam um ao outro. Guardaremos essas coisas como um segredo nosso, não é mesmo?

Constantin Demiris permanecia rígido na cadeira. E a voz saiu rouca quando falou:

— O que você quer?

— Já lhe disse. Quero fretar um dos seus navios... e como somos grandes amigos, acho que não vai querer me cobrar o frete, não é mesmo? Digamos que é um favor em troca de um favor.

Demiris respirou fundo.

— Não posso permitir que faça isso. Se transpirasse que permiti que drogas fossem contrabandeadas em um dos meus navios, eu poderia perder toda a minha frota.

— Mas não vai transpirar, não é mesmo? Não costumo divulgar os meus negócios. Faremos tudo discretamente.

A expressão de Constantin Demiris endureceu.

— Está cometendo um grande erro. Não pode me chantagear. Sabe quem eu sou?

— Claro que sei... é o meu novo sócio. Faremos negócios juntos por muito tempo, meu querido Costa, porque, se recusar, irei direto para a polícia e os jornais e contarei toda a história. E lá se vai sua reputação e seu império, descendo pelo esgoto.

Houve um silêncio longo e opressivo.

— Como... como meu cunhado descobriu?

Rizzoli sorriu.

— Isso não tem importância. O que importa é que agarrei você pelos colhões. Se eu apertar, você vira um eunuco. Passará a cantar em soprano pelo resto de sua vida, numa cela de prisão.

Tony Rizzoli olhou para seu relógio.

— Ei, meus dois minutos já acabaram! — Ele se levantou. — Tem sessenta segundos para decidir se saio daqui como seu sócio... ou apenas saio.

Constantin Demiris parecia subitamente dez anos mais velho. Não restava mais qualquer cor em seu rosto. Não tinha ilusões sobre o que aconteceria se a verdadeira história do julgamento fosse divulgada. A imprensa o esfolaria vivo. Seria apresentado como um monstro, um assassino. Poderiam até iniciar uma investigação sobre as mortes de Stavros e Cotas.

— Seus sessenta segundos se esgotaram.

Constantin Demiris acenou com a cabeça lentamente e murmurou:

— Está certo.

Tony Rizzoli fitou-o com uma expressão radiante.

— Ainda bem que você é esperto.

Constantin Demiris levantou-se.

— Deixarei que faça desta vez. Não quero saber como ou quando. Porei um de seus homens a bordo de um dos meus navios. E não irei além disso.

— Negócio fechado.

Tony Rizzoli pensou: *Talvez você não seja tão esperto. Basta contrabandear uma carga de heroína e estará perdido, Costa. Nunca mais o deixarei escapar.* Em voz alta, ele repetiu:

— Negócio fechado.

VOLTANDO PARA O HOTEL, Tony Rizzoli estava exultante. *Acertei na mosca. Os narcos nunca sonhariam em interferir com a frota de Constantin Demiris. Daqui por diante poderei despachar cargas em cada navio de Demiris que zarpar de Atenas. Heroína e velharias... desculpe, Victor* — ele soltou uma risada —, *antiguidades.*

Rizzoli foi para uma cabine telefônica na avenida Stadiou e fez duas ligações. A primeira foi para Pete Lucca, em Palermo.

— Pode chamar os seus gorilas de volta, Pete, metê-los de novo no zoológico a que pertencem. A mercadoria está pronta para ser despachada. Seguirá de navio.

— Tem certeza de que é seguro?

Rizzoli soltou uma risada.

— É mais seguro que o Banco da Inglaterra. Contarei tudo quando nos encontrarmos pessoalmente. E tenho mais boas notícias. Daqui por diante poderemos despachar uma carga por semana.

— Isso é maravilhoso, Tony. Eu sempre soube que podia contar com você.

Não me venha com essa agora, seu filho da puta.

A SEGUNDA LIGAÇÃO foi para Spyros Lambrou.

— Correu tudo bem. Seu cunhado e eu vamos fazer negócios juntos.

— Meus parabéns. Fico satisfeito em saber disso, Sr. Rizzoli.

Spyros Lambrou sorriu ao desligar. *Os agentes de narcóticos também ficarão satisfeitos.*

CONSTANTIN DEMIRIS permaneceu no escritório além da meia-noite, sentado à sua mesa, analisando seu novo problema. Vingara-se de Noelle Page e agora ela voltava da sepultura para atormentá-lo. Abriu uma gaveta da mesa e tirou uma fotografia emoldurada de Noelle. *Olá, sua sacana.* Por Deus, como ela era linda! *Então pensa que vai me destruir? É o que veremos, é o que veremos...*

Capítulo 15

St. Moritz era um encantamento. Havia quilômetros de pistas para descer pelas encostas de esqui, trilhas para excursões, passeios de trenó, torneios de polo e uma dúzia de outras atividades. Enroscada em torno de um lago cintilante no vale de Engadine, a dois mil metros de altura, no lado sul dos Alpes, entre Celerina e Piz Nair, a pequena aldeia deixou Catherine fascinada.

Ela e Kirk Reynolds foram para o famoso Palace Hotel. O saguão estava repleto de turistas de uma dúzia de países. Kirk Reynolds disse ao recepcionista:

— Uma reserva para o Sr. e Sra. Reynolds.

Catherine desviou os olhos. *Eu deveria ter posto uma aliança.* Tinha a impressão de que todos no saguão olhavam para ela, sabendo o que estava fazendo.

— Pois não, Sr. Reynolds. Suíte duzentos e quinze.

O recepcionista entregou uma chave ao carregador, que disse:

— Por aqui, por favor.

Foram levados a uma suíte adorável, mobiliada com simplicidade, proporcionando uma vista espetacular das montanhas de cada janela. Depois que o carregador se retirou, Kirk Reynolds abraçou Catherine.

— Não tenho palavras para exprimir como me deixa feliz, querida.

— Espero que continue assim. Eu... Já se passou muito tempo, Kirk.

— Não se preocupe. Não vou pressioná-la.

Ele é maravilhoso, pensou Catherine, *mas como reagiria se eu lhe falasse do meu passado?* Nunca mencionara Larry para ele, nunca falara do julgamento por homicídio ou das coisas terríveis que haviam lhe acontecido. Queria se sentir íntima de Kirk, confiar nele, mas alguma coisa a impedia.

— É melhor eu desfazer as malas — murmurou Catherine.

Ela o fez devagar — até demais — e percebeu subitamente que procurava ganhar tempo, receosa de terminar o que fazia porque tinha medo do que aconteceria em seguida. Ouviu Kirk chamá-la do outro lado do quarto:

— Catherine...

Oh, Deus, ele vai dizer para nos despirmos e irmos para a cama! Catherine engoliu em seco e balbuciou:

— O que é?

— Por que não saímos e damos uma olhada ao redor?

Catherine ficou trêmula de alívio.

— É uma ideia maravilhosa! — ela exclamou, com o maior entusiasmo.

O que há comigo? Estou num dos lugares mais românticos do mundo, com um homem atraente e que me ama, mas apesar disso sinto o maior pânico. Reynolds a fitava com uma expressão de estranheza.

— Está se sentindo bem?

— Estou, sim — respondeu Catherine, tentando parecer animada. — Muito bem.

— Parece preocupada.

— Não estou. Eu... pensava em... em esquiar. Dizem que é perigoso.

Reynolds sorriu.

— Não precisa se preocupar. Começaremos numa encosta suave, amanhã. E agora vamos sair.

Puseram suéteres e casacos forrados, saíram para o ar frio e puro. Catherine respirou fundo.

— É maravilhoso, Kirk. Adoro tudo aqui.

— E ainda não viu nada. — Ele sorriu. — É duas vezes mais bonito no verão.

Será que ele ainda vai querer me ver no verão?, especulou Catherine. *Ou serei um desapontamento grande demais para ele? Por que não paro de me preocupar tanto?*

A ALDEIA DE ST. MORITZ era encantadora, uma maravilha medieval, repleta de lojas, restaurantes e chalés exóticos, no meio dos imponentes Alpes.

Visitaram as lojas e Catherine comprou presentes para Evelyn e Wim. Pararam num pequeno café e pediram *fondue.*

À tarde, Kirk Reynolds alugou um trenó puxado por um cavalo baio e percorreram os caminhos cobertos de neve entre as colinas.

— Está gostando? — perguntou Reynolds.

— Muito! — Catherine olhou para ele e pensou: *Vou fazê-lo muito feliz esta noite. Isso mesmo, esta noite. Vou fazê-lo feliz esta noite.*

JANTARAM NO HOTEL naquela noite, no Stubli, um restaurante com a atmosfera de uma antiga hospedaria real.

— Esta sala data de 1480 — comentou Kirk.

— Então é melhor não pedirmos o pão.

— Como?

— Uma piadinha. Desculpe.

Larry entendia minhas piadas; por que estou pensando nele? Porque não quero pensar nesta noite. Sinto-me como Maria Antonieta a caminho da guilhotina. Não comerei brioches como sobremesa.

A refeição foi magnífica, mas Catherine estava nervosa demais para desfrutá-la. Quando acabaram, Reynolds disse:

— Vamos subir? Marquei uma aula de esqui para você amanhã de manhã, bem cedo.

— Claro, claro...

Subiram e Catherine descobriu que seu coração estava disparado. *Ele vai dizer: "Vamos logo para a cama." E por que não deveria? Foi para isso que vim para cá, não é mesmo? Não posso fingir que vim para esquiar.*

Chegaram à suíte, Reynolds abriu a porta e acendeu a luz. Entraram no quarto e Catherine olhou para a cama de casal. Parecia ocupar todo o cômodo. Kirk a observava.

— Catherine... está preocupada com alguma coisa?

— Como? — Ela soltou uma risada contrafeita. — Claro que não. Eu... eu apenas...

— Apenas o quê?

Ela ofereceu-lhe um sorriso jovial.

— Nada. Estou ótima.

— Então vamos nos despir e ir para a cama.

Exatamente o que pensei que ele ia dizer. Mas ele tinha de dizer? Poderíamos continuar sem a sugestão e fazer tudo. Pôr em palavras é tão... tão... grosseiro!

— O que você disse?

Catherine não percebera que falara em voz alta.

— Nada.

Catherine aproximou-se da cama. Era a maior que já vira. Uma cama construída para amantes e só para amantes. Não era uma cama para se dormir. Era uma cama para...

— Não vai se despir, querida?

Será que vou? Há quanto tempo não deito numa cama com um homem? Há mais de um ano. E ele era meu marido.

— Cathy...?

— Está bem.

Vou me despir, vou para a cama e vou desapontá-lo. Não estou apaixonada por você, Kirk. Não posso dormir com você.

— Kirk...

Ele virou-se, meio despido.

— O que é?

— Kirk, eu... Perdoe-me. Vai me odiar, mas eu... não posso. Lamento profundamente. Deve pensar que sou...

Ela percebeu a expressão de desapontamento de Reynolds. Ele forçou um sorriso.

— Eu lhe disse que seria paciente, Cathy. Se ainda não está preparada, eu... eu compreendo. Ainda podemos nos divertir muito aqui.

Ela beijou-o no rosto, agradecida.

— Oh, Kirk, muito obrigada! Eu me sinto ridícula. Não sei o que há comigo.

— Não há nada demais com você, Cathy. Eu compreendo.

Ela abraçou-o.

— Obrigada. Você é um anjo.

Reynolds suspirou.

— Enquanto isso, dormirei no sofá da sala.

— Nada disso — protestou Catherine. — Como sou a responsável por esse problema estúpido, o mínimo que posso fazer agora é zelar por seu conforto. Eu dormirei no sofá. Você fica na cama.

— De jeito nenhum!

CATHERINE PERMANECEU acordada, na cama, pensando em Kirk Reynolds. *Algum dia serei capaz de fazer amor com outro homem? Ou Larry liquidou esse desejo em mim? Talvez, de certa forma, no final das contas, Larry tenha mesmo me matado.* Só depois de muito tempo Catherine conseguiu dormir.

Kirk Reynolds foi despertado no meio da noite pelos gritos. Sentou-se no sofá e depois, como os gritos continuassem, correu para o quarto. Catherine agitava-se na cama, os olhos fechados.

— Não! — ela berrava. — Não! Não! Deixe-me em paz!

Reynolds ajoelhou-se, abraçou-a, segurou-a com firmeza.

— Calma, calma... — ele murmurou. — Está tudo bem, está tudo bem...

O corpo de Catherine era sacudido pelos soluços, e ele continuou a enlaçá-la até que os soluços cessaram.

— Eles... tentaram me afogar.

— Foi apenas um sonho, Cathy. Você teve um pesadelo.

Catherine abriu os olhos e sentou.

— Não, não foi um sonho. Foi real. Eles tentaram me matar.

Kirk estava perplexo.

— Quem tentou matá-la?

— Meu... meu marido e sua amante.

Ele sacudiu a cabeça.

— Catherine, você teve um pesadelo e...

— Estou dizendo a verdade. Eles tentaram me assassinar e foram executados por isso.

O rosto de Kirk refletia sua incredulidade.

— Catherine...

— Não contei antes porque é... é angustiante demais para mim falar a respeito.

Ele compreendeu subitamente que Catherine falava sério.

— O que aconteceu?

— Eu não queria dar o divórcio a Larry e ele... ele estava apaixonado por outra mulher. E os dois decidiram me matar.

Kirk escutava agora com a maior atenção.

— Quando foi isso?

— Há um ano.

— E o que aconteceu com eles?

— Foram... foram executados pelo Estado.

Ele levantou a mão.

— Espere um pouco. Eles foram executados por *tentar* matá-la?

— Isso mesmo.

— Não sou um conhecedor da lei grega, mas estou disposto a apostar que não há sentença de morte para *tentativa* de homicídio. Deve ser um equívoco. Conheço um advogado em Atenas. Ele é promotor. Vou lhe telefonar pela manhã e esclarecer tudo. Seu nome é Peter Demonides.

CATHERINE AINDA DORMIA quando Kirk Reynolds acordou. Ele se vestiu sem fazer barulho e entrou no quarto. Ficou parado por um momento, contemplando Catherine. *Eu a amo demais. Preciso descobrir o que realmente aconteceu e dissipar as sombras que a envolvem.*

KIRK REYNOLDS desceu para o saguão do hotel e pediu uma ligação para Atenas.

— Gostaria de uma ligação pessoa-para-pessoa, telefonista. Quero falar com Peter Demonides.

A ligação foi completada meia hora depois.

— Sr. Demonides? Aqui é Kirk Reynolds. Não sei se se lembra de mim, mas...

— Claro que lembro. Trabalha para Constantin Demiris.

— Isso mesmo.

— Em que posso ajudá-lo, Sr. Reynolds?

— Desculpe incomodá-lo, mas estou surpreso com uma informação que acabei de receber. Envolve uma questão de lei grega.

— Conheço um pouco a lei grega — disse Demonides, jovial. — Terei o maior prazer em ajudá-lo.

— Há algum dispositivo na lei grega que permita que alguém seja executado por tentativa de homicídio?

Houve um silêncio prolongado no outro lado da linha.

— Posso saber por que pergunta?

— Estou com uma mulher chamada Catherine Alexander. Ela parece pensar que o marido e a amante dele foram executados por tentarem matá-la. Não parece lógico. Está me entendendo?

— Claro. — Demonides fez outra pausa. — Entendo perfeitamente. Onde está, Sr. Reynolds?

— No Palace Hotel, em St. Moritz.

— Deixe-me verificar o que aconteceu e lhe telefonarei depois.

— Agradeço sua atenção. Acho que a Srta. Alexander está imaginando coisas e gostaria de esclarecer tudo para aliviar sua angústia.

— Eu compreendo. E prometo que terá notícias minhas.

O AR ESTAVA CLARO e fresco e a beleza da paisagem dissipou os terrores que Catherine experimentara durante a noite. Os dois fizeram o desjejum na aldeia e depois Reynolds sugeriu:

— Vamos para a encosta de esquiagem, de modo que você possa se tornar uma esquiadora.

Ele levou Catherine para a pista de principiantes e contratou um instrutor. Ela pôs os esquis nos pés e levantou-se. Olhou para os pés.

— Isso é um absurdo. Se Deus quisesse que parecêssemos assim, nossos antepassados seriam árvores.

— Como?

— Nada, Kirk.

O instrutor sorriu.

— Não se preocupe. Em pouco tempo estará esquiando como uma profissional, Srta. Alexander. Vamos começar na Corviglia Sass Ronsol. É a pista dos principiantes.

— Ficará surpresa ao descobrir como pegará o jeito depressa — Reynolds assegurou a Catherine.

Ele olhou para uma encosta distante e virou-se para o instrutor.

— Acho que vou experimentar a Fuorcla Grischa hoje.

— Parece uma delícia — disse Catherine. — Quero a minha bem-passada.

Nenhum sorriso.

— É uma pista de esquiagem, querida.

— Ah...

Catherine sentiu-se embaraçada em lhe dizer que fazia uma piada. *Não devo mais fazer isso com ele*, pensou ela.

— A Grischa é bastante íngreme — disse o instrutor. — Pode começar na Corviglia Standard Marguns para aquecimento, Sr. Reynolds.

— Boa ideia. Farei isso. Catherine, voltaremos a nos encontrar no hotel para o almoço.

— Combinado.

Reynolds acenou e começou a se afastar.

— Divirta-se! — gritou Catherine. — E não se esqueça de escrever.

— E agora vamos trabalhar — interveio o instrutor.

PARA SURPRESA DE Catherine, a aula foi divertida. Ela sentiu-se nervosa no começo, subindo desajeitada pela encosta.

— Incline-se um pouco para a frente. E mantenha os esquis virados para a frente.

— Diga isso a *eles*. Parece que os esquis possuem uma vontade própria.

— Está se saindo bem. E agora vamos descer a encosta. Dobre os joelhos. Mantenha o equilíbrio. Agora!

Catherine caiu.

— Outra vez. Está indo bem.

Ela caiu de novo. E de novo. Mas, subitamente, encontrou o senso de equilíbrio. E era como se tivesse asas. Desceu a toda pela encosta e era inebriante. Quase como voar. Adorou o barulho da neve sob os esquis e a sensação do vento em seu rosto.

— É maravilhoso! — exclamou Catherine. — Não é de admirar que as pessoas sejam viciadas nisso. Quando podemos descer pela encosta maior?

O instrutor riu.

— Ficaremos por aqui hoje. Amanhã, os Jogos Olímpicos.

Em tudo e por tudo, foi uma manhã gloriosa.

Ela esperava no Grill Room, quando Kirk Reynolds voltou. Ele estava com as faces avermelhadas e parecia bastante animado. Aproximou-se da mesa e sentou.

— O que achou, Catherine?

— Foi ótimo. Não quebrei nada de importante. Só caí seis vezes. E quer saber de uma coisa? — Ela empinou a cabeça, orgulhosa. — Quase ao final, eu já estava esquiando muito bem. Acho que o instrutor vai me inscrever nos Jogos Olímpicos.

Reynolds sorriu.

— Ótimo. — Ele já ia mencionar a ligação que fizera para Peter Demonides, mas mudou de ideia. Não queria que Catherine ficasse transtornada outra vez.

Depois do almoço fizeram um longo passeio pela neve, parando em algumas lojas para dar uma olhada nas mercadorias. Catherine começou a se sentir cansada.

— Eu gostaria de voltar para o hotel. Estou precisando tirar um cochilo.

— Boa ideia, Cathy. O ar é bastante rarefeito aqui e a pessoa que não está acostumada pode se cansar facilmente.

— O que você vai fazer, Kirk?

Ele olhou para uma encosta distante.

— Acho que vou descer pela Grischa. Nunca fiz isso antes. É um desafio.

— Ou seja... "porque está lá".

— Como assim?

— Nada, nada... Parece muito perigoso.

Reynolds balançou a cabeça.

— É por isso que é um desafio.

Catherine pegou sua mão.

— Kirk... sobre a noite passada... sinto muito. Tentarei fazer melhor.

— Não se preocupe com isso. Volte para o hotel e durma um pouco.

— Está certo.

Catherine observou-o se afastar e pensou: *Ele é um homem maravilhoso. O que será que vê numa idiota como eu?*

CATHERINE DORMIU durante a tarde e desta vez não houve sonhos. Eram 18 h quando acordou. Mais um pouco e Kirk estaria de volta.

Catherine tomou um banho e vestiu-se, pensando na noite pela frente. *Vou compensá-lo pela noite passada*, ela decidiu.

Foi até a janela e olhou para fora. Começava a escurecer. *Kirk deve estar se divertindo muito*, pensou ela. Contemplou a imensa encosta a distância. *Aquela é a Grischa? Será que algum dia conseguirei descer de esqui por ali?*

ÀS 19 H Kirk Reynolds ainda não voltara. O crepúsculo se transformara numa escuridão profunda. *Ele não pode estar esquiando no escuro*, pensou Catherine. *Aposto que foi para o bar lá embaixo e está tomando um drinque.*

Ela encaminhou-se para a porta e foi nesse instante que o telefone tocou.

Catherine sorriu. *Eu estava certa. Ele vai me chamar para ir ao seu encontro lá embaixo.* Ela tirou o fone do gancho e disse, jovial:

— Encontrou algum *sherpa* no caminho?

Uma voz estranha indagou:

— Sra. Reynolds?

Ela já ia dizer não, mas depois lembrou como Kirk os registrara.

— Isso mesmo. Aqui é a Sra. Reynolds.

— Lamento, mas tenho que lhe dar uma triste notícia. Seu marido sofreu um acidente quando esquiava.

— Oh, não! É... é grave?

— Infelizmente, é.

— Já estou descendo. Onde...?

— Lamento muito, mas ele... está morto, Sra. Reynolds. Foi esquiar na Lagalp e quebrou o pescoço.

Capítulo 16

TONY RIZZOLI observou-a sair nua do banheiro e pensou: *Por que as mulheres gregas têm uma bunda tão grande?* Ela se acomodou na cama ao seu lado, enlaçou-o e sussurrou:

— Estou contente que tenha me escolhido, *poulaki.* Desejei você desde o primeiro instante em que o vi.

Tony Rizzoli teve de fazer um esforço para não soltar uma gargalhada. A sacana assistira muitos filmes de segunda classe.

— Também senti a mesma coisa, meu bem.

ELE A PEGARA no The New Yorker, um *nightclub* ordinário na rua Kallari, onde ela trabalhava como cantora. Era o que os gregos chamavam desdenhosamente de *gavyeezee skilo*, um cão ladrando. Nenhuma das mulheres que trabalhavam ali possuía qualquer talento — pelo menos não na garganta —, mas por um preço todas estavam disponíveis aos fregueses. Aquela, Helena, era relativamente atraente, com olhos escuros, um rosto sensual, um corpo cheio, maduro. Tinha 24 anos, um pouco velha para o gosto de Rizzoli, mas ele não conhecia mulheres em Atenas e não podia ser muito exigente.

— Gosta de mim? — perguntou Helena, recatada.

— Claro. Estou *pazzo* por você.

Ele começou a acariciar os seios da mulher, sentiu os mamilos endurecerem e apertou-os.

— Ui!

— Baixe essa cabeça, meu bem.

Ela sacudiu a cabeça.

— Não faço isso.

Rizzoli a encarou.

— É mesmo?

No instante seguinte, Rizzoli agarrou-lhe os cabelos e puxou com força. Helena soltou um grito.

— *Parakalo!*

Rizzoli deu-lhe um tapa na cara.

— Grite outra vez e quebrarei seu pescoço.

Ele empurrou o rosto da mulher para baixo, entre suas pernas.

— Aí está ele, meu bem. Faça-o feliz.

— Largue-me! — ela choramingou. — Está me machucando!

Rizzoli deu outro puxão em seus cabelos.

— Ei... você está louca por mim... já esqueceu?

Ele largou os cabelos e Helena fitou-o, com uma expressão de fúria nos olhos.

— Ora, seu...

A expressão de Rizzoli deteve-a. Havia alguma coisa terrivelmente errada com aquele homem. Por que não percebera isso antes?

— Não há motivo para brigarmos — ela murmurou, apaziguadora. — Você e eu...

Ele comprimiu os dedos contra o pescoço de Helena.

— Não estou lhe pagando para conversar. — E deu um soco no rosto da mulher. — Cale essa boca e comece a trabalhar.

— Claro, meu bem — balbuciou Helena. — Claro...

RIZZOLI ERA INSACIÁVEL e Helena estava exausta quando ele finalmente se sentiu satisfeito. Ela continuou deitada a seu lado até ter certeza de que Rizzoli dormia, depois saiu da cama e vestiu-se sem fazer barulho. Estava dolorida. Rizzoli ainda não lhe pagara e normalmente Helena tiraria o dinheiro de sua carteira, acrescentando uma gorjeta generosa ao dinheiro combinado. Mas algum instinto a persuadiu de que era melhor ir embora sem levar qualquer dinheiro.

Uma hora depois, Tony Rizzoli foi despertado por uma batida na porta. Sentou-se e olhou para o relógio de pulso. Quatro horas da madrugada. Olhou ao redor. A mulher desaparecera.

— Quem é?

— Seu vizinho. — A voz estava irritada. — Há um telefonema para você.

Rizzoli esfregou a testa.

— Já estou indo.

Ele pôs um roupão e atravessou o quarto até o lugar em que deixara a calça, no encosto de uma cadeira. Verificou a carteira. O dinheiro todo continuava ali. *Então a sacana não foi estúpida.* Ele tirou uma nota de cem dólares, foi até a porta e abriu-a. O vizinho estava parado no corredor, de chambre e chinelos.

— Sabe que horas são? — ele indagou, indignado. — Você me disse...

Rizzoli estendeu-lhe a nota de cem dólares.

— Lamento profundamente. E prometo que não vou demorar.

O homem engoliu em seco, a indignação desaparecendo.

— Está certo. Deve ser muito importante para alguém acordar os outros às 4 h da madrugada.

Rizzoli entrou no quarto no outro lado do corredor e pegou o fone.

— Rizzoli falando.

Uma voz disse:

— Tem um problema, Sr. Rizzoli.

— Quem está falando?

— Spyros Lambrou me pediu para lhe telefonar.

— Ah... — Rizzoli experimentou um súbito senso de alarme. — Qual é o problema?

— Relaciona-se com Constantin Demiris.

— O que há com ele?

— Um dos seus petroleiros, o *Thele*, está em Marselha, ancorado no cais na Bassin de la Grande Joliette.

— E daí?

— Soubemos que o Sr. Demiris ordenou que o navio fosse desviado para Atenas. Atracará aqui na manhã de domingo e zarpará na mesma noite. Constantin Demiris planeja estar a bordo quando o navio partir.

— *O quê?*

— Ele está fugindo.

— Mas nós fizemos um...

— O Sr. Lambrou pediu para avisá-lo que Demiris pretende se esconder nos Estados Unidos até conseguir encontrar uma maneira de se livrar de você.

O filho da puta traiçoeiro!

— Entendo. Agradeça ao Sr. Lambrou por mim.

— O prazer foi dele.

Rizzoli desligou.

— Está tudo bem, Sr. Rizzoli?

— Como? Ah, sim, está tudo bem...

E estava mesmo.

QUANTO MAIS PENSAVA na ligação, mais satisfeito Rizzoli se sentia. Deixara Constantin Demiris apavorado. Isso tornaria muito mais fácil manipulá-lo. *Domingo.* Ele dispunha de dois dias para formular seus planos.

Rizzoli sabia que precisava ter o maior cuidado. Estava sendo seguido onde quer que fosse. *Parecem até os Keystone Kops*, pensou Rizzoli, desdenhoso. *Quando chegar o momento, eu os despistarei.*

NO INÍCIO DA MANHÃ seguinte, Rizzoli foi até uma cabine telefônica na rua Kifissias e ligou para o Museu de Atenas.

Podia ver, refletido no vidro, um homem fingindo olhar uma vitrine, enquanto no outro lado da rua um segundo homem conversava com um florista. Os dois integravam a equipe de vigilância que o acompanhava. *Boa sorte para vocês*, pensou Rizzoli.

— Gabinete do curador. Em que posso servi-lo?

— Victor? Sou eu, Tony.

— Algum problema? — Havia um súbito pânico na voz de Korontzis.

— Não — respondeu Rizzoli, suavemente. — Está tudo bem. Victor, lembra daquele vaso bonito com as figuras em vermelho?

— A ânfora Ka.

— Isso mesmo. Vou buscá-la esta noite.

Houve uma longa pausa.

— Esta noite? Eu... eu não sei, Tony. — A voz de Korontzis tremia. — Se alguma coisa sair errada...

— Está bem, companheiro, esqueça. Eu tentava apenas lhe fazer um favor. Basta dizer a Sal Prizzi que não tem o dinheiro e deixe-o fazer qualquer coisa...

— Não, Tony, espere! Eu... eu... — Houve outra pausa. — Está certo.

— Tem certeza que está certo, Victor? Porque, se não quer fazê-lo, basta me dizer e voltarei para os Estados Unidos, onde não tenho problemas assim. Não preciso de toda essa confusão. Posso...

— Não, não! Agradeço tudo o que está fazendo por mim, Tony. Sinceramente. Não haverá problemas esta noite.

— Ótimo. Depois que o museu fechar, tudo o que você precisa fazer é pôr uma cópia no lugar do vaso autêntico.

— Os guardas verificam todos os pacotes que saem daqui.

— E daí? Os guardas por acaso são peritos em obras de arte?

— Claro que não, mas...

— Preste atenção, Victor. Basta você pôr uma nota de venda de uma cópia junto com a peça original numa sacola de papel. Está me entendendo?

— Hã... claro. Onde nos encontramos?

— Não vamos nos encontrar. Deixe o museu às 18 h. Haverá um táxi na frente. Saia com o pacote. Diga ao motorista para levá-lo ao Hotel Grande Bretagne. Peça a ele para esperá-lo. Deixe o pacote no táxi. Entre no bar do hotel e tome um drinque. Depois, volte para casa.

— Mas o pacote...

— Não se preocupe. Será bem cuidado.

Victor Korontzis suava profusamente.

— Nunca fiz nada assim, Tony. Nunca roubei coisa alguma. Durante toda a minha vida...

— Sei disso, Victor. Também nunca roubei nada. Mas lembre-se de que estou correndo todos os riscos e não ganharei nada com isso.

— Você é um grande amigo, Tony. O melhor amigo que já tive. — Korontzis retorcia as mãos. — Tem alguma ideia de quando receberei o dinheiro?

— Muito em breve — assegurou Rizzoli. — E depois disso, você não terá mais preocupações.

Nem eu, pensou Rizzoli, exultante. *Nunca mais.*

DOIS NAVIOS DE cruzeiro haviam entrado no porto do Pireu naquela tarde, e por isso o museu estava cheio de turistas. Geralmente Victor Korontzis gostava de estudá-los, tentando adivinhar como eram suas vidas. Havia americanos e britânicos, além de visitantes de dúzia de outros países. Agora, no entanto, Korontzis sentia pânico demais para sequer pensar neles.

Ele olhou para os dois balcões em que eram vendidas as cópias das antiguidades. Havia uma multidão ao redor e as duas vendedoras se apressavam, tentando acompanhar a demanda.

Talvez elas vendam tudo, pensou Korontzis, esperançoso. *Com isso, não poderei executar o plano de Rizzoli.* Mas ele sabia que estava sendo irrealista. Havia centenas de réplicas guardadas no porão do museu.

O vaso que Tony lhe pedira para roubar era um dos maiores tesouros do museu. Era do século XV a.C., uma ânfora com figuras mitológicas em vermelho, pintadas sobre um fundo preto. Victor Korontzis tocara a peça pela última vez há quinze anos, quando a colocara, com toda reverência, dentro do mostruário onde deveria permanecer trancada para sempre. *E agora vou roubá-la*, pensou Korontzis, desesperado. *Deus me ajude!*

KORONTZIS SEGUIU pela tarde atordoado, temendo o momento em que se tornaria um ladrão. Voltou à sua sala, fechou a porta e sentou à mesa, dominado pelo desespero. *Não posso fazer isso*, ele pensou. *Tem de haver alguma outra saída. Mas qual?* Não podia imaginar nenhum meio de levantar tanto dinheiro. E ainda podia ouvir a voz de Prizzi. *Você me dará o dinheiro esta noite ou vai virar comida de peixe. Está me entendendo?* O homem era um matador. Ele não tinha opção.

Pouco antes das 18 h, Korontzis deixou sua sala. As duas mulheres que vendiam as réplicas dos artefatos começavam a guardar as coisas.

— *Signomi* — disse Korontzis. — Um amigo meu está fazendo aniversário e pensei em lhe dar alguma coisa do museu.

Ele aproximou-se do balcão e fingiu estudar o que havia ali, vasos e bustos, cálices, livros e mapas. Examinou as peças como se tentasse decidir qual escolher. Finalmente, apontou para a cópia da ânfora vermelha.

— Acho que ele vai gostar daquela.

— Tenho certeza disso — garantiu a mulher.

Ela entregou-a a Korontzis.

— Pode me dar um recibo, por favor?

— Claro, Sr. Korontzis. Gostaria que eu embrulhasse para presente?

— Não há necessidade. Basta pôr numa sacola.

Ele observou-a guardar a réplica numa sacola de papel, junto com o recibo.

— Obrigado.

— Espero que seu amigo goste.

— Tenho certeza que ele gostará.

Korontzis pegou a sacola, com as mãos trêmulas, voltou para sua sala.

Trancou a porta, tirou o vaso de imitação da sacola e colocou-o em cima da mesa. *Não é tarde demais*, pensou Korontzis. *Ainda não cometi qualquer crime.* Ele vivia uma agonia de indecisão. Uma sucessão de pensamentos aterradores passou por sua cabeça. *Eu poderia fugir para outro país e abandonar minha mulher e filhos. Ou poderia cometer suicídio. Poderia ir à polícia e contar que estou sendo ameaçado. Mas ficarei arruinado quando os fatos forem revelados.* Não, não havia saída. Se não pagasse o dinheiro que devia, sabia que Prizzi o mataria. *Graças a Deus por meu amigo Tony. Sem ele eu seria um homem morto.*

Korontzis olhou para o relógio. Estava na hora de partir. Levantou-se, as pernas trôpegas. Ficou parado, respirando fundo, tentando se acalmar. As mãos estavam úmidas de suor. Limpou-as na camisa. Tornou a guardar a réplica na sacola de papel e encaminhou-se para a porta. Havia um guarda postado na porta da frente que ia embora às 18 h, depois que o museu fechava, e outro que fazia a ronda do prédio, percorrendo todas as salas. Devia estar no outro lado do museu naquele momento.

Korontzis saiu de sua sala e esbarrou com o guarda. Teve um estremecimento de culpa.

— Desculpe, Sr. Korontzis. Eu não sabia que ainda estava aqui.

— Eu... já estou de partida.

— Quer saber de uma coisa? — disse o guarda, num tom de admiração. — Eu o invejo.

Se ele soubesse...

— É mesmo? Por quê?

— Sabe tudo sobre essas coisas lindas. Fico andando por aqui, olho para as peças, sei que são fragmentos da história, não é mesmo? Mas não sei muita coisa a respeito delas. Talvez algum dia pudesse explicá-las para mim. Eu gostaria...

O idiota não parava de falar.

— Claro, claro, algum dia lhe contarei tudo. Terei o maior prazer.

Korontzis podia ver o mostruário com o precioso vaso no outro lado da sala. Precisava se livrar do guarda.

— Hã... parece que há um problema com o circuito de alarme no porão. Pode verificar?

— Claro. Ouvi dizer que algumas coisas aqui datam...

— Será que se importa de verificar agora? Não quero ir embora sem ter certeza de que está tudo bem.

— Pois não, Sr. Korontzis. Voltarei num instante.

Victor Korontzis ficou observando o guarda atravessar a sala, a caminho do porão. No instante em que ele desapareceu, Korontzis encaminhou-se apressado para o mostruário que continha a ânfora vermelha. Tirou a chave do bolso e pensou: *Vou realmente fazê-lo. Roubarei a peça.* A chave escapuliu de seus dedos e caiu ruidosamente no chão. *Será um sinal? Deus está me dizendo alguma coisa?* O suor escorria pelo corpo. Ele abaixou-se, pegou a chave, ficou olhando fixamente para a ânfora. Era excepcionalmente refinada. Fora feita com o maior carinho por seus ancestrais, há milhares de anos. O guarda tinha razão; era um pedaço da história, algo que nunca poderia ser substituído.

Korontzis fechou os olhos por um momento e estremeceu. Olhou ao redor, para se certificar de que ninguém o observava, depois abriu o mostruário e tirou a ânfora, com todo cuidado. Pegou a réplica na sacola de papel e colocou-a no lugar em que antes se achava a peça genuína.

Ficou imóvel, estudando-a. Era uma reprodução excepcional, mas para ele bradava: "Falsa!" Era óbvio. *Mas apenas para mim e para uns poucos outros peritos*, pensou Korontzis. Ninguém mais poderia perceber a diferença. E não haveria motivos para que alguém a examinasse atentamente. Korontzis fechou e trancou o mostruário, pôs a ânfora genuína na sacola, junto com o recibo.

Tirou um lenço do bolso e enxugou as mãos e o rosto. Já o fizera. Olhou para o relógio: 18 h 10. Tinha de se apressar. Encaminhou-se para a porta e avistou o guarda se aproximando.

— Não encontrei nada de errado com o sistema de alarme, Sr. Korontzis, e...

— Ótimo — interrompeu-o Korontzis. — Mas é sempre bom ter todo cuidado.

O guarda sorriu.

— Tem razão. Já vai?

— Já, sim. Boa-noite.

— Boa-noite.

O segundo guarda estava na porta da frente, preparando-se para ir embora. Olhou para a sacola de papel e sorriu.

— Terei de verificar o que tem aí dentro. São as suas regras.

— Claro.

Korontzis entregou a sacola ao guarda, que tirou o vaso e deu uma olhada no recibo.

— É um presente para um amigo — explicou Korontzis. — Ele é engenheiro.

Por que tive de dizer isso? Como se ele se importasse! Devo agir com naturalidade.

— Muito bonito. — O guarda jogou a ânfora na sacola e por um terrível momento Korontzis pensou que ia quebrar. Pegou a sacola de volta e comprimiu-a contra o peito.

— *Kalispehra.*

O guarda abriu a porta para ele.

— *Kalispehra.*

Korontzis saiu para o ar frio da noite, respirando fundo e fazendo um esforço para reprimir a náusea. Tinha nas mãos uma coisa que valia milhões de dólares, mas Korontzis não pensava nesses termos. Sua noção era a de que traía seu país, roubando um pedaço da história de sua amada Grécia para vender a algum estrangeiro anônimo.

Começou a descer os degraus. Como Rizzoli prometera, havia um táxi à espera na frente do museu. Korontzis adiantou-se e embarcou, dizendo:

— Hotel Grande Bretagne.

Ele afundou no banco. Sentia-se todo doído e exausto, como se acabasse de sair de alguma terrível batalha. Mas vencera ou perdera? Quando o táxi parou diante do hotel, Korontzis disse ao motorista:

— Espere aqui, por favor.

Ele lançou um último olhar para o precioso pacote no banco traseiro, depois saltou e entrou apressado no saguão do hotel. Virou-se e ficou observando. Um homem embarcou no táxi, que partiu no instante seguinte.

Pronto. Estava feito. *Nunca mais terei de fazer algo assim,* pensou Korontzis. *Nunca mais, pelo resto de minha vida. O pesadelo acabou.*

Às 15 h de domingo, Tony Rizzoli saiu de seu hotel e seguiu para a Platia Omonia. Usava um casaco vermelho axadrezado, calça verde e boina vermelha. Dois detetives o seguiram e um deles comentou:

— Ele deve ter comprado essas roupas num circo.

Rizzoli fez sinal para um táxi na rua Metaxa. O detetive falou por seu *walkie-talkie*:

— O alvo pegou um táxi, seguindo para oeste.

Uma voz respondeu:

— Já o vimos. Estamos atrás. Voltem para o hotel.

— Certo.

Um sedã cinza sem qualquer identificação arrancou atrás do táxi, mantendo-se a uma distância discreta. O táxi seguiu para o sul, passando por Monastiraki. No sedã, o detetive sentado ao lado do motorista pegou o microfone.

— Central. Aqui é a Unidade Quatro. O alvo está num táxi, descendo a rua Philhellinon... Espere. Acaba de virar à direita, na rua Peta. Parece que segue para a Plaka. Podemos perdê-lo ali. Podem providenciar uma equipe para segui-lo a pé?

— Só um minuto, Unidade Quatro. — Poucos segundos depois, o rádio voltou a funcionar. — Unidade Quatro, temos ajuda disponível. Se ele saltar na Plaka, será mantido sob vigilância.

— *Kala*. O alvo usa um paletó vermelho axadrezado, calça verde e boina vermelha. O táxi parou. Ele está saltando na Plaka.

— Passaremos a informação. Ele será coberto. Vocês podem se afastar.

Dois detetives observaram o homem sair do táxi na Plaka.

— Onde será que ele comprou aquela roupa? — especulou um dos detetives, em voz alta.

Aproximaram-se e começaram a seguir o homem pelo labirinto apinhado do velho bairro da cidade. Durante a hora seguinte ele caminhou a esmo pelas ruas, passando por tavernas, bares, lojas de suvenires e pequenas galerias de arte. Desceu a Anaphiotika e parou para dar uma olhada nas mercadorias numa loja de coisas velhas, cheias de espadas, adagas, mosquetes, caldeirões, castiçais, lampiões a óleo e binóculos.

— O que ele está querendo?

— Parece que saiu apenas para um passeio vespertino. Espere um instante. Lá vai ele.

O homem virou na Aghiou Geronda e seguiu para o restaurante Xinos. Os dois detetives permaneceram lá fora, a alguma distância, observando-o fazer o pedido. Começavam a se sentir entediados.

— Espero que ele tente alguma coisa em breve. Eu gostaria de voltar logo para casa. Preciso de um cochilo.

— Fique acordado. Se o perdermos, Nicolino vai nos esfolar vivos.

— Como podemos perdê-lo? Ele se destaca como um farol.

O outro detetive fitou-o, aturdido.

— Como? O que disse?

— Eu disse...

— Não importa! — Havia uma súbita urgência em sua voz. — Viu o rosto dele?

— Não.

— Nem eu. *Tiflo!* Vamos depressa.

Os dois detetives entraram apressados no restaurante e se encaminharam para a mesa do alvo.

E contemplaram o rosto de um total estranho.

O INSPETOR NICOLINO teve um acesso de fúria.

— Destaquei três equipes para seguirem Rizzoli. Como puderam perdê-lo?

— Ele nos deu um golpe, inspetor. A primeira equipe viu-o entrar num táxi e ...

— E eles perderam o táxi?

— Não, senhor. Nós o observamos saltar. Ou pelo menos pensamos que era ele. Usava uma roupa que atraía atenção. Rizzoli tinha outro passageiro escondido no táxi e os dois trocaram de roupa. Seguimos o homem errado.

— E Rizzoli escapou no táxi.

— Isso mesmo, senhor.

— Anotaram a placa?

— Não, senhor. Não parecia importante.

— E o homem que pegaram?

— É um rapaz que trabalha no hotel. Rizzoli lhe disse que estava fazendo uma brincadeira com um amigo. E deu-lhe cem dólares. Isso é tudo o que ele sabe.

O inspetor Nicolino respirou fundo.

— E ninguém sabe onde o Sr. Rizzoli se encontra neste momento?

— Não, senhor... infelizmente.

A Grécia tem sete portos principais — Thessaloniki, Patras, Volos, Igoumenitsa, Kavala, Iraklion e Pireu.

O Pireu fica onze quilômetros a sudoeste do centro de Atenas e é não apenas o principal porto da Grécia, mas também um dos mais importantes da Europa. O complexo portuário é formado por quatro atracadouros, três deles para embarcações de passeio e navios oceânicos. O quarto, Herakles, está reservado a cargueiros com escotilhas abrindo diretamente para o cais.

O *Thele* se achava atracado em Herakles. Era um enorme petroleiro e parado ali, no porto escuro, parecia uma besta gigantesca, prestes a dar o bote.

Tony Rizzoli, acompanhado por quatro homens, entrou no cais. Contemplou o imenso navio e pensou: *Aqui está. E agora vamos verificar se o nosso amigo Demiris se encontra a bordo.* Ele virou-se para os homens que o acompanhavam.

— Quero que dois de vocês esperem aqui. Os outros dois me acompanhem. Não deixem ninguém sair do navio.

— Certo.

Rizzoli e os dois homens subiram pela prancha. Um taifeiro aproximou-se quando eles chegaram lá em cima.

— O que desejam?

— Queremos falar com o Sr. Demiris.

— O Sr. Demiris está no camarote do proprietário. Ele os espera?

Então o informante estava certo. Rizzoli sorriu.

— Claro que espera. A que horas o navio partirá?

— À meia-noite. Mostrarei o caminho para o camarote.

— Obrigado.

Eles seguiram o tripulante pelo convés até uma escada que levava para baixo. Os três homens desceram atrás dele, seguiram por um corredor estreito, passando por meia dúzia de camarotes. Ao chegarem ao último, o marujo levantou a mão para bater na porta. Rizzoli empurrou-o para o lado.

— Pode deixar que nós mesmos vamos nos anunciar. — Ele empurrou a porta e entrou.

A cabine era maior do que imaginara, mobiliada com uma cama, um sofá, uma escrivaninha e duas cadeiras. Constantin Demiris estava sentado atrás da escrivaninha.

Ao levantar os olhos e deparar com Rizzoli, começou a se erguer, empalidecendo.

— O que... o que está fazendo aqui? — A voz era um sussurro.

— Meus amigos e eu resolvemos lhe fazer uma visita de despedida, Costa.

— Como soube que eu...? Afinal... não estava esperando por você.

— Sei que não estava. — Rizzoli virou-se para o marujo — Obrigado, companheiro.

O marujo se retirou. Rizzoli tornou a se virar para Demiris.

— Planejava fazer uma viagem sem se despedir de seu sócio?

— Não... claro que não. Eu apenas... apenas precisava verificar algumas coisas no navio. Vai partir amanhã de manhã.

Os dedos de Demiris tremiam. Rizzoli adiantou-se. A voz era suave quando ele falou:

— Costa querido, cometeu um grande erro. Não há sentido em tentar fugir, porque não tem onde se esconder. E temos um acordo, lembra? Sabe o que acontece com as pessoas que trapaceiam nos acordos? Morrem... e morrem da pior forma possível.

Demiris engoliu em seco.

— Eu... eu gostaria de falar com você a sós.

Rizzoli olhou para os homens.

— Esperem lá fora.

Depois que eles saíram, Rizzoli instalou-se numa cadeira.

— Estou muito desapontado com você, Costa.

— Não posso fazer o que me pede — disse Demiris. — Eu lhe darei dinheiro... mais dinheiro do que jamais sonhou.

— Em troca do quê?

— Para sair deste navio e me deixar em paz. — Havia desespero na voz de Demiris. — Não pode fazer isso comigo. O governo confiscaria minha frota. Serei arruinado. Por favor. Eu lhe darei qualquer coisa que quiser.

Tony Rizzoli sorriu.

— Tenho tudo o que quero. Quantos petroleiros você possui? Vinte? Trinta? Vamos manter todos eles ocupados, você e eu. Tudo o que você precisa fazer é acrescentar um ou dois portos de escala no percurso.

— Você... não tem ideia do que está fazendo comigo.

— Acho que deveria ter pensado nisso antes de dar aquele seu golpezinho. — Tony Rizzoli levantou-se. — E agora você terá uma conversa com o comandante. Avise a ele que faremos uma parada extra, ao largo da costa da Flórida.

Demiris hesitou.

— Está certo. Quando você voltar pela manhã...

Rizzoli soltou uma risada.

— Não vou sair daqui. A brincadeira acabou. Você planejava se esgueirar à meia-noite. Muito bem, irei com você. Estamos trazendo uma carga de heroína para bordo, Costa... e para adoçar o negócio, virá também um dos tesouros do Museu de Atenas. E você vai contrabandeá-lo para os Estados Unidos para mim. Essa é a sua punição por tentar me trair.

Havia uma expressão atordoada nos olhos de Demiris.

— Eu... não há nada... não há coisa alguma que eu possa fazer?

Rizzoli bateu de leve em seu ombro.

— Anime-se. Prometo que gostará de ser meu sócio. — Rizzoli foi até a porta e abriu-a. — Muito bem, tragam a mercadoria para bordo.

— Onde devemos pôr?

Há centenas de esconderijos em qualquer navio, mas Rizzoli não sentia a necessidade de ser esperto. A frota de Constantin Demiris se achava acima de qualquer suspeita.

— Ponham num saco de batatas — ele respondeu. — Marquem o saco e deixem no fundo da cozinha. Tragam o vaso para o Sr. Demiris. Ele vai guardá-lo pessoalmente. — Rizzoli virou-se para Demiris, com uma expressão de desprezo, e acrescentou: — Há algum problema nisso?

Demiris tentou falar, mas as palavras não saíram.

— Muito bem, pessoal, vamos ao trabalho — ordenou Rizzoli.

Ele recostou-se na cadeira.

— Um bom camarote... Deixarei que continue aqui, Costa. Eu e meus homens arrumaremos outros alojamentos.

— Obrigado — balbuciou Demiris, desesperado. — Obrigado.

À MEIA-NOITE, o enorme petroleiro deixou o cais, dois rebocadores levando-o para o mar. A heroína fora escondida a bordo e a ânfora entregue no camarote de Constantin Demiris. Tony Rizzoli chamou um de seus homens.

— Quero que vá ao centro de comunicações e desligue o rádio. Demiris não deve despachar qualquer mensagem.

— Certo, Tony.

Constantin Demiris era um homem liquidado, mas Rizzoli não se sentia disposto a correr qualquer risco.

RIZZOLI RECEARA até o momento da partida que alguma coisa pudesse dar errado, pois o que estava acontecendo era além dos seus sonhos mais delirantes. Constantin Demiris, um dos homens mais ricos e poderosos do mundo, era seu sócio. *Sócio porra nenhuma!*, pensou Rizzoli. *Eu mando no filho da puta. Toda a sua frota me pertence. Posso despachar tanta mercadoria quanto o pessoal conseguir entregar. Que os outros quebrem a cara tentando descobrir uma maneira de contrabandear a mercadoria para os Estados Unidos. Eu encontrei minha solução. E há também todos os tesouros do museu. É outra autêntica mina de ouro. Só que esta pertence apenas a mim. O que os outros não sabem, não lhes fará mal.*

Tony Rizzoli adormeceu, sonhando com uma frota de navios e palácios de ouro, com jovens submissas para atender a seus desejos.

QUANDO ACORDOU, pela manhã, foi com seus homens comer o desjejum no refeitório. Meia dúzia de tripulantes já se encontravam ali. Um camareiro aproximou-se da mesa.

— Bom-dia.

— Onde está o Sr. Demiris? — perguntou Rizzoli. — Não vem comer o desjejum?

— Ele prefere permanecer em seu camarote, Sr. Rizzoli. Deu-nos instruções para servir ao senhor e seus amigos tudo o que quiserem.

— É muita gentileza dele. — Rizzoli sorriu. — Quero suco de laranja e ovos com *bacon*. E vocês?

— Parece uma boa ideia.

Depois que todos pediram e o camareiro se afastou, Rizzoli disse aos homens:

— Quero que vocês se mantenham calmos. Fiquem com as armas escondidas. Sejam simpáticos e polidos. Não se esqueçam de que somos convidados do Sr. Demiris.

DEMIRIS TAMBÉM não apareceu para o almoço naquele dia. Nem para o jantar. Rizzoli foi procurá-lo no camarote.

Demiris estava lá, olhando por uma vigia, o rosto pálido e contraído.

— Precisa comer para manter as forças, sócio. Eu não gostaria que ficasse doente. Temos muita coisa para fazer. Mandei o camareiro trazer o seu jantar para cá.

Demiris respirou fundo.

— Não posso... está certo. E agora saia, por favor.

Rizzoli sorriu.

— Claro. Depois do jantar, procure dormir um pouco. Está com uma aparência horrível.

RIZZOLI FOI PROCURAR o comandante pela manhã.

— Sou Tony Rizzoli, convidado do Sr. Demiris.

— Pois não. O Sr. Demiris disse que viria me procurar. E informou que poderia haver uma mudança de curso.

— Isso mesmo. Eu o avisarei. Quando nos aproximaremos da costa da Flórida?

— Dentro de três semanas aproximadamente, Sr. Rizzoli.

— Ótimo. Voltaremos a conversar mais tarde.

Rizzoli foi dar uma volta pelo navio... *seu* navio. Toda a frota lhe pertencia. O mundo era seu. Rizzoli experimentou uma euforia como jamais conhecera antes.

A VIAGEM FOI tranquila, e de vez em quando Rizzoli passava pelo camarote de Constantin Demiris.

— Deveria ter trazido algumas mulheres para bordo — sugeriu Rizzoli. — Mas acho que os gregos não precisam de mulheres, não é mesmo?

Demiris recusou-se a morder a isca.

OS DIAS PASSAVAM lentamente, mas cada hora levava Rizzoli para mais perto de seus sonhos. Ele sentia uma impaciência febril. Uma semana transcorreu, depois outra, estavam se aproximando do continente norte-americano.

Na noite de sábado Rizzoli se encontrava parado na amurada do navio, contemplando o mar, quando avistou o clarão de um relâmpago. O imediato aproximou-se.

— Talvez tenhamos de enfrentar o mau tempo, Sr. Rizzoli. Espero que seja um bom marinheiro.

Rizzoli deu de ombros.

— Nada me incomoda.

O mar começou a se agitar. O navio mergulhava e subia, avançando pelas ondas.

Rizzoli começou a se sentir enjoado. *Portanto, não sou um bom marinheiro*, ele pensou. *E que diferença isso faz?* Era o dono do mundo. Voltou mais cedo para seu camarote e deitou.

Teve sonhos. Desta vez não houve navios de ouro ou lindas jovens despidas. Foram sonhos tenebrosos. Havia uma guerra e podia ouvir o troar dos canhões. Uma explosão despertou-o.

Rizzoli sentou-se na cama, completamente desperto. O camarote balançava. O navio enfrentava uma droga de tempestade. Ouviu passos correndo lá fora. O que estaria acontecendo?

Tony Rizzoli se levantou e saiu para o corredor. O chão adernou subitamente para um lado e ele quase perdeu o equilíbrio.

— O que está acontecendo? — ele gritou para um homem que passava correndo.

— Uma explosão. O navio está em chamas. Começamos a afundar. É melhor subir para o tombadilho.

— *Afundando?*

Rizzoli não podia acreditar. Tudo transcorrera sem contratempos. *Mas não importa*, pensou Rizzoli. *Posso me dar ao luxo de perder esta carga. Haverá muitas outras. Mas tenho de salvar Demiris. Ele é a chave para tudo. Transmitiremos um pedido de socorro.* E foi então que ele se lembrou que mandara destruir o rádio.

Fazendo um grande esforço para manter o equilíbrio, Tony Rizzoli foi até a escada e subiu para o tombadilho. Para sua surpresa, descobriu que a tempestade passara. O mar estava sereno. Uma lua cheia brilhava no céu. Houve outra explosão estrondosa e mais outra, o navio adernou ainda mais. A popa estava na água, afundando depressa. Marinheiros tentavam baixar os escaleres, mas era tarde demais. A água em torno do navio era uma massa de petróleo em chamas. Onde se encontrava Constantin Demiris?

E foi nesse instante que Rizzoli ouviu um barulho inesperado. Era um zumbido, sobrepondo-se ao barulho das explosões. Ele levantou os olhos. Havia um helicóptero três metros acima do navio.

Estamos salvos!, pensou Rizzoli, exultante. E acenou freneticamente para o helicóptero.

Um rosto apareceu na janela. Rizzoli levou um momento para compreender que era Constantin Demiris. Sorria e na sua mão levantada segurava a ânfora de valor inestimável.

Rizzoli olhava fixamente, o cérebro tentando definir o que estava acontecendo. Como Constantin Demiris descobrira um helicóptero no meio da noite para...?

E depois Rizzoli soube de tudo, e suas entranhas se transformaram em água. Constantin Demiris nunca tivera qualquer intenção de fazer negócios com ele. O filho da puta planejara toda a coisa desde o início. O telefonema avisando que Demiris estava fugindo... a ligação não partira de Spyros Lambrou, mas sim do próprio Demiris! Preparara sua armadilha para atraí-lo ao navio e Rizzoli caíra direitinho!

O petroleiro passou a afundar mais depressa e Rizzoli sentiu o mar frio atingindo seus pés, depois os joelhos. O filho da puta deixaria que todos morressem ali, no meio do nada, onde não haveria indícios do que acontecera. Rizzoli levantou os olhos para o helicóptero e gritou, frenético:

— Volte! Eu lhe darei qualquer coisa!

O vento dissipou suas palavras. A última coisa que Tony Rizzoli viu, antes do navio virar e seus olhos se encherem de água salgada em chamas, foi o helicóptero subindo para a lua.

Capítulo 17

ST. MORITZ

CATHERINE SE ENCONTRAVA em estado de choque. Sentou-se no sofá em seu quarto no hotel, escutando o tenente Hans Bergman, chefe da patrulha de esqui, informar que Kirk Reynolds estava morto. O som da voz de Bergman fluía sobre Catherine em ondas, mas ela não ouvia as palavras. Sentia-se atordoada demais pelo horror do que acontecera. *Todas as pessoas ao meu redor acabam morrendo*, ela pensou desesperada. *Larry morreu e agora é Kirk.* E havia os outros: Noelle, Napoleon Cotas, Frederick Stavros. Era um pesadelo interminável.

Vagamente, através do nevoeiro de sua angústia, ela ouviu a voz de Bergman:

— Sra. Reynolds... Sra. Reynolds...

Catherine levantou a cabeça e murmurou cansada:

— Não sou a Sra. Reynolds. Sou Catherine Alexander. Kirk e eu éramos... éramos amigos.

— Entendo.

Catherine respirou fundo.

— Como... como aconteceu? Kirk era um bom esquiador.

— Sei disso. Ele já esquiou aqui muitas vezes. — O tenente balançou a cabeça. — Para ser franco, Srta. Alexander, também estou surpreso com o que aconteceu. Encontramos o corpo na Lagalp, uma encosta que estava fechada por causa de uma avalanche na semana passada. A placa deve ter sido derrubada pelo vento. Lamento profundamente.

Lamento... Que palavra fraca, que palavra estúpida...

— Gostaria que tomássemos as providências para o enterro, Srta. Alexander?

Então a morte não era o fim. Havia as *providências* a serem tomadas. Caixões e sepulturas, flores, parentes a serem avisados. Catherine tinha vontade de gritar.

— Srta. Alexander?

Catherine levantou os olhos.

— Avisarei a família de Kirk.

— Obrigado.

A VIAGEM DE VOLTA a Londres foi uma aflição. Fora para as montanhas com Kirk com uma esperança ansiosa, pensando que poderia ser um novo começo, uma porta para uma vida nova.

Kirk fora muito gentil e paciente. *Eu deveria ter feito amor com ele*, pensou Catherine. *Mas, afinal, isso faria alguma diferença? Que importância tinha qualquer coisa? Estou sob alguma espécie de maldição. Destruo tudo que se aproxima de mim.*

AO CHEGAR A LONDRES, Catherine sentia-se deprimida demais para retornar ao trabalho. Permaneceu no apartamento, recusando-se a ver ou a falar com qualquer pessoa. Anna, a governanta, preparava as refeições e levava para o quarto de Catherine, mas as bandejas eram devolvidas intactas.

— Deve comer alguma coisa, Srta. Alexander.

Mas o mero pensamento de comida deixava Catherine nauseada.

No dia seguinte, Catherine sentia-se ainda pior. Tinha a sensação de que seu peito estava cheio de ferro. Encontrava dificuldade para respirar.

Não posso continuar assim, ela pensou. *Preciso fazer alguma coisa.*

Conversou a respeito com Evelyn Kaye.

— Não posso deixar de me culpar pelo que aconteceu.

— Isso não faz sentido, Catherine.

— Sei que não faz, mas não posso evitar. Sinto-me responsável. Preciso de alguém para conversar. Talvez se eu procurasse um psiquiatra...

— Conheço um excelente — disse Evelyn. — Na verdade, Wim o consulta de vez em quando. Seu nome é Alan Hamilton. Eu tinha uma amiga com mania de suicídio e ela melhorou muito quando se tratou com o Dr. Hamilton. Gostaria de vê-lo?

E se ele me disser que estou louca? E se eu de fato estiver?

— Está certo — concordou Catherine, relutante.

— Tentarei marcar a consulta para você. Ele é bastante ocupado.

— Obrigada, Evelyn.

Catherine foi à sala de Wim. *Ele deve querer saber o que aconteceu com Kirk*, ela pensou.

— Wim... lembra de Kirk Reynolds? Ele morreu há poucos dias, num acidente de esqui.

— É mesmo? Westminster-zero-quatro-sete-um.

Catherine piscou.

— Como?

E de repente ela compreendeu que Wim recitava o número do telefone de Kirk. Era isso o que todas as pessoas significavam para Wim? Uma série de números? Ele não tinha sentimentos pelas pessoas? Era realmente incapaz de amar ou odiar, de sentir compaixão?

Talvez esteja melhor do que eu, pensou Catherine. *Pelo menos é poupado da terrível angústia que as outras pessoas podem sentir.*

EVELYN MARCOU UMA consulta com o Dr. Hamilton para a sexta-feira seguinte. Evelyn pensou em telefonar para Constantin Demiris e informá-lo a respeito, mas concluiu que a importância era mínima e não valia a pena incomodá-lo.

O CONSULTÓRIO DE Alan Hamilton era na Wimpole Street. Catherine sentia-se apreensiva e irritada ao seguir para a primeira consulta. Apreensiva porque temia o que ele poderia dizer a seu respeito e irritada consigo mesma por depender de um estranho para ajudá-la com problemas que achava que deveria ser capaz de resolver sozinha. A recepcionista por trás de uma divisória de vidro informou:

— O Dr. Hamilton está à sua espera, Srta. Alexander.

Mas será que eu estou pronta?, especulou Catherine. E sentiu um repentino pânico. *O que estou fazendo aqui? Não vou me pôr nas mãos de algum charlatão que provavelmente pensa que é Deus.*

— Eu... eu mudei de ideia. Não preciso realmente consultar um médico. Mas pagarei a consulta, é claro.

— Hein? Espere um momento, por favor.

— Mas...

A recepcionista já desaparecera pela porta da sala do médico. Um momento depois, a porta foi aberta e Alan Hamilton saiu. Era um homem de quarenta e poucos anos, alto e louro, com olhos azuis brilhantes e uma atitude descontraída. Olhou para Catherine e sorriu.

— Fez-me ganhar o dia.

Catherine franziu o rosto.

— Como assim?

— Eu não imaginava que era um médico tão bom. Bastou você entrar na recepção para já se sentir melhor. Deve ser alguma espécie de recorde.

Catherine murmurou, defensiva:

— Desculpe. Cometi um erro. Não preciso de qualquer ajuda.

— Fico satisfeito em saber disso. Gostaria que todos os meus pacientes se sentissem assim. Mas já que está aqui, Srta. Alexander, por que não entra por um momento? Tomaremos um café.

— Não, obrigada. Eu não...

— Prometo que pode tomar sentada.

Catherine hesitou.

— Está bem... mas só um minuto.

Ela seguiu-o para a outra sala. Era bastante simples, decorada com discrição e bom gosto, mais parecia uma sala de estar do que um consultório. Havia gravuras tranquilas penduradas nas paredes e na mesinha de café a fotografia de uma bela mulher com um menino. *Muito bem, então ele tem um consultório agradável e uma família atraente. O que isso prova?*

— Sente-se, por favor — disse o Dr. Hamilton. — O café estará pronto num instante.

— Eu não deveria desperdiçar seu tempo, doutor. Estou...

— Não se preocupe com isso. — Ele sentou-se numa poltrona, observando-a. — Você passou por muita coisa.

— O que sabe a respeito? — indagou Catherine bruscamente, em tom mais irritado do que tencionava.

— Conversei com Evelyn. Ela me contou o que aconteceu em St. Moritz. Lamento muito.

Outra vez aquela palavra.

— É mesmo? Pois se é um médico tão maravilhoso, pode trazer Kirk de volta à vida. — Todo o sofrimento acumulado irrompeu, numa erupção incontrolável, e Catherine descobriu-se, para seu horror, a soluçar histericamente — Deixe-me em paz! — ela gritou. — Deixe-me em paz!

Alan Hamilton ficou sentado a contemplá-la, sem dizer nada. Quando os soluços finalmente cessaram, Catherine balbuciou, exausta:

— Desculpe. Eu deveria mesmo ter ido embora.

Ela se levantou e se encaminhou para a porta.

— Não sei se posso ajudá-la, Srta. Alexander, mas gostaria de tentar. Só posso prometer que qualquer coisa que eu fizer não lhe fará mal.

Catherine parou na porta, indecisa. Virou-se para fitá-lo, os olhos marejados de lágrimas.

— Não sei o que há comigo — ela sussurrou. — Eu me sinto completamente perdida.

Alan Hamilton se aproximou.

— Então por que não tentamos descobrir? Trabalharemos juntos. Sente-se. Vou providenciar o café.

Ele se ausentou por cinco minutos e Catherine continuou sentada, especulando como Hamilton conseguira persuadi-la a ficar. O homem tinha um efeito calmante. Havia alguma coisa em sua maneira que era tranquilizadora.

Talvez ele possa me ajudar, pensou Catherine. Alan Hamilton voltou à sala com duas xícaras de café.

— Tenho creme e açúcar, se você quiser.

— Não, obrigada.

Ele sentou-se diante de Catherine.

— Soube que seu amigo morreu num acidente de esqui.

Era angustiante demais falar a respeito.

— Isso mesmo. Ele estava numa encosta fechada por causa de uma avalanche. O vento derrubou a placa de aviso.

— É a sua primeira experiência com a morte de alguém tão próximo?

Como ela deveria responder? *Claro que não. Meu marido e sua amante foram executados por tentarem me assassinar. Todas as pessoas ao meu redor acabam morrendo.* Isso o deixaria abalado. Ele continuava sentado ali, esperando por uma resposta, *o filho da puta presunçoso.* Mas ela não lhe daria essa satisfação. Sua vida não era da conta dele. *Eu o odeio.*

Alan Hamilton percebeu a resposta no rosto de Catherine. E, deliberadamente, mudou de assunto, perguntando:

— Como está Wim?

A pergunta pegou Catherine completamente desprevenida.

— Wim? Ele... ele está bem. Evelyn me disse que ele é seu paciente.

— É, sim.

— Pode me explicar como... por que... ele é assim?

— Wim veio me procurar porque perdia um emprego atrás do outro. Ele é algo muito raro... um autêntico misantropo. Não posso entrar nas razões para isso, mas basicamente ele odeia as pessoas. É incapaz de se relacionar com outras pessoas.

Catherine recordou as palavras de Evelyn. *Ele não tem emoções. Nunca se afeiçoará a ninguém.*

— Mas Wim é brilhante com a matemática — continuou Alan Hamilton. — Tem agora um emprego em que pode aplicar esse conhecimento.

Catherine balançou a cabeça.

— Jamais conheci alguém como ele.

Alan Hamilton inclinou-se para a frente.

— O que está passando, Srta. Alexander, é muito angustiante, mas acho que eu poderia tornar tudo mais fácil. Gostaria de tentar.

— Eu... não sei. Tudo parece tão irremediável...

— Enquanto se sentir assim, não tem outra saída a não ser melhorar, não é mesmo? — Alan Hamilton sorriu, um sorriso contagiante. — Por que não marcamos só mais uma consulta? Se ainda me odiar ao final, não mais nos encontraremos.

— Não o odeio — murmurou Catherine. — Isto é, talvez um pouquinho.

Alan Hamilton foi até sua mesa e estudou a agenda. Todos os horários estavam ocupados.

— Que tal segunda-feira? — ele perguntou. — À uma hora da tarde?

Era a hora do seu almoço, mas renunciaria a isso. Afinal, Catherine Alexander era uma mulher carregando um fardo insuportável e ele sentia-se determinado a fazer qualquer coisa que pudesse para ajudá-la. Catherine fitou-o em silêncio por um longo momento.

— Está bem.

— Estarei à sua espera. — Ele estendeu um cartão. — Até lá, se precisar de mim, aí tem o telefone do consultório e de minha casa. Durmo pouco e por isso não deve se preocupar com a possibilidade de me acordar.

— Obrigada. Estarei aqui na segunda-feira.

O Dr. Hamilton observou-a sair pela porta e pensou: *Ela é muito vulnerável e muito bonita. Preciso tomar cuidado.* Ele olhou para a fotografia na mesa. *O que Angela pensaria?*

A LIGAÇÃO veio de madrugada.

Constantin Demiris escutou por um momento e, quando falou, a voz estava impregnada de surpresa:

— O *Thele* afundou? Não posso acreditar!

— É verdade, Sr. Demiris. A guarda costeira encontrou alguns fragmentos dos destroços.

— Houve sobreviventes?

— Não, senhor. Infelizmente, não. Todos os tripulantes desapareceram.

— Isso é terrível. Alguém sabe o que aconteceu?

— Receio que nunca saberemos, senhor. Todas as evidências estão no fundo do mar.

— O mar — murmurou Demiris. — O mar cruel...

— Devemos apresentar o pedido de pagamento do seguro?

— É difícil se preocupar com essas coisas quando tantos bravos homens perderam a vida... mas está certo, pode apresentar o pedido à seguradora.

Ele guardaria a ânfora em sua coleção particular. E agora estava na hora de punir o cunhado.

Capítulo 18

SPYROS LAMBROU se achava num frenesi de impaciência, esperando a notícia da prisão de Constantin Demiris. Mantinha o rádio no escritório sempre ligado e verificava cada edição dos jornais diários. *Eu já deveria saber de alguma coisa a esta altura*, pensou Lambrou. *A polícia já deveria ter prendido Demiris.*

No momento em que Tony Rizzoli o informara que Demiris estava a bordo do *Thele* e prestes a zarpar, Spyros avisara à alfândega dos Estados Unidos — anonimamente, é claro — que o *Thele* estaria carregando uma grande quantidade de heroína.

Já devem tê-lo apanhado a esta altura. Por que os jornais não haviam divulgado a história? A campainha do interfone soou.

— O Sr. Demiris está na linha dois.

— É alguém falando em nome do Sr. Demiris?

— Não, Sr. Lambrou. É o próprio Sr. Demiris quem está na linha.

As palavras provocaram um calafrio em Spyros.

Era impossível.

Muito nervoso, ele atendeu.

— Costa?

— Spyros! — A voz de Demiris era jovial. — Como vão as coisas?

— Tudo bem. Onde você está?

— Em Atenas.

— Ah... — Lambrou engoliu em seco, cada vez mais nervoso. — Não temos nos falado ultimamente.

— Tenho andado ocupado. Que tal almoçarmos hoje? Está livre?

Lambrou tinha um importante almoço de negócios.

— Estou sim. É uma boa ideia.

— Ótimo. Vamos nos encontrar no clube. Às 14 h.

Lambrou desligou, as mãos trêmulas. O que poderia ter saído errado? Descobriria muito em breve o que acontecera.

CONSTANTIN DEMIRIS manteve Spyros Lambrou esperando por trinta minutos e disse bruscamente quando chegou:

— Desculpe o atraso.

— Não tem problema.

Spyros estudou Demiris com todo cuidado, procurando por indícios da experiência recente por que ele devia ter passado. *Nada.*

— Estou com fome — disse Demiris, expansivo. — E você? Vamos ver o que eles têm no cardápio hoje. — Ele deu uma olhada. — Aqui está. *Stridia.* Não gostaria de começar com algumas ostras, Spyros?

— Acho que não.

Ele perdera o apetite. Demiris se comportava com uma jovialidade exagerada e Lambrou tinha uma terrível premonição. Depois que pediram, Demiris disse:

— Tenho de lhe agradecer, Spyros.

Lambrou fitou-o nos olhos, cauteloso.

— Por quê?

— Por quê? Por me encaminhar um bom cliente... o Sr. Rizzoli.

Lambrou passou a língua pelos lábios.

— Você... encontrou-se com ele?

— Claro. Ele me garantiu que faríamos muitos negócios juntos no futuro. — Demiris suspirou. — Só que receio que o Sr. Rizzoli não terá mais qualquer futuro.

Spyros ficou tenso.

— Como assim?

A voz de Constantin Demiris endureceu:

— Tony Rizzoli morreu.

— Como...? O que aconteceu?

— Ele sofreu um acidente, Spyros. — Demiris fitava o cunhado nos olhos. — Como todas as pessoas que tentam me trair sofrem um acidente.

— Eu não... não compreendo. Você...

— Não compreende? Você tentou me destruir. Falhou. Posso lhe garantir que teria sido muito melhor para você se tivesse conseguido.

— Eu... eu não sei do que está falando.

— Não sabe mesmo, Spyros? — Constantin Demiris sorriu. — Pois saberá muito em breve. Mas primeiro vou destruir sua irmã.

As ostras chegaram.

— Parecem deliciosas — comentou Demiris. — Trate de aproveitar o almoço.

DEPOIS, CONSTANTIN DEMIRIS pensou no encontro com um sentimento de profunda satisfação. Spyros Lambrou era um homem completamente desmoralizado. Demiris sabia o quanto Lambrou adorava a irmã e tencionava punir os dois.

Mas havia uma coisa de que precisava cuidar primeiro. Catherine Alexander. Ela telefonara depois da morte de Kirk, quase histérica.

— É... é horrível!

— Lamento muito, Catherine. Sei o quanto você devia gostar de Kirk. É uma perda terrível para nós dois.

Terei de mudar meus planos, pensou Demiris. *Não há mais tempo para Rafina agora.* Catherine era o único elo restante para ligá-lo ao que acontecera com Noelle Page e Larry Douglas. Fora um erro deixá-la viver por tanto tempo. Enquanto ela continuasse viva, alguém poderia provar o que Demiris fizera. Mas com Catherine morta, ele ficaria absolutamente seguro.

Demiris pegou o telefone em sua mesa e discou um número. Quando uma voz atendeu, ele disse:

— Estarei em Kowloon na segunda-feira. Encontre-se comigo lá.

Ele desligou sem esperar por uma resposta.

Os dois homens se sentaram num prédio deserto que Demiris possuía na cidade murada.

— Deve parecer um acidente. Pode dar um jeito?

Era um insulto. Ele podia sentir a raiva subindo. Essa era uma pergunta que se fazia a algum amador que se pegava nas ruas. Ele sentiu-se tentado a responder, com sarcasmo: *Claro, claro, acho que posso dar um jeito. Prefere um acidente dentro de casa? Posso cuidar para que ela quebre o pescoço ao cair numa escada.* A dançarina em Marselha. *Ou ela pode tomar um porre e se afogar na banheira.* A herdeira em Gstaad. *Pode também tomar uma overdose de heroína.* Já liquidara três dessa maneira. *Ou pode adormecer na cama com um cigarro aceso.* O detetive sueco no L'Hôtel, na Rive Gauche, Paris. *Ou será que prefere alguma coisa fora de casa? Posso arrumar um acidente de carro, um desastre de avião ou um desaparecimento no mar.*

Mas ele não disse nenhuma dessas coisas, pois a verdade é que tinha medo do homem sentado à sua frente. Ouvira muitas histórias assustadoras a seu respeito e tinha bons motivos para acreditar nelas. Por isso, limitou-se a dizer:

— Claro, senhor. Posso providenciar um acidente. Ninguém jamais saberá. — Mesmo enquanto falava, o pensamento ocorreu-lhe: *Ele sabe que eu saberei.* Ficou esperando. Ele podia ouvir os ruídos na rua além da janela, a confusão poliglota, estridente e rouca, das muitas línguas faladas pelos habitantes da cidade murada.

O homem estudava-o com olhos frios e insidiosos. E finalmente disse:

— Está certo. Deixarei o método a seu critério.

— Certo, senhor. O alvo está aqui em Kowloon?

— Em Londres. Seu nome é Catherine... Catherine Alexander. Ela trabalha no meu escritório em Londres.

— Ajudaria se eu pudesse ser apresentado a ela. Uma apresentação interna.

Demiris pensou por um momento.

— Enviarei uma delegação de executivos a Londres na próxima semana. Providenciarei para que você seja incluído no grupo. — Ele inclinou-se para a frente. — Só mais uma coisa.

— O que é, senhor?

— Não quero que ninguém seja capaz de identificar o corpo.

Capítulo 19

O TELEFONEMA ERA de Constantin Demiris.

— Bom-dia, Catherine. Como se sente hoje?

— Muito bem, obrigada, Costa.

— Sente-se melhor?

— Muito melhor.

— Ótimo. Fico satisfeito em saber disso. Estou enviando uma delegação de executivos a Londres para estudar nossa operação aí. Agradeceria se você os recebesse e atendesse.

— Terei o maior prazer. Quando eles chegarão?

— Amanhã de manhã.

— Farei tudo o que puder.

— Sei que posso contar com você. Obrigado, Catherine.

— Não há de quê.

E adeus, Catherine.

A ligação foi cortada.

PORTANTO, ESSA PARTE estava resolvida! Constantin Demiris recostou-se na cadeira, pensativo. Com Catherine Alexander liquidada, não haveria mais pontas soltas. Agora, podia concentrar toda a sua atenção na esposa e no cunhado.

— Teremos visitas esta noite. Alguns executivos do escritório. Quero que você se apresente como a anfitriã.

Há muito tempo que ela não era anfitriã para o marido. Melina sentiu-se exultante, excitada. *Talvez agora a situação comece a mudar.*

O jantar naquela noite não mudou nada. Três homens chegaram, jantaram e foram embora. O jantar foi uma decepção para ela.

Melina foi superficialmente apresentada aos homens e ficou calada enquanto o marido os entretinha. Ela quase havia esquecido como Costa podia ser carismático. Ele contou histórias engraçadas e dispensou elogios pródigos, os três adoraram. Estavam na presença de um grande homem e demonstravam que sabiam disso. Melina nunca teve uma oportunidade de falar. Cada vez que ela começava a dizer alguma coisa, Costa a interrompia, até que finalmente Melina resolveu permanecer em silêncio.

Por que ele queria a minha presença?, ela especulava.

Ao final da noite, quando os homens estavam de partida, Demiris disse:

— Voarão para Londres amanhã de manhã. Tenho certeza de que cuidarão de tudo que for necessário.

E eles foram embora.

A delegação chegou em Londres na manhã seguinte. Eram três homens, todos de nacionalidades diferentes.

O americano, Jerry Haley, era alto e musculoso, com um rosto franco e jovial, olhos cinzentos. Catherine nunca vira mãos tão grandes como as dele. Deixaram-na fascinada. Pareciam ter uma vida própria, em constante movimento, como se ansiosas em ter alguma coisa para fazer.

O francês, Yves Renard, era um contraste intenso, baixo e atarracado, o rosto sisudo, olhos frios e inquisitivos, que pareciam ver através de Catherine. Dava a impressão de retraído e controlado. *Cauteloso* foi a palavra que aflorou na mente de Catherine. *Mas cauteloso com o quê?*, ela especulou.

O terceiro membro da delegação era Dino Mattusi, italiano, amistoso e insinuante, exalando charme por todos os poros.

— O Sr. Demiris a tem em alta conta — comentou Mattusi.

— Isso é muito lisonjeiro.

— Ele disse que você cuidaria de nós em Londres. Eu lhe trouxe um presente. — Ele entregou a Catherine um embrulho com a etiqueta da Hermes. Era um lindo lenço de seda.

— Obrigada. É muita gentileza sua. — Catherine olhou para os outros. — E agora vou lhes mostrar nossas instalações.

Houve um estrondo por trás deles. Todos se viraram. Um rapaz estava parado ali, olhando consternado para um pacote que deixara cair. Carregava três malas. Dava a impressão de ter quinze anos e era pequeno para sua idade. Tinha cabelos castanhos crespos e olhos verdes, uma aparência frágil.

— Pelo amor de Deus! — exclamou Renard, rispidamente. — Tome cuidado com essas coisas!

— Desculpe — balbuciou o rapaz, nervoso. — Onde posso pôr as malas?

Renard respondeu com impaciência:

— Pode largar em qualquer lugar. Nós as pegaremos depois.

Catherine olhou para o rapaz com uma expressão inquisitiva. Evelyn explicou:

— Ele largou seu emprego como *office boy* em Atenas. E precisávamos de mais alguém aqui.

— Qual é o seu nome? — perguntou Catherine.

— Atanas Stavich, madame. — O rapaz estava quase chorando.

— Está tudo bem, Atanas. Há uma sala nos fundos onde pode deixar as malas. Providenciarei para que sejam apanhadas depois.

— Obrigado, madame.

Catherine tornou a se virar para os homens.

— O Sr. Demiris disse que estudarão nossa operação aqui. Eu os ajudarei por todos os meios que puder. Se precisarem de alguma coisa, tentarei providenciar. E agora, se quiserem me acompanhar, eu os apresentarei a Wim e aos outros funcionários.

Foram seguindo pelo corredor, Catherine parando para fazer as apresentações. Chegaram à sala de Wim.

— Wim, aqui está a delegação que o Sr. Demiris mandou. Estes são Yves Renard, Dino Mattusi e Jerry Haley. Acabaram de chegar da Grécia.

Wim fitou-os com uma expressão furiosa.

— A Grécia tem uma população de apenas sete milhões seiscentos e trinta mil habitantes.

Os homens se entreolharam, perplexos. Catherine sorriu para si mesma. Eles demonstravam exatamente a mesma reação a Wim que ela tivera quando o conhecera.

— Mandei preparar as salas que vão ocupar — Catherine informou aos homens. — Podem me acompanhar, por favor?

Quando voltaram ao corredor, Jerry Haley perguntou:

— Que diabo era aquilo? Alguém disse que ele é importante por aqui.

— E é mesmo — assegurou Catherine. — Wim controla as finanças de várias companhias.

— Eu não o deixaria tomar conta de meu gato — comentou Haley, desdenhoso.

— Quando o conhecer melhor...

— Não tenho o menor desejo de conhecê-lo melhor — murmurou o francês.

— Já reservei os hotéis para vocês — Catherine comunicou ao grupo. — Fui informada que cada um prefere ficar num hotel diferente.

— É isso mesmo — confirmou Mattusi.

Catherine já ia fazer um comentário, mas decidiu não dizê-lo. Não era da sua conta o motivo pelo qual desejavam hotéis diferentes.

ELE OBSERVOU CATHERINE, pensando: *Ela é muito mais bonita do que eu imaginava. O que tornará a coisa mais interessante. E sofreu muita angústia, muita dor. Eu lhe ensinarei como a dor pode ser requintada. Desfrutaremos juntos. E quando acabar com ela, vou mandá-la para um lugar em que não há mais dor. Ela irá para o céu ou para o inferno. Vou gostar desta operação, vou gostar muito.*

CATHERINE MOSTROU aos homens suas respectivas salas. Depois que eles se instalaram, começou a voltar para sua própria mesa. Do corredor, ouviu o francês gritar com o novo rapaz:

— Esta é a pasta errada, seu idiota. A minha é a marrom. A marrom! Entende inglês?

— Sim, senhor. Desculpe, senhor.

A voz estava cheia de pânico. *Terei de fazer alguma coisa em relação a isso*, pensou Catherine.

EVELYN KAYE disse:

— Se precisar de alguma ajuda com esse grupo, pode recorrer a mim.

— Obrigada, Evelyn. Eu a avisarei se precisar de alguma coisa.

Poucos minutos depois, Atanas Stavich passou pela sala de Catherine, que o chamou:

— Quer vir até aqui por um minuto, por favor?

O rapaz fitou-a com uma expressão assustada.

— Pois não, madame.

Ele entrou como se esperasse ser açoitado.

— Feche a porta, por favor.

— Pois não, madame.

— Sente-se, Atanas. Seu nome é Atanas, não é mesmo?

— É, sim, madame.

Ela tentava deixá-lo à vontade e não estava conseguindo.

— Não há motivo para ficar tão apavorado.

— Não, madame.

Catherine estudou-o por um momento, especulando que coisas terríveis haviam feito com ele para deixá-lo tão amedrontado. E resolveu que tentaria descobrir mais sobre o seu passado.

— Atanas, se alguém aqui criar problemas ou tratá-lo mal, quero que me procure. Entendido?

Ele engoliu em seco.

— Sim, madame.

Mas Catherine duvidava que ele tivesse coragem suficiente para procurá-la. Alguém, em algum lugar, destruíra seu espírito.

— Conversaremos depois, Atanas.

Os CURRÍCULOS DA delegação indicavam que todos haviam trabalhado em várias divisões do amplo império de Constantin Demiris, e portanto tinham experiência da organização. O que mais desconcertava Catherine era o amável italiano, Dino Mattusi. Ele bombardeou Catherine com perguntas cujas respostas devia conhecer, e não parecia muito interessado em se informar da operação de Londres. Na verdade, parecia menos interessado na companhia do que na vida pessoal de Catherine.

— Você é casada? — perguntou Mattusi.

— Não.

— Mas já foi casada?

— Já.

— Divorciada?

Ela queria encerrar a conversa.

— Sou viúva.

Mattusi sorriu.

— Aposto que tem um amigo. Entende o que estou querendo dizer, não é mesmo?

— Entendo — respondeu Catherine, bruscamente. *E não é dá sua conta.* — É casado?

— *Si, si,* tenho uma esposa e quatro lindos *bambini.* Sentem muita saudade de mim quando viajo.

— E viaja muito, Sr. Mattusi?

Ele parecia magoado.

— Dino, Dino. O Sr. Mattusi é meu pai. É verdade, viajo muito. — Ele tornou a sorrir para Catherine e baixou a voz. — Mas às vezes uma viagem pode proporcionar alguns prazeres extras. Entende o que estou querendo dizer, não é mesmo?

Catherine retribuiu o sorriso.

— Não.

ÀS 12H15 CATHERINE deixou o escritório para ir à consulta com o Dr. Hamilton. Para sua surpresa, descobriu-se aguardando ansiosa a ocasião. Lembrou como ficara transtornada na última vez em que o vira. Desta vez entrou no consultório com alguma expectativa. A recepcionista saíra para almoçar e a porta da sala de Hamilton estava aberta. Ele a esperava.

— Pode entrar.

Catherine entrou na sala e Hamilton indicou uma cadeira.

— Teve uma boa semana?

Fora uma boa semana? Não, não fora. Ela não conseguira tirar da cabeça a morte de Kirk Reynolds.

— Correu tudo bem. Eu... eu me mantive ocupada.

— Isso ajuda muito. Há quanto tempo trabalha para Constantin Demiris?

— Quatro meses.

— Gosta do seu trabalho?

— Mantém a minha mente... longe de certas coisas. Devo muito ao Sr. Demiris. Não posso lhe dizer o quanto ele fez por mim. — Catherine sorriu, tristemente. — Mas acho que vou dizer, não é mesmo?

Alan Hamilton sacudiu a cabeça.

— Só me dirá o que quiser dizer.

Houve silêncio. Catherine finalmente rompeu-o:

— Meu marido trabalhava para o Sr. Demiris. Era seu piloto. Eu... eu sofri um acidente de barco e perdi a memória. Quando a recuperei, o Sr. Demiris me ofereceu o emprego.

Estou deixando de fora o sofrimento e o terror. Sinto-me envergonhada de contar que meu marido tentou me assassinar? Porque receio que ele pense que sou menos digna por isso?

— Não é fácil para nenhuma pessoa falar do passado.

Catherine fitou-o em silêncio.

— Disse que perdeu a memória.

— Isso mesmo.

— E que sofreu um acidente de barco.

— Isso mesmo.

Os lábios de Catherine estavam rígidos, como se estivesse determinada a lhe contar o mínimo possível. Estava dilacerada por um terrível conflito. Queria lhe contar tudo e obter sua ajuda. Não queria lhe contar nada, queria que a deixasse em paz. Alan Hamilton estudava-a, pensativo.

— Está divorciada?

Fui divorciada por um pelotão de fuzilamento.

— Ele... meu marido morreu.

— Srta. Alexander... — Hamilton hesitou. — Importa-se se eu chamá-la de Catherine?

— Não.

— Sou Alan. De que tem medo, Catherine?

Ela empertigou-se.

— O que o faz pensar que tenho medo?

— Não tem?

— Não. — Desta vez o silêncio foi mais prolongado.

Catherine temia exprimir tudo em palavras, temia expor a realidade.

— As pessoas ao meu redor... parecem morrer.

Se ele ficou impressionado, não deixou transparecer.

— E acredita que é a causa dessas mortes?

— Sim. Não. Não sei. Estou... confusa.

— Muitas vezes nos culpamos por coisas que acontecem com os outros. Se marido e mulher se divorciam, os filhos pensam que são responsáveis. Se alguém amaldiçoa uma pessoa e essa pessoa morre, ele pensa que foi a causa. Esse tipo de convicção não é absolutamente excepcional. Você...

— É mais do que isso.

— É?

Ele ficou observando-a, preparado para escutar. E as palavras saíram.

— Meu marido foi morto, assim como sua... sua amante. Os dois advogados que os defenderam também morreram. E agora... — A voz tremeu. — Kirk...

— E acha que é responsável por todas essas mortes. Não é um tremendo fardo para carregar?

— Eu... tenho a impressão de que dou azar. Receio ter um relacionamento com outro homem. Não creio que eu poderia suportar se alguma coisa...

— Catherine, sabe qual é a vida pela qual você é responsável? Pela sua. E de mais ninguém. É impossível para você controlar a vida e morte de qualquer outra pessoa. É inocente. Nada teve a ver com qualquer dessas mortes. Deve compreender isso.

É inocente. Nada teve a ver com qualquer dessas mortes. E Catherine ficou pensando nessas palavras. Queria desesperadamente acreditar nelas. Aquelas pessoas morreram por suas ações, não por causa dela. E quanto a Kirk, fora um lamentável acidente. Ou não fora?

ALAN HAMILTON observava-a em silêncio. Catherine levantou os olhos e pensou: *Ele é um homem decente.* Outro pensamento aflorou espontâneo em sua mente: *Gostaria de tê-lo conhecido antes.* Com uma pontada de culpa, Catherine olhou para a fotografia emoldurada da mulher e filho de Alan na mesinha de centro.

— Obrigada — murmurou Catherine. — Eu... tentarei acreditar nisso. Preciso me acostumar com a ideia.

Alan Hamilton sorriu.

— Vamos nos acostumar juntos. Pretende voltar?

— Como?

— Está lembrada que esta sessão seria apenas uma experiência? Deveria decidir se gostaria de continuar.

Catherine não hesitou.

— Eu voltarei, Alan.

DEPOIS QUE ELA se foi, Alan Hamilton continuou sentado, pensando a seu respeito.

Já tratara de muitas pacientes atraentes durante sua carreira e algumas haviam indicado um interesse sexual por ele. Mas era um psiquiatra muito bom para ceder à tentação. Um relacionamento pessoal com uma paciente era um dos primeiros tabus de sua profissão. Seria uma traição.

O Dr. Alan Hamilton vinha de uma longa tradição médica. O pai era um cirurgião que casara com sua enfermeira e o avô fora um famoso cardiologista. Desde pequeno que Alan sabia que queria ser médico. Um cirurgião como o pai. Cursara a escola de medicina no King's College e depois de formado começara a estudar cirurgia.

Tinha um talento natural para isso, uma habilidade que não podia ser ensinada. E então, a 1º de setembro de 1939, o exército do Terceiro Reich marchara pela fronteira da Polônia, e dois dias depois a Inglaterra e a França declararam guerra. A Segunda Guerra Mundial começara.

Alan Hamilton alistara-se como cirurgião.

A 22 de junho de 1940, depois que as forças do Eixo conquistaram a Polônia, Tchecoslováquia, Finlândia, Noruega e Países Baixos, a França caiu e todo o impacto da guerra desabou sobre as Ilhas Britânicas.

A princípio, uma centena de aviões lançava bombas em cidades britânicas todos os dias. Não demorou muito para que se tornassem duzentos e depois mil aviões. A carnificina era além da imaginação. Havia feridos e agonizantes por toda parte. As cidades viviam em chamas. Mas Hitler julgara erradamente os britânicos. Os ataques só serviram para fortalecer a determinação do povo. Estavam dispostos a morrer por sua liberdade.

Não havia trégua, dia e noite. Alan Hamilton passava longos períodos sem dormir, às vezes até sessenta horas. Quando o hospital de emergência em que trabalhava foi bombardeado, ele transferiu os pacientes para um armazém. Salvou vidas incontáveis, trabalhando nas condições mais difíceis e perigosas.

Em outubro, quando o bombardeio atingia o auge, as sirenes antiaéreas soaram e as pessoas correram para os abrigos subterrâneos. Alan se encontrava no meio de uma cirurgia e recusou-se a deixar o paciente. As bombas caíam cada vez mais perto. Um médico trabalhando com Alan disse:

— Vamos sair logo daqui!

— Daqui a pouco. — Ele tinha o peito do paciente aberto e removia estilhaços de bomba.

— Alan!

Mas ele não podia sair. Concentrava-se no que fazia, alheio ao barulho das bombas caindo ao redor. Nunca ouviu a explosão da bomba que caiu no prédio.

ELE PASSOU SEIS DIAS em coma. Ao recuperar a consciência, soube que, entre outras lesões, os ossos da mão direita haviam sido esmagados. A mão fora remendada e parecia normal, mas ele nunca mais poderia operar.

ELE LEVOU QUASE um ano para superar o trauma da destruição de seu futuro. Estava sob os cuidados de um psiquiatra, um médico objetivo, que lhe disse:

— Já é hora de parar de sentir pena de si mesmo e continuar com sua vida.

— Fazendo o quê? — indagou Alan, amargurado.

— O que fazia antes... só que de uma maneira diferente.

— Não estou entendendo.

— Você é um homem que cura, Alan. Cura os corpos das pessoas. Agora não pode mais fazer isso. Mas é igualmente importante curar as mentes das pessoas. Daria um bom psiquiatra. É inteligente e tem compaixão. Pense nisso.

Acabara sendo uma das decisões mais compensadoras que ele tomara. Gostava imensamente do que fazia. Num certo sentido, descobria que era ainda mais satisfatório levar de volta ao normal pacientes que viviam no desespero do que cuidar de seu bem-estar físico. Sua reputação crescera depressa e nos três últimos anos fora obrigado a recusar novos pacientes. Concordara em receber Catherine apenas para poder encaminhá-la a outro médico. Mas alguma coisa nela o comovera. *Preciso ajudá-la.*

Quando voltou ao escritório, depois da sessão com Alan Hamilton, Catherine foi falar com Wim.

— Estive hoje com o Dr. Hamilton — ela anunciou.

— É mesmo? No reajustamento social psiquiátrico, o índice para morte de cônjuge é de cem, o de divórcio setenta e três, o de separação conjugal de sessenta e cinco, detenção na cadeia de sessenta e três, morte de um parente íntimo de sessenta e três, lesão pessoal ou doença de cinquenta e três, casamento de cinquenta, demissão do emprego de quarenta e sete...

Catherine ficou imóvel, escutando. *Como deve ser pensar nas coisas apenas em termos matemáticos?*, ela especulou. *Jamais conhecer outra pessoa como um ser humano, nunca ter um amigo de verdade. Tenho a impressão de que encontrei um novo amigo.*

Há quanto tempo ele será casado?

Capítulo 20

ATENAS

VOCÊ TENTOU me destruir. Fracassou. Posso lhe garantir que seria muito melhor para você se conseguisse. Mas primeiro vou destruir sua irmã.

As palavras de Constantin Demiris ainda ressoavam nos ouvidos de Lambrou. Não tinha a menor dúvida de que Demiris tentaria executar a ameaça. O que saíra errado com Rizzoli? Tudo fora planejado com o maior cuidado. Mas não havia tempo para especular sobre o que acontecera. O importante agora era alertar a irmã. A secretária de Lambrou entrou na sala.

— O homem para a reunião das 10 h está esperando. Devo mandá-lo...?

— Não. Cancele todos os meus compromissos. Vou sair e não voltarei mais esta manhã.

Ele pegou o telefone e cinco minutos depois saiu para se encontrar com Melina.

Ela o esperava no jardim da *villa*.

— Você parecia muito transtornado ao telefone, Spyros. O que aconteceu?

— Precisamos conversar.

Ele levou-a para um caramanchão. Sentou-se, ali contemplando-a, e pensou: *Ela é uma mulher adorável. Sempre proporcionou felicidade a todas as pessoas com quem sua vida se envolveu. Nada fez para merecer isso.*

— Não vai me contar qual é o problema?

Lambrou respirou fundo.

— Vai ser muito doloroso, querida.

— Está começando a me alarmar.

— É justamente o que quero. Sua vida corre perigo.

— Como assim? Perigo por parte de quem?

Ele avaliou suas palavras com todo cuidado.

— Acho que Costa tentará matá-la.

Melina ficou aturdida.

— Está brincando.

— Não, Melina, falo sério.

— Ora, querido, Costa pode ser uma porção de coisas, mas não é um assassino. Não poderia...

— Está enganada. Ele já matou antes.

Melina empalideceu.

— O que está dizendo?

— Ele não matou pessoalmente. Contrata outros para matarem por ele, mas...

— Não acredito.

— Lembra de Catherine Douglas?

— A mulher que foi assassinada...

— Ela não foi assassinada. Está viva.

Melina sacudiu a cabeça.

— Não... não é possível. Afinal, executaram as pessoas que a mataram.

Lambrou pegou a mão da irmã.

— Melina, Larry Douglas e Noelle Page não mataram Catherine. Demiris a manteve escondida durante todo o julgamento.

Melina ficou atordoada, incapaz de falar, recordando a mulher que vislumbrara na casa.

Quem é a mulher que vi no vestíbulo?

É uma amiga da companhia. Vai trabalhar para mim em Londres.

Eu a vi de passagem. Ela me lembra alguém. Lembra a mulher do piloto que trabalhava para você. Mas isso é impossível, é claro. Eles a assassinaram.

Isso mesmo, eles a assassinaram.

Ela recuperou a voz:

— Eu a vi na casa, Spyros. Costa mentiu para mim sobre ela.

— Ele está louco. Quero que você pegue suas coisas e saia daqui.

Melina fitou-o nos olhos e disse, lentamente:

— Não. Esta é a minha casa.

— Eu não suportaria se alguma coisa lhe acontecesse, Melina.

A voz de Melina soou firme como aço quando ela disse:

— Não se preocupe. Nada me acontecerá. Costa não é um tolo. Sabe que se me fizer alguma coisa, terá de pagar caro por isso.

— Ele é seu marido, mas você não o conhece. Tenho medo por você.

— Posso controlá-lo, Spyros.

Ele compreendeu que não havia a menor possibilidade de persuadi-la a mudar de ideia.

— Se não quer sair, pelo menos me faça uma promessa. Por favor, não fique a sós com ele.

Melina afagou o rosto do irmão.

— Está bem.

Melina não tinha a menor intenção de cumprir essa promessa.

Quando Constantin Demiris chegou em casa naquela noite, Melina estava à sua espera. Ele acenou com a cabeça para a mulher, passou por ela e entrou em seu quarto. Melina foi atrás.

— Acho que está na hora de conversarmos, Costa.

Demiris olhou para o relógio.

— Só disponho de uns poucos minutos. Tenho um compromisso.

— É mesmo? Planeja assassinar mais alguém esta noite?

Ele virou-se para fitá-la.

— Do que está falando?

— Spyros me procurou esta manhã.

— Terei de avisar a seu irmão para ficar longe de minha casa.

— É minha casa também! — declarou Melina, desafiadora. — Tivemos uma conversa muito interessante.

— É mesmo? Sobre o quê?

— Sobre você, Catherine Douglas e Noelle Page.

Melina tinha agora toda a atenção do marido.

— Isso é história antiga.

— Será mesmo? Spyros diz que você mandou duas pessoas inocentes para a morte, Costa.

— Spyros é um idiota.

— Eu vi a mulher, nesta casa.

— Ninguém acreditará em você. E nunca mais tornará a vê-la. Mandei alguém eliminá-la.

E Melina recordou subitamente os três homens que haviam jantado na casa. *Voarão para Londres amanhã de manhã. Tenho certeza que cuidarão de tudo que precisa ser feito.*

Demiris chegou mais perto da mulher e disse suavemente:

— Quer saber de uma coisa? Estou começando a me cansar de você e seu irmão. — Ele pegou o braço de Melina e apertou com força. — Spyros tentou me arruinar. Em vez disso, deveria ter me matado. — Ele apertou com mais força ainda. — Vocês dois vão desejar que isso tivesse acontecido.

— Pare com isso! Está me machucando!

— Minha cara esposa, ainda não sabe o que é a dor. Mas vai descobrir. — Ele largou-a. — Vou obter o divórcio. Quero uma mulher de verdade. Mas não sairei de sua vida. Tenho planos maravilhosos para você e seu querido irmão. Muito bem, já tivemos nossa conversinha. E agora, se me dá licença, vou trocar de roupa. Não é polido manter uma mulher à espera.

Ele virou-se e entrou no seu quarto de vestir. Melina ficou parada, o coração disparado. *Spyros tinha razão. Ele é louco.*

Ela sentia-se completamente desamparada, mas não tinha medo por sua própria vida. *Pelo que me resta viver?*, pensou Melina, amargurada. O marido a despojara de toda dignidade, rebaixara-a a seu nível. Ela pensou em todas as ocasiões em que Demiris a humilhara, insultara em público. Sabia que era um objeto de compaixão entre seus amigos. Não, não estava preocupada consigo mesma. *Estou pronta para morrer,* ela pensou, *mas não posso deixá-lo fazer qualquer mal a Spyros.* Mas o que podia fazer para detê-lo? Spyros era poderoso, mas seu marido era ainda mais poderoso. Melina sabia, com uma terrível certeza, que se deixasse, o marido cumpriria a ameaça. *Devo detê-lo de alguma forma. Mas como? Como?*

Capítulo 21

A DELEGAÇÃO DE executivos de Atenas mantinha Catherine bastante ocupada. Marcava reuniões para eles com outros executivos da companhia e lhes mostrava toda a operação em Londres. Todos admiravam a sua eficiência. Ela conhecia cada aspecto da operação e eles ficaram impressionados.

Os dias de Catherine eram movimentados e as distrações mantinham a mente longe de seus problemas pessoais. E passou a conhecer cada um dos homens um pouco melhor.

JERRY HALEY ERA a ovelha negra de sua família. O pai era um rico homem do petróleo e o avô um respeitado juiz. Mas aos 21 anos Jerry Haley já havia passado três anos em centros de detenção juvenil por roubo de automóvel, arrombamento e estupro. A família finalmente o despachara para a Europa, a fim de se livrar dele.

— Mas consegui endireitar — Haley disse a Catherine, orgulhoso. — Iniciei uma vida nova.

YVES RENARD ERA um homem amargurado. Catherine descobriu que os pais haviam-no abandonado e ele fora criado por parentes distantes, que o maltratavam.

— Eles tinham uma fazenda perto de Vicky e me obrigavam a trabalhar como um burro de carga do amanhecer ao anoitecer. Fugi quando tinha quinze anos e fui trabalhar em Paris.

O JOVIAL ITALIANO Dino Mattusi nascera na Sicília, numa família de classe média.

— Quando tinha dezesseis anos causei um grande escândalo ao fugir com uma mulher casada, dez anos mais velha. Ah, ela era *bellissima*!

— E o que aconteceu? — perguntou Catherine.

Ele suspirou.

— Trouxeram-me de volta para casa e depois me mandaram para Roma, a fim de escapar à ira do marido.

Catherine sorriu.

— Estou entendendo. Quando começou a trabalhar para o Sr. Demiris?

Ele se mostrou evasivo:

— Mais tarde. Fiz muitas coisas antes. Sabe como é... os trabalhos mais insólitos. Qualquer coisa que me permitisse ganhar a vida.

— E depois conheceu sua esposa?

Ele fitou Catherine nos olhos.

— Minha esposa não está aqui.

ELE A OBSERVAVA, conversava com ela, ouvia o som de sua voz, aspirava seu perfume. Queria saber tudo a respeito dela. Gostava da maneira como ela se movia e imaginava como era seu corpo por baixo do vestido. Saberia em breve. Muito em breve. Mal podia esperar.

JERRY HALEY entrou na sala de Catherine.

— Gosta de teatro, Catherine?

— Gosto, sim. Eu...

— Acaba de estrear um novo musical. *Finian's Rainbow.* Eu gostaria de assisti-lo esta noite.

— Terei o maior prazer em providenciar o ingresso.

— Não seria muito divertido ir sozinho, não é mesmo? Você está livre?

Catherine hesitou.

— Estou, sim.

Ela se descobriu fitando aquelas mãos enormes e irrequietas.

— Ótimo! Vá me buscar no hotel às 19 h. — Era uma ordem. Ele virou-se e saiu da sala.

Era estranho, pensou Catherine. Haley parecia tão amistoso e franco, mas apesar disso...

Consegui endireitar. Ela não podia tirar da mente aquelas mãos enormes.

JERRY HALEY esperava Catherine no saguão do Hotel Savoy e foram para o teatro numa limusine da companhia.

— Londres é uma grande cidade — comentou Jerry Haley. — Sempre gostei de voltar. Está aqui há muito tempo?

— Alguns meses.

— Você é dos Estados Unidos?

— Isso mesmo. De Chicago.

— É outra grande cidade. Sempre me diverti muito em Chicago.

Estuprando mulheres?

CHEGARAM AO TEATRO e juntaram-se à multidão. O espetáculo era maravilhoso e o elenco excelente, mas Catherine foi incapaz de se concentrar. Jerry Haley não parava de tamborilar com os dedos sobre o lado da cadeira, sobre seu colo, os joelhos. Não conseguia manter as enormes mãos imóveis.

Terminada a peça, Haley virou-se para Catherine e disse:

— Está uma noite linda. Por que não despachamos o carro e damos um passeio a pé pelo Hyde Park?

— Tenho de estar no escritório bem cedo amanhã — respondeu Catherine. — Talvez em alguma outra ocasião...

Haley estudou-a, com um sorriso enigmático.

— Está certo. Há bastante tempo.

Yves Renard interessava-se por museus.

— É verdade que temos em Paris o maior museu do mundo — ele disse a Catherine. — Já esteve no Louvre?

— Não. Nunca fui a Paris.

— É uma pena. Deve ir um dia. — Mas mesmo enquanto falava, ele pensou: *Sei que ela não irá.* — Eu gostaria de conhecer os museus em Londres. Talvez no sábado pudéssemos visitar alguns.

Catherine planejara fazer o trabalho atrasado do escritório no sábado. Mas Constantin Demiris lhe pedira que cuidasse dos visitantes.

— Está bem. Sábado é um bom dia.

Catherine não se sentia atraída pela perspectiva de passar um dia inteiro em companhia do francês. *Ele é muito amargurado. Age como se ainda estivesse sendo maltratado.*

O dia começou de forma bastante agradável. Foram primeiro ao Museu Britânico, onde vaguearam pelas galerias repletas de tesouros magníficos do passado. Viram uma cópia da Magna Carta, uma proclamação assinada por Elizabeth I e tratados de batalhas ocorridas séculos antes.

Alguma coisa em Yves Renard perturbava Catherine e só depois que se encontravam no museu há quase uma hora é que ela compreendeu o que era.

Olhavam para um mostruário contendo um documento escrito pelo almirante Nelson.

— Acho que esta é uma das peças mais interessantes em exposição aqui — comentou Catherine. — Isto foi escrito pouco antes do almirante Nelson entrar em batalha. Como pode perceber, ele não estava certo se tinha autoridade.

E foi nesse instante, abruptamente, que ela compreendeu que Yves Renard não estava escutando. E outra percepção a invadiu: Ele não prestara atenção a qualquer das peças expostas no museu. Não se interessara. *Então por que me disse que queria visitar museus?*

FORAM EM SEGUIDA ao Museu Victoria e Albert e a experiência se repetiu. Desta vez Catherine observou-o atentamente. Yves Renard seguiu de sala em sala, concedendo uma atenção apenas superficial ao que viam, a mente obviamente longe dali. Quando terminaram, Catherine perguntou:

— Gostaria de conhecer a Abadia de Westminster?

Yves Renard acenou com a cabeça.

— Claro.

Percorreram a vasta abadia, parando para olhar os túmulos de grandes vultos da história sepultados ali, poetas, estadistas e reis.

— É ali que Robert Browning está sepultado — disse Catherine.

Renard olhou.

— Ah, Browning... — E seguiu adiante.

Catherine ficou parada, observando-o. *O que ele procura? Por que está desperdiçando este dia?*

QUANDO VOLTAVAM para o hotel, Yves Renard disse:

— Obrigado, Srta. Alexander. Gostei muito.

Ele está mentindo, pensou Catherine. *Mas por quê?*

— Falaram-me de um lugar muito interessante. Stonehenge. Creio que fica na planície de Salisbury.

— É isso mesmo — confirmou Catherine.

— Por que não o visitamos... talvez no próximo sábado?

Catherine se perguntou se ele acharia Stonehenge mais interessante do que os museus.

— Seria ótimo — ela respondeu.

DINO MATTUSI ERA um *gourmet*. Entrou na sala de Catherine com um guia culinário.

— Tenho aqui uma lista dos melhores restaurantes de Londres. Interessada?

— Eu...

— Ótimo! Esta noite vou levá-la para jantar no Connaught.

— Esta noite tenho...

— Não aceito desculpas. Irei buscá-la às 20 h.

Catherine hesitou.

— Está bem.

Mattusi ficou radiante.

— *Bene!* — Ele inclinou-se para a frente. — Não é divertido fazer as coisas sozinho, não é mesmo?

A insinuação era inconfundível. *Mas ele é tão óbvio que se torna inofensivo*, pensou Catherine.

O JANTAR NO CONNAUGHT foi delicioso. Comeram salmão escocês defumado, rosbife e pastelão de Yorkshire. Durante a salada, Mattusi comentou:

— Acho-a fascinante, Catherine. Adoro as mulheres americanas.

— Sua esposa é americana? — indagou Catherine, com um ar de inocência.

Mattusi deu de ombros.

— Não, é italiana. Mas é muito compreensiva.

— O que deve ser ótimo para você.

Ele sorriu.

— É mesmo.

Foi somente quando estavam na sobremesa que Dino Mattusi sugeriu:

— Gosta do campo? Um amigo meu tem um carro. Poderíamos dar um passeio no domingo.

Catherine já ia dizer não, mas subitamente pensou em Wim. Ele parecia muito solitário. Talvez gostasse de um passeio no campo.

— Parece uma boa ideia.

— Prometo que será muito interessante.

— Posso levar Wim?

Mattusi sacudiu a cabeça.

— É um carro pequeno. Pode deixar que providenciarei tudo.

Os visitantes de Atenas eram exigentes e Catherine descobriu que tinha muito pouco tempo para si mesma. Haley, Renard e Mattusi tiveram várias reuniões com Wim Vandeen e Catherine divertiu-se com a mudança de atitude dos três.

— Ele faz tudo isso sem uma calculadora? — indagou Haley, admirado.

— Faz, sim.

— Nunca vi nada parecido.

Catherine estava impressionada com Atanas Stavich. Nunca vira ninguém trabalhar tanto. Ele já se encontrava no escritório quando Catherine chegava pela manhã e continuava depois que todos saíam. Sempre se mostrava sorridente, ansioso em agradar. Fazia Catherine pensar num cachorrinho assustado. Em algum momento de seu passado alguém o maltratara muito. Catherine resolveu conversar com Alan Hamilton a respeito de Atanas.

Deve haver alguma maneira de desenvolver sua confiança, pensou Catherine. *Tenho certeza que Alan pode ajudá-lo.*

— Já percebeu que o garoto está apaixonado por você, não é mesmo? — comentou Evelyn um dia.

— Que história é essa?

— Atanas está apaixonado por você. Não percebeu a expressão de adoração em seus olhos? Ele a segue por toda parte, como um cordeirinho perdido.

Catherine riu.

— Está imaginando coisas.

Num súbito impulso, Catherine convidou Atanas para almoçar.

— Num... num restaurante?

Catherine sorriu.

— Claro.

Ele corou.

— Eu... eu não sei, Srta. Alexander. — O rapaz baixou os olhos para suas roupas disformes. — Ficaria envergonhada se as pessoas me vissem em sua companhia.

— Não julgo as pessoas pelas roupas — declarou Catherine, com firmeza. — Farei uma reserva.

Ela levou Atanas para almoçar no Lyons Corner House. Ele sentou-se à sua frente, intimidado pelo ambiente.

— Eu... eu nunca estive num lugar assim. É lindo.

Catherine ficou comovida.

— Pode pedir qualquer coisa que quiser.

O rapaz estudou o cardápio e sacudiu a cabeça.

— Tudo é muito caro.

Catherine sorriu.

— Não se preocupe. Trabalhamos para um homem rico. Tenho certeza de que ele gostaria que tivéssemos um bom almoço.

Ela não disse que pagaria de seu próprio bolso. Atanas pediu um coquetel de camarão e uma salada, galinha assada com batatas fritas e encerrou o almoço com torta de chocolate com creme. Catherine observou-o comer, espantada. Ele era bem pequeno.

— Onde põe toda essa comida?

Atanas disse, timidamente:

— Nunca engordo.

— Gosta de Londres, Atanas?

Ele balançou a cabeça.

— Do que já vi, gosto muito.

— Trabalhava como *office boy* em Atenas?

— Para o Sr. Demiris. — Havia um tom de amargura em sua voz.

— Não gostava?

— Perdoe-me... não deveria dizer isso, mas acho que o Sr. Demiris não é um homem simpático. Eu... eu não gosto dele. — O rapaz olhou ao redor rapidamente, como se temesse que alguém pudesse ouvi-lo. — Ele... ora, não importa.

Catherine achou melhor não insistir.

— O que o levou a tomar a decisão de vir para Londres, Atanas?

Ele disse alguma coisa tão baixo que Catherine não ouviu.

— Como?

— Quero ser médico.

Ela fitou-o, curiosa.

— Médico?

— Isso mesmo, madame. Sei que parece um absurdo. — Ele hesitou, mas acabou acrescentando: — Minha família é da Macedônia e durante toda a minha vida ouvi histórias sobre os turcos entrando em nossa aldeia, matando e torturando nosso povo. Não havia médicos para ajudar os feridos. Agora, a aldeia desapareceu e toda a minha família foi exterminada. Mas ainda há muitas pessoas feridas no mundo. Quero ajudá-las. — Ele baixou os olhos, embaraçado. — Deve pensar que sou louco.

— Não, Atanas, não penso assim. Acho que é maravilhoso. Quer dizer que veio a Londres para estudar medicina?

— Isso mesmo, madame. Vou trabalhar durante o dia e estudar à noite. Quero ser médico.

Havia uma determinação evidente em sua voz. Catherine balançou a cabeça.

— Acredito que será mesmo. E vamos conversar mais sobre isso. Tenho um amigo que talvez possa ajudá-lo. E conheço um restaurante maravilhoso onde poderíamos almoçar na próxima semana.

À MEIA-NOITE UMA bomba explodiu na casa de Spyros Lambrou. A frente da casa desabou e duas criadas morreram. O quarto de Spyros Lambrou foi destruído e ele só sobreviveu porque na última hora mudara de planos e decidira comparecer com a esposa a um jantar oferecido pelo prefeito de Atenas.

Na manhã seguinte, foi enviado um bilhete a seu escritório, dizendo: "Morte aos capitalistas." Estava assinado pelo "Partido Revolucionário Helênico".

— Por que eles fariam uma coisa dessas? — indagou Melina, horrorizada.

— Não foram eles — respondeu Spyros, bruscamente. — Foi Costa.

— Não tem nenhuma prova.

— Não preciso de qualquer prova. Será que ainda não sabe com quem casou?

— Eu... eu não sei o que pensar.

— Enquanto aquele homem estiver vivo, Melina, nós dois corremos perigo. Nada poderá detê-lo.

— Não pode procurar a polícia?

— Você mesma disse. Não tenho provas. Ririam de mim. — Ele pegou as mãos da irmã. — Quero que saia daqui. Por favor. O mais depressa possível.

Ela permaneceu imóvel por um longo momento. Quando finalmente falou, foi como se tivesse tomado uma decisão da maior importância:

— Está certo, Spyros. Farei o que devo fazer.

Ele abraçou-a.

— Assim é melhor. E não se preocupe. Encontraremos uma maneira de detê-lo.

MELINA PASSOU a longa tarde sentada sozinha em seu quarto, a mente tentando absorver o que acontecera. Portanto, o marido realmente falava sério quando ameaçara destruir a ela e ao irmão. Não podia deixá-lo continuar. E se suas vidas corriam perigo, então a vida de Catherine Douglas também corria. *Ela vai trabalhar para mim em Londres. Vou avisá-la*, pensou Melina. *Mas tenho de fazer mais do que isso. Devo destruir Costa. Devo impedi-lo de fazer mal a mais alguém. Mas como?* E de repente a resposta aflorou. *Mas é claro! É a única maneira! Por que não pensei nisso antes?*

Capítulo 22

Arquivo Confidencial
Transcrição da Sessão com Catherine Douglas

C: Desculpe o atraso, Alan. Tive uma reunião de última hora no escritório.

A: Não há problemas. A delegação de Atenas ainda está em Londres?

C: Sim. Eles... eles planejam partir no final da semana.

A: Você parece aliviada. Eles têm sido difíceis?

C: Não exatamente difíceis, apenas tenho um... um pressentimento estranho em relação a eles.

A: Estranho?

C: É difícil explicar. Sei que parece absurdo, mas... há algo esquisito em todos eles.

A: Eles fizeram alguma coisa com...?

C: Não. Apenas me deixam apreensiva. Ontem à noite tive aquele pesadelo outra vez.

A: O sonho de que alguém tentava afogá-la?

C: Isso mesmo. Não tinha esse sonho há algum tempo. E desta vez foi diferente.

A: De que forma?

C: Foi mais... real. E não terminou onde sempre terminava antes.

A: Foi além do ponto em que alguém tentava afogá-la?

C: Foi. Eles tentavam me afogar e subitamente eu me encontrava num lugar seguro.

A: No convento?

C: Não tenho certeza. Pode ter sido. Era um jardim. E um homem foi me falar. Acho que já sonhei alguma coisa parecida antes, mas desta vez pude ver seu rosto.

A: Reconheceu-o?

C: Reconheci. Era Constantin Demiris.

A: Portanto, em seu sonho...

C: Não foi apenas um sonho, Alan. Foi uma lembrança real. Recordei subitamente que Constantin Demiris me deu o broche de ouro que tenho.

A: Acredita que seu subconsciente trouxe à tona algo que realmente aconteceu? Tem certeza que não foi...

C: Tenho certeza. Constantin Demiris me deu o broche no convento.

A: Disse que foi resgatada do lago por algumas freiras, que a levaram para o convento?

C: Isso mesmo.

A: Alguém mais sabia que você estava no convento, Catherine?

C: Não. Acho que não.

A: Então como Constantin Demiris podia saber que você se encontrava lá?

C: Não sei. Só tenho certeza que aconteceu. Acordei apavorada. Era como se o sonho fosse uma espécie de advertência. Sinto que algo terrível está prestes a acontecer.

A: Os pesadelos podem ter esse efeito sobre nós. O pesadelo é um dos mais antigos inimigos do homem. A palavra em inglês, *nightmare*, vem do inglês antigo, *nitz*, que é noite, e *mare* ou duende. A velha superstição é de que prefere nos atormentar depois das 4 h da madrugada.

C: Acha que não têm qualquer significado real?

A: Às vezes têm. Coleridge escreveu: "Os sonhos não são sombras, mas as próprias substâncias e calamidades de minha vida."

C: Provavelmente estou levando isso muito a sério, exageradamente. Com exceção dos meus sonhos loucos, estou bem. Ah, há uma pessoa sobre a qual eu gostaria de conversar com você, Alan.

A: Quem é?

C: Seu nome é Atanas Stavich. É um rapaz que veio a Londres para estudar medicina. Tem levado uma vida difícil. Pensei que um dia você poderia encontrá-lo e dar alguns conselhos.

A: Terei o maior prazer. Por que está franzindo o rosto?

C: Acabo de me lembrar de uma coisa.

A: O quê?

C: Parece um absurdo.

A: Nosso subconsciente não distingue entre o que é louco e objetivo.

C: Aconteceu no meu sonho, quando o Sr. Demiris me entregou o broche de ouro.

A: O que foi?

C: Ouvi uma voz dizer: "Ele vai matá-la."

Deve parecer um acidente. Não quero que ninguém seja capaz de identificar o corpo. Havia muitas maneiras de matá-la. Ele devia começar a tomar as providências necessárias. Ficou deitado em sua cama, pensando a respeito, descobriu que estava tendo uma ereção. A morte era o supremo orgasmo. Finalmente compreendeu o que faria. Era muito simples. Não restaria corpo para ser identificado. Constantin Demiris ficaria satisfeito.

Capítulo 23

A CASA DE PRAIA de Constantin Demiris localizava-se cinco quilômetros ao norte do Pireu, numa propriedade à beira-mar. Demiris chegou às 19 h. Parou no caminho, saltou do carro e encaminhou-se para a porta.

Ao chegar lá, a porta foi aberta por um homem que ele não reconheceu.

— Boa-noite, Sr. Demiris.

Demiris pôde divisar meia dúzia de policiais lá dentro.

— O que está acontecendo aqui?

— Sou da polícia, tenente Theophilos. Eu...

Demiris empurrou-o para o lado e entrou na sala de estar. Estava na maior confusão. Era evidente que uma luta terrível ocorrera ali. Havia cadeiras e mesas viradas. Um dos vestidos de Melina estava no chão, rasgado. Demiris pegou-o.

— Onde está minha esposa? Eu deveria encontrá-la aqui.

O tenente da polícia disse:

— Ela não está aqui. Já revistamos a casa toda, procuramos por toda a praia. Parece que a casa foi assaltada.

— E onde está Melina? Foi ela quem chamou vocês? Estava aqui?

— Achamos que estava, senhor. — O tenente levantou um relógio de mulher. O vidro fora quebrado, os ponteiros se achavam parados em 15 h. — Este relógio é de sua esposa?

— Parece que sim.

— Atrás está gravado "Para Melina, com amor, Costa".

— Então é. Foi um presente de aniversário.

Theophilos apontou para algumas manchas no tapete.

— Aquelas manchas são de sangue. — Ele pegou uma faca caída no chão, tomando cuidado para não tocar no cabo. A lâmina se achava coberta de sangue. — Já tinha visto esta faca antes, senhor?

Demiris lançou um olhar rápido.

— Não. Está querendo dizer que ela morreu?

— Sem dúvida é uma possibilidade, senhor. Encontramos gotas de sangue na areia, a caminho do mar.

— Oh, Deus! — exclamou Demiris.

— Felizmente para nós, há algumas impressões digitais nítidas na faca.

Demiris arriou numa poltrona.

— O que significa que descobrirão o responsável.

— Se as impressões digitais estiverem arquivadas. Há impressões por toda a casa. Teremos de separá-las. Se não se importa, Sr. Demiris, gostaríamos de tirar suas impressões digitais, a fim de podermos eliminá-las logo.

Demiris hesitou.

— Claro.

— O sargento ali pode cuidar disso.

Demiris foi até um policial uniformizado, que segurava uma almofada de impressões digitais.

— Basta encostar os dedos aqui, senhor. — Um momento depois já estava feito. — Deve compreender que é apenas uma formalidade.

— Eu compreendo.

O tenente Theophilos estendeu para Demiris um pequeno cartão de visitas.

— Sabe alguma coisa sobre isto, Sr. Demiris?

Demiris olhou para o cartão "Agência de Detetives Katelanos — Investigações Particulares". Devolveu o cartão.

— Não. Tem algum significado?

— Não sei. Estamos verificando.

— Quero que façam tudo o que puderem para descobrir o responsável. E avise-me se tiver notícias de minha esposa.

O tenente Theophilos fitou-o nos olhos e acenou com a cabeça.

— Não se preocupe, senhor. Claro que avisaremos.

Melina. A jovem maravilhosa, atraente, inteligente e divertida. E fora bastante maravilhoso no começo. E depois ela assassinara o filho deles e para isso nunca poderia haver perdão... apenas a sua morte.

O telefonema veio ao meio-dia, no dia seguinte. Constantin Demiris se encontrava no meio de uma reunião quando a secretária tocou a campainha do interfone.

— Com licença, Sr. Demiris...

— Eu disse que não queria ser incomodado.

— Sei disso, senhor, mas há um inspetor Lavanos na linha. Ele diz que é urgente. Quer que eu diga a ela para...?

— Não. Vou atender.

Demiris virou-se para os homens sentados em torno da mesa de reuniões.

— Com licença por um momento, senhores. — Ele encostou o fone no ouvido.

— Demiris.

— Aqui é o inspetor Lavanos, Sr. Demiris, da chefatura de polícia. Temos algumas informações que achamos que podem interessá-lo. Seria conveniente vir agora à chefatura?

— Tem notícias de minha esposa?

— Prefiro não falar sobre isso pelo telefone, se não se importa.

Demiris hesitou apenas por um instante.

— Já estou indo. — Ele desligou e olhou para os outros. — Surgiu um problema urgente. Por que não continuam aqui e discutem a proposta que apresentei? Voltarei a tempo de acompanhá-los no almoço.

Houve um murmúrio geral de concordância. Cinco minutos depois, Demiris estava a caminho da chefatura.

HAVIA MEIA DÚZIA de homens à sua espera no gabinete do comissário de polícia. Demiris reconheceu os policiais que já encontrara na casa da praia.

— ...e este é o promotor especial Delma.

Delma era baixo e atarracado, com sobrancelhas espessas, rosto redondo e olhos céticos.

— O que aconteceu? — perguntou Demiris. — Têm alguma notícia de minha esposa?

O inspetor-chefe disse:

— Para ser franco, Sr. Demiris, descobrimos algumas coisas que nos deixaram perplexos. Esperamos que possa nos ajudar.

— Infelizmente, não há muito que eu possa fazer para ajudá-los. Todo esse incidente é tão chocante...

— Tinha um encontro marcado com sua esposa na casa da praia por volta das 15 h de ontem?

— Como? Não. A Sra. Demiris telefonou e pediu que fosse encontrá-la ali às 19 h.

O promotor Delma interveio, suavemente:

— Esta é uma das coisas que nos deixaram perplexos. Uma criada de sua casa contou-nos que telefonou para sua esposa por volta das 14 h e pediu a ela que fosse à casa da praia sozinha e o esperasse.

Demiris franziu o rosto.

— Ela está confusa. Minha esposa telefonou e pediu-me que fosse encontrá-la ali às 19 h.

— Entendo. Então a criada se enganou.

— Claro que sim.

— Sabe que motivo sua esposa poderia ter para lhe pedir que fosse à casa da praia?

— Imagino que ela queria tentar me dissuadir do pedido de divórcio.

— Disse à sua esposa que ia se divorciar?

— Isso mesmo.

— A criada nos contou que ouviu uma conversa telefônica em que a Sra. Demiris lhe disse que *ela* ia pedir o divórcio.

— Não estou interessado no que a criada disse. Terão de aceitar minha palavra.

— Sr. Demiris, guarda calções de banho na casa da praia?

— Na casa da praia? Não. Deixei de nadar no mar há vários anos. Uso a piscina na casa da cidade.

O inspetor-chefe abriu uma gaveta da escrivaninha e tirou um calção num saco de plástico. Tirou-o e levantou para que Demiris visse.

— Este calção é seu, Sr. Demiris?

— Pode ser.

— Tem as suas iniciais.

— Acho que o reconheço. É meu.

— Encontramos este calção no fundo de um armário na casa da praia.

— E daí? Provavelmente foi deixado lá há muito tempo. Por quê...?

— Ainda estava molhado da água do mar. A análise mostrou que é a mesma água na frente de sua casa. O calção está coberto de sangue.

A sala se tornava cada vez mais quente.

— Então alguém deve tê-lo posto lá — declarou Demiris, firme.

O promotor especial indagou:

— Por que alguém faria isso, Sr. Demiris? É uma das coisas que estão nos perturbando.

O inspetor-chefe abriu um pequeno envelope em cima da mesa e tirou um botão de ouro.

— Um dos meus homens encontrou isto debaixo de um tapete na casa da praia. Reconhece?

— Não.

— Saiu de um dos seus paletós. Tomamos a liberdade de mandar um detetive à sua casa esta manhã para verificar seu guarda-roupa. Faltava um botão num dos paletós. A linha combina. E o paletó veio da lavanderia há apenas uma semana.

— Eu não...

— Sr. Demiris, disse que declarou à sua esposa que queria o divórcio e que ela tentava dissuadi-lo?

— Isso mesmo.

O inspetor-chefe levantou o cartão de visitas que fora mostrado a Demiris na casa da praia no dia anterior.

— Um de nossos homens visitou hoje a Agência de Detetives Katelanos.

— Já falei... nunca ouvi falar deles.

— Sua esposa contratou-os para que a protegessem.

A notícia foi um choque.

— Melina? Proteger do quê?

— Do senhor. Segundo o proprietário da agência, sua esposa ameaçava-o com o divórcio e o senhor disse a ela que a mataria se insistisse. Ele perguntou por que ela não procurava a polícia para pedir proteção, e sua esposa respondeu que queria manter o problema em particular. Não queria publicidade.

Demiris levantou-se.

— Não vou continuar aqui para ouvir essas mentiras. Não há...

O inspetor-chefe enfiou a mão numa gaveta e tirou a faca manchada de sangue que fora encontrada na casa da praia.

— Disse ao policial na casa da praia que nunca tinha visto antes esta faca?

— Disse.

— Suas impressões digitais estão na faca.

Demiris olhava fixamente para a faca.

— Minhas... minhas impressões digitais? Deve haver algum engano. Isso é impossível.

A mente de Demiris funcionava a toda. Repassou num instante as provas que se acumulavam contra ele: a criada dizendo que telefonara para Melina às 14 h da tarde e lhe pedira que fosse sozinha para a casa da praia... um calção seu com manchas de sangue... um botão arrancado de seu paletó... uma faca com suas impressões digitais...

— Será que não percebem, seus idiotas? É uma trama para me incriminar! Alguém levou esse calção para a casa da praia, derramou um pouco de sangue nele e na faca, arrancou um botão do meu paletó e...

O promotor especial interrompeu-o:

— Sr. Demiris, pode explicar como suas impressões digitais foram parar na faca?

— Eu... eu não sei... Esperem! Claro, claro, estou lembrando agora. Melina me pediu para abrir um embrulho para ela. Essa deve ter sido a faca que ela me deu. É por isso que tem minhas impressões digitais.

— Entendo. O que havia no embrulho?

— Eu... eu não sei.

— Não sabe o que havia no embrulho?

— Não. Apenas cortei o barbante. Ela não abriu o embrulho na minha frente.

— Pode explicar as manchas de sangue no tapete e na areia levando ao mar ou... ?

— É óbvio! — exclamou Demiris. — Tudo o que Melina precisava fazer era se cortar um pouco e depois caminhar para a água, a fim de todos pensarem que a matei. Ela está tentando se vingar de mim porque eu disse que pediria o divórcio. Neste momento está escondida em algum lugar, rindo, porque pensa que vocês vão me prender. Melina está tão viva quanto eu.

O promotor especial disse, solenemente:

— Eu gostaria que fosse verdade, senhor. Tiramos o corpo do mar esta manhã. Ela foi apunhalada e afogada. Está preso, Sr. Demiris, pelo assassinato de sua esposa.

Capítulo 24

NO COMEÇO MELINA não tinha a menor ideia de como poderia fazer. Sabia apenas que o marido tencionava destruir a ela e a seu irmão, e que não podia permitir que isso acontecesse. Era preciso deter Costa de alguma forma. Sua vida não tinha mais importância, pois os dias e noites eram povoados pelo sofrimento e humilhação. Lembrou como Spyros tentara alertá-la contra o casamento. *Não pode casar com Demiris. Ele é um monstro. Vai destruí-la.* Spyros tinha toda razão. Só que ela estava apaixonada demais para escutar. Agora, seu marido devia ser destruído. Mas como? *Pense como Costa.* E foi o que ela fez. Pela manhã, Melina já havia definido todos os detalhes. Depois disso, o resto era simples.

Constantin Demiris trabalhava em seu estúdio quando Melina entrou. Ela carregava um embrulho com um barbante grosso. E tinha um facão de carne na mão.

— Costa, poderia cortar este barbante para mim? Não consigo.

Ele levantou os olhos para ela e disse, impaciente:

— Nem poderia. Onde já se viu segurar uma faca pela lâmina? — Ele pegou a faca e começou a cortar o barbante. — Não poderia pedir a um dos criados para fazer isso?

Melina não respondeu. Demiris acabou de cortar o barbante.

— Pronto!

Ele largou a faca e Melina pegou-a pela lâmina, com todo cuidado. Fitou-o e disse:

— Não podemos continuar assim, Costa. Eu ainda amo você. E ainda deve sentir alguma coisa por mim. Lembra dos tempos maravilhosos que passamos juntos? Lembra da noite de nossa lua de mel em que...

— Pelo amor de Deus! — interrompeu-a Demiris, rispidamente. — Será que não entende? Está acabado. Não aguento mais você. Saia logo daqui. Você me deixa enojado.

Melina ficou parada em silêncio por um momento, antes de dizer, suavemente:

— Está bem. Seja como você quiser.

Ela virou-se e saiu da sala, levando a faca.

— Esqueceu o embrulho! — gritou Demiris.

Ela já desaparecera.

MELINA FOI AO QUARTO de vestir do marido e abriu um armário. Havia cem ternos pendurados ali, com uma seção especial para os paletós esportes. Ela pegou um desses e arrancou um botão de ouro. Guardou o botão em seu bolso.

Em seguida abriu uma gaveta e tirou um calção do marido, com as suas iniciais. *Estou quase pronta*, pensou Melina.

A AGÊNCIA DE Detetives Katelanos ficava na rua Sofokleous, num prédio antigo e desbotado, na esquina. Melina foi introduzida na sala do dono da agência, Sr. Katelanos, um homem pequeno e calvo, com um bigodinho fino.

— Bom-dia, Sra. Demiris. Em que posso ajudá-la?

— Preciso de proteção.

— Que tipo de proteção?

— De meu marido.

Katelanos franziu o rosto. Farejava encrenca. Não era absolutamente o tipo de caso que esperava. Seria uma insensatez fazer qualquer coisa que pudesse ofender um homem tão poderoso como Demiris.

— Já pensou em procurar a polícia?

— Não posso. Não quero publicidade. Quero manter o assunto na maior discrição. Disse a meu marido que ia pedir o divórcio e ele ameaçou me matar se insistisse. Foi por isso que vim procurá-lo.

— Entendo. O que deseja exatamente que eu faça?

— Quero que destaque alguns homens para minha proteção.

Katelanos estudou-a por algum tempo. *Ela é uma linda mulher*, ele pensou. *E obviamente neurótica.* Era inconcebível que o marido quisesse lhe fazer qualquer mal. Provavelmente era alguma desavença conjugal que acabaria em poucos dias. Mas, enquanto isso, ele poderia cobrar altos honorários. Katelanos concluiu que valia o risco.

— Está certo. Tenho um bom homem que posso designar para acompanhá-la. Quando gostaria que ele começasse?

— Na segunda-feira.

Então ele estava certo. Não havia urgência. Melina Demiris levantou-se.

— Eu telefonarei. Tem um cartão de visitas?

— Claro. — Katelanos entregou seu cartão e acompanhou-a até a porta. *É uma boa cliente para ter na lista*, ele pensou. *Seu nome impressionará os outros clientes.*

Ao voltar para casa, Melina ligou para o irmão.

— Spyros, tenho uma notícia. — Sua voz transbordava de excitamento. — Costa quer uma trégua.

— Como assim? Não confio nele, Melina. Deve ser alguma espécie de truque. Ele...

— Não, Spyros, é sério. Ele concluiu que é uma estupidez vocês dois brigarem durante todo o tempo. Quer ter paz na família.

Houve um momento de silêncio.

— Não sei, não...

— Pelo menos dê-lhe uma chance. Ele quer que você o encontre na cabana em Acrocorinth às 15 h.

— É uma viagem de carro de três horas. Por que não podemos nos encontrar na cidade?

— Ele não disse, mas se isso vai representar a paz...

— Está bem, Melina, irei ao encontro. Mas faço isso por você.

— Por nós — respondeu Melina. — Adeus, Spyros.

— Adeus.

MELINA TELEFONOU para Constantin no escritório. Ele atendeu com voz brusca:

— O que você quer? Estou ocupado.

— Acabo de receber um telefonema de Spyros. Ele quer fazer as pazes com você.

Houve uma risada curta, desdenhosa.

— Posso apostar. Quando eu acabar com ele, terá toda a paz que quiser.

— Ele disse que não vai mais competir com você, Costa. Está disposto a lhe vender sua frota.

— Vender sua... Tem certeza? — A voz de Demiris indicava subitamente o maior interesse.

— Tenho sim. Ele disse que já não aguenta mais.

— Muito bem. Diga a ele para mandar seus contadores a meu escritório e...

— Não. Ele quer se encontrar com você esta tarde, às 15 h, em Acrocorinth.

— Na cabana de caça?

— Isso mesmo. É um lugar isolado. Serão apenas vocês dois. Ele não quer que a notícia se espalhe.

Posso imaginar, pensou Demiris, com satisfação. *Quando a notícia se espalhar, ele será alvo de risadas de todo mundo.*

— Combinado, Melina. Pode dizer a ele que estarei lá.

A VIAGEM PARA Acrocorinth era longa, por estradas sinuosas através de campos viçosos, recendendo aos odores de uvas, limões e feno. Spyros Lambrou passou por ruínas antigas pelo caminho. A distância, divisou as colunas caídas de Elefsis, os altares em ruínas de deuses inferiores. E pensou em Demiris.

LAMBROU FOI o primeiro a chegar. Parou na frente da cabana e ficou sentado no carro por um momento, pensando sobre o encontro iminente. Constantin queria mesmo uma trégua ou seria apenas mais uma de suas armadilhas? Se lhe acontecesse alguma coisa, pelo menos Melina sabia para onde ele fora. Spyros saltou do carro e encaminhou-se para a cabana deserta.

Era uma antiga e aprazível construção antiga de madeira, com uma vista de Corinto a distância. Quando menino, Spyros Lambrou passava os fins de semana ali, com o pai, caçando pequenos animais nas montanhas. Agora, estava atrás de uma caça maior.

CONSTANTIN DEMIRIS chegou quinze minutos depois. Viu Spyros lá dentro, esperando, o que lhe proporcionou uma grande exultação. *Depois de tantos anos, o homem finalmente está disposto a admitir sua derrota.* Ele saltou do carro e entrou na cabana. Os dois homens ficaram ali, olhando um para o outro em silêncio, por um longo momento.

— E então, meu caro cunhado — Demiris acabou dizendo —, finalmente chegamos ao final da estrada.

— Quero que essa loucura acabe, Costa. Já foi longe demais.

— Concordo plenamente. Quantos navios você tem, Spyros?

Lambrou ficou surpreso.

— Como?

— Quantos navios você tem? Comprarei todos. Com um desconto substancial, é claro.

Lambrou não podia acreditar no que estava ouvindo.

— Comprar meus navios?

— Estou disposto a comprar todos. Serei assim o maior armador do mundo.

— Está louco? O que o faz pensar que eu venderia meus navios?

Foi a vez de Demiris reagir.

— É para isso que estamos nos encontrando aqui, não é mesmo?

— Estamos nos encontrando aqui porque você pediu uma trégua.

A expressão de Demiris tornou-se sombria.

— Eu... Quem lhe disse isso?

— Melina.

A verdade surgiu para os dois no mesmo instante.

— Ela disse que eu queria uma trégua?

— E disse que eu queria vender meus navios?

— A sacana estúpida! — exclamou Demiris. — Acho que pensou que nos reunindo poderíamos chegar a algum acordo. Ela é mais idiota do que você, Lambrou. Desperdicei uma tarde inteira com isso.

Constantin Demiris virou-se e saiu, furioso. Spyros Lambrou ficou olhando para ele, enquanto pensava: *Melina não deveria ter mentido para nós. Deveria saber que não há a menor possibilidade de seu marido e eu fazermos as pazes. Não agora. É tarde demais. Sempre foi tarde demais.*

Às 13h30 daquela tarde, Melina tocou a campainha, chamando a criada.

— Andrea, pode me trazer um chá, por favor?

— Pois não, madame.

A criada saiu. Ao voltar com a bandeja do chá, dez minutos depois, a patroa falava pelo telefone. Seu tom era irritado.

— Não, Costa, já tomei minha decisão. Quero o divórcio e farei com que seja tão litigioso e público quanto possível.

Embaraçada, Andrea largou a bandeja e começou a se retirar. Melina acenou para que ela ficasse. E continuou a falar para o telefone mudo:

— Pode me ameaçar quanto quiser. Não vou mudar de ideia... Nunca... Não me importo com o que você diga... Não me assusta, Costa. ...Não... De que adiantaria? ... Está certo. Vou me encontrar com você na casa da praia, mas posso garantir que não vai adiantar. Muito bem, irei sozinha. Dentro de uma hora? Combinado.

Lentamente, Melina repôs o fone no gancho, com uma expressão preocupada. Virou-se para Andrea.

— Vou me encontrar com meu marido na casa da praia. Se eu não voltar até às 18h, quero que chame a polícia.

Andrea engoliu em seco, nervosamente.

— Gostaria que o mordomo guiasse o carro?

— Não. O Sr. Demiris me pediu para ir sozinha.

— Pois não, madame.

Havia mais uma coisa a fazer. A vida de Catherine Alexander corria perigo. Ela devia ser avisada. Era alguém da delegação que jantara na casa. *Não tornará a vê-la. Mandei alguém eliminá-la.* Melina fez uma ligação para o escritório do marido em Londres.

— Tem uma Catherine Alexander trabalhando aí?

— Ela não está no momento. Não deseja falar com outra pessoa?

Melina hesitou. Sua mensagem era urgente demais para confiar a outra pessoa, mas não teria tempo para outra ligação. Lembrou que Costa mencionara um tal de Wim Vandeen, um gênio no escritório.

— Posso falar com o Sr. Vandeen?

— Um momento, por favor.

Uma voz de homem entrou na linha:

— Alô?

Melina mal conseguiu entendê-lo.

— Tenho um recado para Catherine Alexander. É muito importante. Poderia transmitir a ela, por favor?

— Catherine Alexander.

— Isso mesmo. Diga a ela... diga a ela que sua vida corre perigo. Alguém vai tentar matá-la. Creio que pode ser um dos homens que chegaram de Atenas.

— Atenas...

— Isso.

— Atenas tem uma população de oitocentos e seis mil...

Parecia que era impossível fazer o homem compreender. Melina desligou. Tentara o melhor que podia.

WIM CONTINUOU sentado à sua mesa, digerindo a conversa pelo telefone. *Alguém está tentando matar Catherine. Cento e quatorze assassinatos foram cometidos na Inglaterra este ano, Catherine elevará o número para cento e quinze. Um dos homens que chegaram de Atenas. Jerry Haley. Yves Renard. Dino Mattusi. Um deles vai matar Catherine.* A mente de computador de Wim analisou instantaneamente todos os dados sobre os três homens. *Acho que sei qual deles.*

Mais tarde, quando Catherine voltou ao escritório, Wim nada lhe falou sobre o telefonema.

Estava curioso, queria descobrir se acertara.

CATHERINE SAÍA a cada noite com um membro diferente da delegação. Ao voltar ao trabalho, pela manhã, Wim estava ali, esperando. Parecia desapontado ao vê-la.

Quando ela vai deixar o homem matá-la?, especulava Wim. Talvez devesse falar a ela sobre o recado pelo telefone. Mas isso seria trapaça. Não era justo alterar as chances.

Capítulo 25

A VIAGEM PARA A CASA da praia levou uma hora no relógio e vinte anos em lembranças. Havia muita coisa para Melina pensar, tanto a recordar. Costa, jovem e bonito, dizendo: *Você foi enviada dos céus para ensinar aos mortais o que é a beleza. Está além da lisonja. Nada que eu dissesse jamais lhe faria justiça...* Os cruzeiros maravilhosos em seu iate e as férias idílicas em Psara... Os dias de adoráveis presentes de surpresa e as noites de amor delirantes. E depois o aborto, a sucessão de amantes de Costa, a ligação com Noelle Page. E as surras e humilhações públicas. *Você não tem nada por que viver,* ele dissera. *Por que não se mata?* E, finalmente, a ameaça de destruir Spyros.

Era isso que, em última análise, Melina não pudera suportar.

O LOCAL ESTAVA deserto quando Melina chegou na casa da praia. O céu se achava nublado e um vento frio soprava do mar. *Um presságio,* ela pensou.

Entrou na casa aprazível e confortável, olhou ao redor pela última vez.

E depois começou a virar os móveis e quebrar os abajures. Rasgou o vestido e largou-o no chão. Tirou o cartão da agência de detetives e pôs na mesa. Levantou o tapete e largou o botão de ouro embaixo. Depois, tirou do pulso o relógio de ouro que Costa lhe dera e quebrou-o contra a mesa.

Pegou o calção do marido que trouxera da casa e levou-o para a praia. Molhou-o no mar e voltou para a casa. Agora, só restava uma coisa a fazer. *Chegou o momento*, ela pensou. Respirou fundo, pegou a faca e desembrulhou-a, tomando cuidado para não mexer no papel de seda que cobria o cabo. Estendeu a mão, olhando para a faca. Aquela era a parte crucial. Tinha de apunhalar a si mesma, o suficiente para dar a impressão de que fora assassinato, e ao mesmo tempo continuar com forças para executar o resto do plano.

Fechou os olhos e cravou a faca no flanco.

A dor foi intensa. O sangue começou a escorrer. Melina comprimiu o calção do marido contra o ferimento. Depois que estava encharcado de sangue, levou-o para um armário e empurrou-o para o fundo. Começava a se sentir tonta. Olhou ao redor, certificando-se de que não esquecera coisa alguma, depois cambaleou para a porta que levava à praia, o sangue manchando o tapete.

Avançou para o mar. O sangue escorria mais depressa agora e ela pensou: *Não vou conseguir. Costa vencerá. Não posso permitir que isso aconteça.*

A caminhada até o mar pareceu se prolongar por uma eternidade. *Só mais um passo*, ela pensava. *Só mais um passo.*

Continuou a andar, lutando contra a vertigem que a dominava. A visão começou a se toldar. Caiu de joelhos. *Não posso parar agora.* Levantou e continuou a andar, até sentir a água fria batendo em seus pés.

Quando a água salgada atingiu o ferimento, ela soltou um grito, com a dor insuportável. *Estou fazendo isso por Spyros*, ela pensou. *O querido Spyros.*

Podia ver a distância uma nuvem baixa, pairando sobre o horizonte. Começou a nadar em sua direção, deixando para trás uma esteira de sangue. E um milagre aconteceu. A nuvem baixou para ela, pôde sentir a suave brancura envolvendo-a, acariciando-a. A dor desaparecera agora, ela experimentava uma maravilhosa sensação de paz.

Vou para casa, pensou Melina, feliz. *Finalmente vou para casa.*

Capítulo 26

E*STÁ PRESO PELO assassinato de sua esposa.*

Depois disso, tudo parecia acontecer em câmara lenta. Ele foi fichado, tornaram a tirar suas impressões digitais. Bateram sua foto e levaram-no para uma cela de prisão. Era incrível que se atrevessem a fazer isso com ele.

— Chamem Peter Demonides. Digam a ele que quero vê-lo imediatamente.

— O Sr. Demonides foi afastado de suas funções e está sob investigação.

Então não havia a quem recorrer. *Eu me livrarei dessa*, ele pensou. *Sou Constantin Demiris.*

Ele pediu que chamassem o promotor especial. Delma chegou à prisão uma hora depois.

— Pediu para me falar?

— Pedi, sim. Soube que ficou determinado que minha esposa morreu às 15 h.

— É verdade.

— Nesse caso, antes de embaraçá-lo e à polícia ainda mais, posso provar que não me encontrava nem perto da casa da praia a esta hora.

— Pode provar isso?

— Claro. Tenho uma testemunha.

Estavam sentados na sala do comissário de polícia quando Spyros Lambrou chegou. O rosto de Demiris iluminou-se ao vê-lo.

— Graças a Deus que você está aqui, Spyros! Esses idiotas pensam que matei Melina. Mas você sabe que eu não poderia tê-lo feito. Diga a eles.

Spyros Lambrou franziu o rosto.

— Dizer o quê?

— Melina foi morta às 15 h de ontem. Nós dois estávamos juntos em Acrocorinth às 15 h. Eu não poderia chegar à casa da praia antes das sete horas. Fale a eles sobre o nosso encontro.

Spyros Lambrou fitava-o fixamente.

— Que encontro?

O sangue começou a se esvair do rosto de Demiris.

— O... o encontro que tivemos ontem. No pavilhão de caça em Acrocorinth.

— Você deve estar confuso, Costa. Passei a tarde de ontem andando de carro, sozinho. Não vou mentir por você.

Constantin Demiris foi dominado pela raiva.

— Não pode fazer isso! — Ele agarrou as lapelas do paletó de Lambrou. — Conte a verdade!

Spyros Lambrou empurrou-o.

— A verdade é que minha irmã está morta e você a assassinou.

— Mentiroso! — berrou Demiris. — Mentiroso! — Ele tornou a avançar para Lambrou e foi contido por dois policiais. — Seu filho da puta! Sabe que sou inocente!

— Os juízes decidirão isso. E acho que você precisa de um bom advogado.

E Constantin Demiris compreendeu que só havia um homem que poderia salvá-lo.

Napoleon Cotas.

Capítulo 27

Arquivo Confidencial
Transcrição da Sessão com Catherine Douglas

C: Acredita em premonições, Alan?

A: Não são cientificamente aceitas, mas, para ser franco, eu acredito. Vem tendo premonições?

C: Venho, sim. Tenho o pressentimento de que algo terrível está prestes a me acontecer.

A: É parte do seu sonho antigo?

C: Não. Já contei que o Sr. Demiris mandou alguns homens de Atenas...

A: Já me falou sobre isso.

C: Ele me pediu para ajudá-los em tudo, e por isso os vejo com frequência.

A: Sente-se ameaçada por eles?

C: Não... não exatamente. É difícil explicar. Eles não fizeram nada, mas... continuo a esperar que alguma coisa aconteça. Alguma coisa horrível. Isso faz algum sentido para você?

A: Fale-me sobre os homens.

C: Há um francês, Yves Renard. Insiste em visitarmos museus, mas quando chegamos lá percebo que ele não está interessado. Pediu-me para levá-lo a Stonehenge neste sábado. Há também Jerry Haley. É americano. Parece bastante simpático, mas há algo desconcertante nele. E há ainda Dino Mattusi. É supostamente um executivo na companhia do Sr. Demiris, mas faz muitas perguntas cujas respostas devia conhecer. Convidou-me para um passeio no campo. Pensei em levar Wim junto... E isso é outro problema.

A: Como assim?

C: Wim tem se comportado de maneira estranha.

A: De que forma?

C: Quando chego ao escritório pela manhã, Wim está sempre à minha espera. Nunca fez isso antes. E quando me vê, parece quase irritado com minha presença. Nada disso faz sentido, não é mesmo?

A: Tudo faz sentido, depois que se encontra a explicação, Catherine. Não teve mais sonhos?

C: Tive um sonho com Constantin Demiris. Bastante vago.

A: Conte-me o que lembra.

C: Perguntei a ele por que era tão gentil comigo, por que me deu o emprego em Londres e um lugar para morar. E por que me deu o broche de ouro.

A: E o que ele respondeu?

C: Não me lembro. Acordei gritando.

O Dr. Alan Hamilton estudou a transcrição com toda atenção, procurando trilhas sem marcas do subconsciente, em busca de uma pista que explicasse o que perturbava Catherine. Estava mais ou menos convencido de que a apreensão de Catherine relacionava-se com o fato dos estranhos terem vindo de Atenas, que era o cenário de seu passado traumático. A parte sobre Wim deixava-o perplexo. Catherine estaria imaginando coisas? Ou Wim se comportava de uma maneira atípica? *Devo ver Wim daqui a algumas semanas*, pensou Alan. *Talvez seja melhor antecipar sua consulta.*

Alan pensou em Catherine. Tinha a regra de nunca se envolver emocionalmente com os pacientes, mas Catherine era alguém especial. Era linda, vulnerável e... *O que devo fazer? Não posso me permitir pensar dessa maneira. Preciso me concentrar em outra coisa.* Mas seus pensamentos insistiam em voltar a Catherine.

CATHERINE NÃO conseguia tirar Alan Hamilton da cabeça. *Não seja tola*, ela disse a si mesma. *Ele é casado. Todas as pacientes se sentem assim em relação a seus analistas.* Mas nada do que Catherine pensava podia ajudar. *Talvez eu devesse procurar um analista para falar do meu analista.*

Tornaria a ver Alan dentro de dois dias. *Talvez seja melhor cancelar a consulta*, pensou Catherine, *antes de me aprofundar ainda mais. Mas já é tarde demais.*

NA MANHÃ DO DIA da sessão com Alan, Catherine vestiu-se com o maior cuidado e foi ao salão de beleza. *Como não tornarei a vê-lo depois de hoje*, pensou Catherine, *não há mal nenhum em parecer bonita.*

SUA DETERMINAÇÃO se desvaneceu no instante em que entrou na sala de Alan. *Por que ele tem de ser tão atraente? Por que não nos conhecemos antes de seu casamento? Por que ele não me conheceu quando eu era um ser humano normal e são? Mas, por outro lado, se eu fosse um ser humano normal e são, nem o teria conhecido, não é mesmo?*

— O que foi mesmo que disse?

Catherine compreendeu que falara em voz alta. Chegara o momento de lhe dizer que seria sua última visita. Ela respirou fundo.

— Alan... — E sua determinação acabou. Ela olhou para a fotografia na mesa. — Há quanto tempo você é casado?

— Casado? — Ele acompanhou o olhar de Catherine. — Oh, não! Essa é minha irmã e seu filho.

Catherine sentiu uma onda de alegria percorrê-la.

— Mas isso é maravilhoso! Isto é, ela... ela parece maravilhosa.

— Você está bem, Catherine?

Kirk Reynolds sempre lhe perguntava isso. *Eu não estava bem naquela ocasião*, pensou Catherine, *mas agora estou.*

— Estou bem, Alan. Você não é casado?

— Não.

Quer jantar comigo? Quer me levar para a cama? Quer casar comigo? Se ela dissesse qualquer dessas coisas em voz alta, Alan pensaria que estava realmente louca. *Talvez eu esteja.* Ele a observava, com o rosto franzido.

— Catherine, acho que não podemos continuar com estas sessões. Hoje será nosso último dia.

Ela sentiu um frio no coração.

— Por quê? Fiz alguma coisa...?

— Não... não é você. Num relacionamento profissional desse tipo, o analista não pode se envolver emocionalmente com uma paciente.

Ela o fitava fixamente agora, os olhos brilhando.

— Está dizendo que se tornou emocionalmente envolvido comigo?

— Isso mesmo. E por esse motivo, devo...

— Tem toda razão! — exclamou Catherine, na maior felicidade. — Vamos falar sobre um jantar esta noite.

Jantaram num pequeno restaurante italiano no coração do Soho. A comida podia ser deliciosa ou horrível, não fazia a menor diferença. Estavam totalmente absorvidos um no outro.

— Não é justo, Alan. Você sabe tudo a meu respeito. Fale-me de você. Nunca casou?

— Nunca. Já fui noivo.

— O que aconteceu?

— Foi durante a guerra. Vivíamos juntos num pequeno apartamento. Aconteceu durante os dias da *blitz*. Eu trabalhava no hospital e quando voltei para casa uma noite...

Catherine podia perceber a angústia em sua voz.

— ...o prédio desaparecera. Não restava coisa alguma.

Ela pôs a mão sobre a dele.

— Sinto muito.

— Levei muito tempo para superar. E jamais conheci outra mulher com quem desejasse casar.

E seus olhos acrescentaram: *até agora*. Ficaram sentados ali durante quatro horas, conversando sobre tudo — teatro, medicina, a situação do mundo; mas a verdadeira conversa era muda. Era a eletricidade que se acumulava entre os dois. Ambos podiam senti-la. Havia uma tensão sexual entre eles que era opressiva. Alan finalmente abordou o assunto:

— Catherine, o que eu disse esta manhã sobre o relacionamento médico-paciente...

— Fale-me sobre isso no seu apartamento.

Despiram-se juntos, depressa e ansiosos. Enquanto tirava as roupas, Catherine pensou na maneira como se sentira com Kirk Reynolds e como era diferente agora. *A diferença está no amor*, refletiu Catherine. *Estou apaixonada por este homem*. Ela deitou-se na cama, esperando-o; e quando ele chegou e enlaçou-a, desapareceram por completo todas as preocupações, todos os temores de nunca mais ser capaz de se relacionar com um homem. Acariciaram os corpos um do outro, explorando, primeiro ternamente, depois com intensidade, até que a necessidade tornou-se frenética e desesperada. Uniram-se e Catherine gritou de pura felicidade. *Sou inteira outra vez!*, ela pensou. *Obrigada!*

Ficaram deitados, exaustos. Catherine aninhou Alan em seus braços, não querendo largá-lo nunca mais. Quando foi capaz de falar de novo, ela balbuciou, a voz trêmula:

— Você sabe muito bem como tratar uma paciente, doutor.

Capítulo 28

CATHERINE SOUBE da prisão de Constantin Demiris pelo assassinato da esposa através dos jornais. Foi um tremendo choque. Quando chegou ao escritório, havia uma mortalha cobrindo tudo.

— Já soube do que aconteceu? — lamuriou-se Evelyn. — O que vamos fazer?

— Continuaremos a trabalhar exatamente como ele gostaria que fizéssemos. Tenho certeza que houve um grande equívoco. Tentarei telefonar para ele.

Mas Constantin Demiris estava inacessível.

CONSTANTIN DEMIRIS era o mais importante prisioneiro que a Prisão Central de Atenas já abrigara. O promotor dera ordens para que não fosse dispensado um tratamento especial a Demiris. Ele exigira diversas coisas: acesso a telefones, máquinas de telex e um serviço de mensageiros. Os pedidos foram negados.

Demiris passava a maior parte das horas de vigília e também das horas de sono tentando descobrir quem matara Melina.

No começo, presumira que um assaltante fora surpreendido por Melina quando saqueava a casa da praia e a matara. Mas no momento em que a polícia apresentara as provas contra ele, Demiris compreendera que estava sendo incriminado. A dúvida era uma só: por quem? A pessoa lógica era Spyros Lambrou, mas a fraqueza dessa teoria era o fato de Lambrou amar a irmã mais do que qualquer outra pessoa no mundo. Nunca lhe faria qualquer mal.

As suspeitas de Demiris desviaram-se para a quadrilha com a qual Tony Rizzoli estivera envolvido. Talvez tivessem descoberto o que ele fizera com Rizzoli e agora se vingavam. Mas Constantin Demiris descartara prontamente a possibilidade. Se a Máfia quisesse se vingar, bastaria firmar um contrato contra ele.

E assim, sentado sozinho em sua cela, Demiris pensava e pensava, tentando deslindar o enigma do que acontecera. Ao final, depois de esgotar todas as outras possibilidades, só restava uma conclusão possível: Melina cometera suicídio. Matara-se e o incriminara por sua morte. Demiris pensou no que fizera com Noelle Page e Larry Douglas e a ironia amarga era a de que agora se encontrava exatamente na mesma situação em que os pusera! Seria julgado por um homicídio que não cometera.

O CARCEREIRO estava na porta da cela.

— Seu advogado está aqui.

Demiris se levantou e acompanhou o carcereiro para uma pequena sala de reuniões. O advogado o esperava. Seu nome era Vassiliki. Tinha cinquenta e poucos anos, cabelos grisalhos abundantes e o perfil de um artista de cinema. Possuía a reputação de ser um advogado criminalista de primeira categoria. Isso seria suficiente?

— Vocês têm quinze minutos — avisou o carcereiro, retirando-se em seguida.

— E então? — perguntou Demiris. — Quando vai me tirar daqui? Para que estou lhe pagando?

— Infelizmente, Sr. Demiris, não é tão simples assim. O promotor recusa-se...

— O promotor é um idiota. Não podem me manter aqui. O que me diz de uma fiança? Darei qualquer dinheiro que pedirem.

Vassiliki passou a língua pelos lábios, nervosamente.

— A fiança foi negada. Examinei as provas que a polícia apresentou, Sr. Demiris. São... bastante prejudiciais.

— Prejudiciais ou não, o fato é que não matei Melina. Sou inocente!

O advogado engoliu em seco.

— Claro, claro... O senhor... hã... tem alguma ideia de quem poderia ter matado sua esposa?

— Ninguém. Minha esposa cometeu suicídio.

— Desculpe, Sr. Demiris, mas acho que isso não será uma boa defesa. Terá de pensar em alguma coisa melhor.

E, com um frio no coração, Demiris compreendeu que ele tinha razão. Nenhum júri no mundo acreditaria em sua história.

O ADVOGADO VOLTOU a visitar Demiris no início da manhã seguinte.

— Lamento, mas tenho más notícias.

Demiris quase soltou uma gargalhada. Estava na prisão, sujeito a uma sentença de morte, e aquele imbecil dizia que tinha más notícias. O que podia ser pior do que a situação em que se encontrava?

— O que aconteceu?

— Foi seu cunhado.

— Spyros? O que houve com ele?

— Fui informado que ele procurou a polícia e disse que uma mulher chamada Catherine Douglas ainda está viva. Não estou muito a par do julgamento de Noelle Page e Larry Douglas, mas...

Constantin Demiris não escutava mais. Com toda a pressão que sofria, esquecera completamente de Catherine. Se a encontrassem e ela falasse, poderiam implicá-lo nas mortes de Noelle e Larry. Já mandara alguém a Londres para eliminá-la, mas subitamente isso era urgente. Ele inclinou-se para a frente e apertou o braço do advogado.

— Quero que mande uma mensagem para Londres imediatamente.

Ele leu a mensagem duas vezes e sentiu os primórdios de um estímulo sexual, o que sempre lhe acontecia antes de executar um contrato. Era como bancar Deus. Ele decidia quem vivia e quem morria. E sentia-se impressionado pelo poder que exercia. Mas havia um problema. Se tinha de fazer imediatamente, não haveria tempo para executar seu outro plano. Precisaria improvisar alguma coisa. Fazer com que parecesse um acidente. Naquela noite.

Capítulo 29

Arquivo Confidencial
Transcrição da Sessão com Wim Vandeen

A: Como está se sentindo hoje?

W: Bem. Vim para cá de táxi. O nome do motorista é Ronald Christie. Placa três-zero-dois-sete-um, número de certificado de táxi três-zero-sete-zero. No caminho passamos por trinta e sete Rovers, um Bentley, dez Jaguars, um Mini Minor, seis Austins, um Rolls-Royce, vinte e sete motocicletas e seis bicicletas.

A: Como está no escritório, Wim?

W: Você sabe.

A: Diga-me.

W: Odeio as pessoas lá.

A: E o que me diz de Catherine Alexander?... Wim, o que me diz de Catherine Alexander?... Wim?

W: Ah, ela. Ela não vai mais trabalhar lá.

A: Como assim?

W: Ela vai ser assassinada.

A: Como? Por que diz isso?

W: Ela me falou.

A: Catherine disse a você que seria assassinada?

W: A outra.

A: Que outra?

W: A esposa dele.

A: Esposa de quem, Wim?

W: De Constantin Demiris.

A: Ela disse a você que Catherine Alexander seria assassinada?

W: A Sra. Demiris. A esposa dele. Ela telefonou da Grécia.

A: Quem vai assassiná-la?

W: Um dos homens.

A: Está se referindo aos homens que vieram de Atenas?

W: Estou.

A: Wim, vamos encerrar a sessão agora. Tenho de sair.

W: Está bem.

Capítulo 30

O ESCRITÓRIO DA Corporação Comercial Helênica fechava às seis horas. Poucos minutos antes das seis, Evelyn e os outros funcionários preparavam-se para ir embora. Evelyn entrou na sala de Catherine.

— Está passando um bom filme no Criterion: *De Ilusão Também se Vive*. As críticas são ótimas. Não quer ir comigo esta noite?

— Não posso. De qualquer forma, obrigada, Evelyn. Prometi a Jerry Haley que o acompanharia ao teatro.

— Eles a mantêm ocupada demais, não é mesmo? Está bem. Divirta-se.

CATHERINE OUVIU os sons dos outros se retirando. E, finalmente, houve silêncio. Ela lançou um último olhar para sua mesa, certificando-se de que tudo estava em ordem, pôs o casaco, pegou a bolsa e começou a descer pelo corredor. Já se encontrava quase na porta da frente quando o telefone tocou. Catherine hesitou, sem saber se devia ou não atender. Olhou para o relógio; ia se atrasar. Voltou correndo para sua sala e tirou o fone do gancho.

— Alô?

— Catherine! — Era Alan Hamilton. Ele parecia esbaforido. — Graças a Deus a encontrei!

— Algum problema?

— Você corre grande perigo. Creio que alguém tentará matá-la.

Ela soltou um gemido baixo. Seus piores pesadelos viravam realidade. Sentiu-se subitamente tonta.

— Quem?

— Não sei. Mas quero que fique onde está. Não saia do escritório. Não fale com ninguém. Estou indo buscá-la.

— Alan, eu...

— Não se preocupe, já estou a caminho. Tranque-se na sua sala. Tudo vai acabar bem.

A linha ficou muda. Catherine repôs o fone no gancho lentamente.

— Oh, Deus!

Atanas apareceu na porta. Lançou um olhar para o rosto pálido de Catherine e adiantou-se, apressado.

— Algum problema, Srta. Alexander?

Ela virou-se para ele.

— Alguém... alguém está tentando me matar.

Ele ficou aturdido.

— Por quê? Quem... quem poderia querer fazer isso?

— Não sei.

Ouviram uma batida na porta da frente. Atanas olhou para Catherine.

— Devo...?

— Não! — ela exclamou. — Não deixe ninguém entrar. O Dr. Hamilton está vindo para cá.

A batida na porta da frente foi repetida, mais alto.

— Pode se esconder no porão — sussurrou Atanas. — Lá estará segura.

Ela acenou com a cabeça, nervosamente.

— Está bem.

Seguiram para o fundo do corredor, até a porta que levava ao porão.

— Quando o Dr. Hamilton chegar, avise-o onde estou.

— Não terá medo de ficar lá embaixo?

— Não.

Atanas acendeu uma luz e desceu na frente a escada para o porão.

— Ninguém a encontrará aqui — ele assegurou. — Não tem ideia de quem poderia querer matá-la?

Ela pensou em Constantin Demiris e em seus sonhos. *Ele vai matá-la. Mas isso era apenas um sonho.*

— Não, nenhuma.

Atanas fitou-a nos olhos e depois sussurrou:

— Acho que eu sei.

Catherine espantou-se.

— Quem?

— Eu. — E de repente havia uma faca de mola em sua mão e ele a comprimia contra a garganta de Catherine.

— Atanas, isto não é hora para brincar...

Ela sentiu a faca se comprimir ainda mais contra sua garganta.

— Já leu *Encontro em Samarra*, Catherine? Não? Ora, agora é tarde demais, não é mesmo? É sobre alguém que tentou escapar à morte. Foi para Samarra e a morte o aguardava ali. Esta é a sua Samarra, Catherine.

Era inconcebível escutar aquelas palavras aterradoras da boca de um garoto de aparência tão inocente.

— Por favor, Atanas. Você não pode...

Ele esbofeteou-a com força.

— Não posso porque sou um garoto? Eu a surpreendi? É porque sou um ator brilhante. Tenho trinta anos, Catherine. Sabe por que pareço um garoto? Porque quando estava crescendo nunca tinha o suficiente para comer. Vivia dos restos que roubava das latas de lixo à noite. — Ele mantinha a faca na garganta de Catherine, empurrando-a contra uma parede. — Quando eu era pequeno, vi os soldados estuprarem minha mãe e meu pai, depois retalharem os dois até a morte. Também me estupraram e me deixaram como morto.

Ele a obrigava a recuar, cada vez mais para o fundo do porão.

— Atanas, eu... nunca lhe fiz mal nenhum...

Ele exibiu seu sorriso infantil.

— Não é nada de pessoal, Catherine. É um negócio. Você vale cinquenta mil dólares para mim... morta.

Era como se uma cortina baixasse diante dos olhos de Catherine e ela passasse a ver através de um nevoeiro vermelho. Uma parte dela deixara o corpo, observando o que acontecia.

— Formulei um plano maravilhoso para você, mas agora o chefe está com pressa e por isso teremos de improvisar, não é mesmo?

Catherine podia sentir a ponta da faca afundando em seu pescoço. Ele deslocou a faca e cortou a frente de seu vestido.

— Bonito... muito bonito. Planejei uma festa para nós primeiro, mas como seu amigo doutor está vindo, não teremos tempo, não é mesmo? O que é uma pena para você. Sou um grande amante.

Catherine ficou imóvel, sufocada, mal conseguindo respirar. Atanas enfiou a mão no bolso interno do paletó e tirou uma garrafa pequena. Continha um líquido rosado, pálido.

— Alguma vez já bebeu *slivovic*? Vamos beber ao seu acidente, hein?

Ele afastou a faca para abrir a garrafa e, por um instante, Catherine sentiu-se tentada a fugir.

— Pode ir — disse Atanas, suavemente. — Tente. Por favor.

Catherine passou a língua pelos lábios.

— Escute, eu... pagarei o que você me pedir...

— Poupe seu fôlego. — Atanas tomou um gole da garrafa e estendeu-a para Catherine. — Beba.

— Não. Eu não...

— Beba!

Catherine pegou a garrafa e tomou um gole pequeno. O conhaque queimou sua garganta. Atanas retomou a garrafa e tomou outro gole comprido.

— Quem avisou seu amigo médico que alguém ia matá-la?

— Eu... eu não sei.

— De qualquer forma, não tem importância. — Atanas apontou para um dos grossos postes de madeira que sustentavam o teto. — Vá até ali.

Os olhos de Catherine desviaram-se para a porta. E ela sentiu a lâmina de aço pressionar seu pescoço.

— Não me obrigue a repetir.

Catherine aproximou-se do poste de madeira.

— Boa menina — murmurou Atanas. — Sente.

Ele virou-se por um instante. E nesse momento Catherine tentou fugir. Começou a correr para a escada, o coração disparado. Corria por sua vida. Alcançou o primeiro degrau e já começava a subir quando sentiu uma mão segurar sua perna e puxá-la para trás. Ele era incrivelmente forte.

— Sua vaca!

Atanas agarrou-a pelos cabelos e puxou sua cabeça.

— Tente isso de novo e quebrarei suas pernas.

Ela podia sentir a lâmina entre as omoplatas.

— Ande!

Atanas levou-a de volta ao poste de madeira e empurrou-a para o chão.

— Fique aí!

CATHERINE OBSERVOU Atanas encaminhar-se para uma pilha de caixas de papelão, amarradas com uma corda grossa. Ele cortou dois pedaços da corda e voltou.

— Ponha as mãos atrás do poste.

— Não, Atanas. Eu...

Ele desferiu um soco no lado do rosto de Catherine e o porão girou. Inclinou-se e sussurrou:

— Nunca mais diga não para mim. Faça logo o que eu mandei ou corto a porra da sua cabeça.

Catherine estendeu as mãos para trás do poste e um momento depois sentiu as cordas apertarem seus pulsos, enquanto Atanas os amarrava juntos. Podia sentir a circulação sendo interrompida.

— Por favor — ela balbuciou. — Está muito apertado.

— Ótimo!

Ele sorriu. Pegou o segundo pedaço de corda e amarrou as pernas de Catherine, pelos tornozelos. Levantou-se e acrescentou:

— Aí está. Tudo pronto e aconchegante. — Tomou outro gole da garrafa. — Quer mais um trago, Catherine?

Ela sacudiu a cabeça. Atanas deu de ombros.

— Como preferir.

Ela observou-o levar a garrafa aos lábios mais uma vez. *Talvez ele acabe embriagado e adormeça*, pensou Catherine, desesperada.

— Eu costumava beber uma garrafa dessas todos os dias — gabou-se Atanas, largando a garrafa vazia no chão de cimento. — Bom, agora vamos ao trabalho.

— O que... o que vai fazer?

— Farei um pequeno acidente. Será uma autêntica obra-prima. Posso até cobrar o dobro a Demiris.

Demiris! Então não era apenas um sonho. Ele estava por trás daquilo. Mas por quê?

Catherine observou Atanas atravessar o porão até a enorme caldeira. Ele removeu a placa externa e examinou o piloto e as oito chapas que mantinham a unidade quente. A válvula de segurança ficava dentro de uma estrutura de metal que a protegia. Atanas pegou um pedaço de madeira e enfiou na estrutura, deixando a válvula inoperante. O mostrador de calor estava fixado em 66 graus. Enquanto Catherine olhava, Atanas aumentou o controle de calor para o máximo. Satisfeito, ele voltou para junto de Catherine.

— Lembra como tivemos problemas com essa fornalha? Pois agora receio que acabará explodindo, no final das contas. — Atanas chegou mais perto de Catherine. — Quando o mostrador chegar a duzentos graus, a caldeira vai explodir. Sabe o que acontecerá então? As tubulações de gás serão rompidas e o gás pegará fogo. Todo o prédio explodirá como uma bomba.

— Você está louco! Há pessoas inocentes lá fora que...

— Não há pessoas inocentes. Vocês americanos acreditam em final feliz, não é mesmo? São uns tolos. Não há final feliz. — Ele abaixou-se e verificou a corda que prendia as mãos de Catherine atrás do poste. Os pulsos dela sangravam. A corda cortava sua carne, os nós eram muito apertados. Atanas passou as mãos lentamente pelos seios nus de Catherine, acariciando-os, depois inclinou-se e beijou-os. — É uma pena que não tenhamos mais tempo. Você nunca saberá o que perdeu. — Ele agarrou-a pelos cabelos e beijou-a nos lábios. Seu bafo recendia a conhaque. — Adeus, Catherine.

Atanas se levantou.

— Não me deixe aqui! — suplicou Catherine. — Vamos conversar e...

— Tenho um avião para pegar. Estou voltando para Atenas. — Ele encaminhou-se para a escada. — Deixarei a luz acesa para que você possa observar o que vai acontecer.

Um momento depois, Catherine ouviu a pesada porta do porão ser fechada e a tranca colocada, pelo lado de fora. Estava sozinha. Olhou para o mostrador na caldeira. A agulha subia rapidamente.

Enquanto ela observava, passou de 70 para 75 graus e continuou a subir. Fez um esforço desesperado para soltar as mãos, porém quanto mais puxava mais os laços ficavam apertados. Ela tornou a levantar os olhos. A agulha chegara a 80 graus e ainda não parara. Não havia escapatória.

Absolutamente nenhuma.

ALAN HAMILTON guiava pela Wimpole Street como um louco, ziguezagueando pelo tráfego, ignorando os gritos e buzinadas de motoristas irados. O caminho à frente se achava bloqueado. Ele virou à esquerda na Portland Place e seguiu para Oxford Circus. O tráfego era mais intenso ali, retardando-o.

NO PORÃO DA Bond Street, 217, a agulha na caldeira chegara a 95 graus. O porão se tornava cada vez mais quente.

O TRÁFEGO SE encontrava quase parado. As pessoas seguiam para casa, para o jantar, para o teatro. Alan Hamilton sentava ao volante de seu carro, frustrado. *Eu deveria ter chamado a polícia? Mas de que adiantaria? Uma paciente neurótica minha acha que alguém vai assassiná-la? A polícia riria. Não, eu mesmo tenho de alcançá-la.* O tráfego recomeçou a andar.

NO PORÃO, a agulha subia para 150 graus. O local se tornava insuportavelmente quente. Catherine tentou outra vez soltar as mãos e os pulsos ficaram em carne viva, mas a corda continuou apertada.

ELE ENTROU NA Oxford Street, acelerando por uma faixa de pedestres que duas velhas começavam a atravessar. Ouviu lá atrás o apito estridente de um guarda. Por um instante, sentiu-se tentado a parar e pedir ajuda. Mas não havia tempo para explicar. Continuou em frente.

Um enorme caminhão parou num cruzamento, bloqueando a passagem. Alan Hamilton buzinou, impaciente. Esticou a cabeça pela janela.

— Saia da frente!

O motorista do caminhão virou-se para fitá-lo.

— Qual é o problema, companheiro? Vai apagar algum incêndio?

O tráfego transformara-se numa confusão ruidosa de carros. Quando finalmente se dissipou, Alan Hamilton retomou a corrida para a Bond Street. Era um percurso que deveria cobrir em dez minutos, mas já perdera quase meia hora.

No porão, a agulha subiu para duzentos graus.

Finalmente o prédio estava à vista. Alan Hamilton aproximou o carro do meio-fio, no outro lado da rua, e pisou no freio. Abriu a porta e saiu correndo do carro. Já se aproximava do prédio quando parou, horrorizado. O chão tremeu quando o prédio explodiu, como uma bomba gigantesca, povoando o ar com chamas e detritos.

E morte.

Capítulo 31

ATANAS SENTIA-SE extremamente excitado. Executar um contrato sempre o deixava assim. Fazia questão de praticar o sexo com suas vítimas, homens ou mulheres, antes de matá-las, sempre achava excitante. Agora estava frustrado porque não houvera tempo para torturar Catherine ou fazer amor com ela. Atanas olhou para o relógio. Ainda era cedo. Seu avião só partiria às 23h daquela noite. Ele pegou um táxi e foi para Shepherd Market, pagou o motorista e começou a vaguear pelo labirinto de ruas. Havia meia dúzia de mulheres paradas em esquinas, chamando os homens que passavam.

— Ei, querido, não gostaria de receber uma lição de francês esta noite?

— Que tal uma festinha?

— Não está interessado em coisas do outro mundo?

Nenhuma das mulheres abordou Atanas. Ele se aproximou de uma loura alta, usando uma blusa e saia de couro curta, sapatos de saltos altos bem finos.

— Boa-noite — disse Atanas, polidamente.

Ela fitou-o, divertida.

— Oi, garoto. Sua mãe sabe que você saiu de casa?

Atanas sorriu, timidamente.

— Sabe, sim, madame. Pensei que, se não estiver ocupada...

A prostituta soltou uma gargalhada.

— Pensou, hein? E o que faria se eu não estivesse ocupada? Já foi para cama com alguma garota antes?

— Uma vez — murmurou Atanas. — E gostei.

— Você é do tamanho de um peixinho de aquário. — A mulher riu de novo. — Geralmente recuso os pequenininhos, mas a noite está devagar. Tem dez libras?

— Tenho, madame.

— Então vamos subir, querido.

Ela levou Atanas por uma porta e subiram dois lances de escada para um apartamento conjugado.

Atanas entregou-lhe o dinheiro.

— Agora vamos ver se você sabe o que fazer com isso, amor.

A mulher tirou as roupas e ficou observando Atanas despir-se. Fitou-o espantada.

— Santo Deus! Você é enorme!

— Sou?

Ela se deitou na cama.

— Tome cuidado. Não me machuque.

Atanas subiu na cama. Normalmente gostava de bater nas prostitutas. Aumentava sua satisfação sexual. Mas sabia que não havia tempo para fazer qualquer coisa suspeita ou deixar uma trilha que a polícia poderia seguir. Por isso, sorriu para a mulher e disse:

— Esta é a sua noite de sorte.

— Como?

— Nada. — Ele montou na mulher, fechou os olhos e arremeteu, machucando-a. Era Catherine clamando por misericórdia, suplicando-lhe que parasse. E ele arremetia selvagemente, cada vez com mais força, os gritos excitando-o, até que finalmente tudo explodiu e ele arriou de volta na cama, satisfeito.

— Puxa, você é incrível! — balbuciou a mulher.

Atanas abriu os olhos e constatou que não era Catherine. Estava com uma prostituta repulsiva, num quarto sórdido. Vestiu-se e pegou um táxi para seu hotel, onde fez as malas, pagou a conta e saiu.

Eram 21h30 quando seguiu para o aeroporto. Tinha bastante tempo para pegar seu avião.

Havia uma pequena fila no balcão da Olympic Airways. Quando chegou na frente, Atanas entregou a passagem ao recepcionista.

— O voo está no horário?

— Está, sim.

O recepcionista viu o nome na passagem. *Atanas Stavich.* Tornou a fitar Atanas, depois olhou para um homem parado perto e acenou com a cabeça. O homem aproximou-se.

— Posso ver sua passagem?

Atanas estendeu-lhe a passagem.

— Algum problema?

— Infelizmente, fizemos reservas demais para este voo. Se fizer a gentileza de me acompanhar ao escritório, tentarei resolver a situação.

Atanas deu de ombros.

— Está bem.

Ele seguiu o homem para o escritório, com um sentimento de euforia. Demiris provavelmente já saíra da prisão àquela altura. Era um homem importante demais para continuar preso. Tudo correra perfeitamente. Pegaria os cinquenta mil dólares e depositaria numa de suas contas numeradas na Suíça. E depois tiraria umas pequenas férias. Talvez na Riviera. Ou no Rio. Gostava dos homens que se prostituíam no Rio.

Atanas entrou no escritório e parou abruptamente, aturdido. Ficou pálido.

— Você está morta! Você está morta! Eu a matei!

Atanas ainda gritava quando o levaram da sala e meteram num furgão da polícia. Depois que ele saiu, Alan Hamilton virou-se para Catherine e disse:

— Está tudo acabado agora, querida. Finalmente terminou.

Capítulo 32

NO PORÃO, VÁRIAS HORAS antes, Catherine tentara desesperadamente soltar as mãos. Quanto mais se debatia, mais a corda se tornava apertada. Os dedos ficaram dormentes. Ela não desviava os olhos do mostrador na caldeira. A agulha já chegara a 120 graus. *Quando estiver em 200 graus, a caldeira vai explodir. Tem de haver uma maneira de escapar*, pensou Catherine, *tem de haver!* Seus olhos fixaram-se na garrafa que Atanas largara no chão. O coração disparou. *Há uma possibilidade!* Se ao menos ela conseguisse... Catherine arriou contra o poste e estendeu os pés na direção da garrafa. Estava fora de seu alcance. Escorregou ainda mais, as lascas de madeira se cravando em suas costas. A garrafa ainda se encontrava a dois ou três centímetros de distância. Os olhos de Catherine se encheram de lágrimas. *Mais uma tentativa*, ela pensou. *Só mais uma.* Ela arriou ainda mais, as costas dilaceradas pelas lascas, esticou-se com toda a sua força. Um pé encostou na garrafa. *Cuidado. Não a empurre para longe.* Devagar, bem devagar, ela prendeu o gargalo da garrafa na corda que amarrava seus tornozelos. Com todo cuidado, puxou os pés, trazendo a garrafa para mais perto. E, finalmente, estava a seu lado.

Ela olhou para o mostrador. Subira para 140 graus. Ela teve de fazer um esforço para reprimir o pânico. Lentamente, empurrou a garrafa para trás, com os pés. Seus dedos a encontraram, mas estavam dormentes demais para segurarem, além de escorregadios do sangue que escorrera dos pulsos cortados pela corda.

O porão ficava cada vez mais quente. Catherine tentou de novo. A garrafa escorregou. Ela olhou para o mostrador da caldeira. Marcava 150 graus agora, a agulha continuava a subir. O vapor começava a sair da caldeira. Ela tentou mais uma vez segurar a garrafa.

Pronto! Tinha a garrafa nas mãos amarradas. Segurando com firmeza, ergueu os braços pelo poste e tornou a baixá-los, batendo com a garrafa no concreto. Nada aconteceu. Ela soltou um grito de frustração. Tentou de novo. Nada. A agulha no mostrador subia inexoravelmente. *175!* Catherine respirou fundo e bateu com a garrafa mais uma vez, com toda força. Ouviu a garrafa quebrar. *Graças a Deus!* Agindo tão depressa quanto podia, Catherine pegou o gargalo quebrado da garrafa numa das mãos e começou a serrar a corda com a outra. O vidro rasgava seus pulsos, mas ela ignorou a dor. Sentiu uma mecha se romper e depois outra. E, de repente, tinha a mão livre. Soltou apressada a corda na outra mão e desamarrou os pés. O mostrador alcançara 190 graus. Jatos de vapor saíam da fornalha. Catherine fez um esforço para se levantar. Atanas trancara a porta do porão por fora. Não haveria tempo para escapar do prédio antes da explosão.

Catherine correu para a caldeira e puxou o bloco de madeira que prendia a válvula de segurança. Estava bem preso. *200!*

Tinha de tomar uma decisão numa fração de segundo. Correu para a porta no outro lado que levava ao abrigo antiaéreo, abriu-a e entrou. Bateu a pesada porta. Encolheu-se sobre o concreto do abrigo, respirando com dificuldade. Cinco segundos depois, houve uma tremenda explosão e todo o abrigo pareceu tremer.

Ela ficou deitada no escuro, lutando para respirar, escutando o rugido das chamas além da porta. Estava sã e salva. E tudo acabara. *Não, ainda não*, pensou Catherine. *Ainda há uma coisa que tenho de fazer.*

Quando os bombeiros a encontraram, uma hora depois, levando-a para fora, Alan Hamilton lá estava. Catherine correu para seus braços e ele apertou-a.

— Catherine, querida, senti tanto medo! Como foi que você...?

— Mais tarde! — exclamou Catherine. — Agora precisamos deter Atanas Stavich!

Capítulo 33

ELES SE CASARAM numa igreja perto da fazenda da irmã de Alan, em Sussex, numa cerimônia íntima. A irmã era muito simpática, exatamente igual à fotografia que Catherine vira no consultório de Alan. O filho estava ausente, na escola. Catherine e Alan passaram um tranquilo fim de semana na fazenda e depois voaram para a lua de mel em Veneza.

VENEZA ERA UMA página de cores deslumbrantes saída de um livro de história medieval, uma mágica cidade flutuante de canais e 120 ilhas, com 400 pontes. Alan e Catherine Hamilton pousaram no Aeroporto Marco Polo, perto de Mestre, pegaram uma lancha para o terminal na Piazza San Marco, foram se hospedar no Royal Danieli, o hotel lindo e antigo próximo do Palácio dos Doges.

A suíte era refinada, com adoráveis móveis antigos, dando para o Grande Canal.

— O que gostaria de fazer primeiro? — perguntou Alan.

Catherine adiantou-se e abraçou-o.

— Adivinhe.

Desfizeram as malas depois.

Veneza foi um bálsamo curativo que fez Catherine esquecer os terríveis pesadelos e horrores do passado.

Ela e Alan saíram em exploração. A Piazza San Marco ficava a poucas centenas de metros do hotel e a séculos de distância no tempo. A igreja de São Marcos era uma galeria de arte e uma catedral, as paredes e tetos forrados por deslumbrantes mosaicos e afrescos.

Entraram no Palácio dos Doges, cheio de câmaras opulentas. Pararam na Ponte dos Suspiros, pela qual, séculos antes, os prisioneiros passavam ao encontro da morte.

Visitaram museus e igrejas e algumas das ilhas externas. Foram ao Murano para assistir aos artesãos soprando o vidro e ao Burano para observar as mulheres fazerem renda. Pegaram uma lancha para Torcello e jantaram em Locanda Cipriani, num aprazível jardim repleto de flores.

E Catherine lembrou o jardim no convento, recordou como se sentia perdida na ocasião. Olhou através da mesa para o seu amado Alan e pensou: *Obrigada, Deus.*

A MERCERIE ERA a principal rua comercial e ali encontraram lojas fabulosas: Rubelli para tecidos, Casella para sapatos e Giocondo Cassini para antiguidades. Jantaram no Quadri, Al Graspo, de Ua e Harry's Bar. Passearam em gôndolas e nas *sandoli* menores.

NA SEXTA-FEIRA, quase no final da viagem, houve um súbito aguaceiro e uma violenta tempestade elétrica.

Catherine e Alan correram de volta para o abrigo do hotel. Ficaram contemplando a tempestade pela janela.

— Desculpe pela chuva, Sra. Hamilton — disse Alan. — Os folhetos de turismo prometiam sol.

Catherine sorriu.

— Que chuva? Estou muito feliz, querido.

Relâmpagos riscavam o céu, acompanhados pelas explosões das trovoadas. Outro som aflorou na mente de Catherine: a explosão da caldeira. Ela virou-se para Alan.

— Hoje não é o dia em que o júri deveria apresentar o veredicto?

Ele hesitou.

— É, sim. Não falei nada porque...

— Estou bem. E quero saber.

Alan fitou-a em silêncio por um momento e depois acenou com a cabeça.

— Está bem.

Catherine observou-o seguir até o rádio no canto e ligá-lo. Alan girou o controle até sintonizar a BBC, que transmitia seu noticiário.

— ...e o primeiro-ministro apresentou sua renúncia hoje. Ele tentará formar um novo gabinete.

A estática era intensa, havia momentos em que não se ouvia o locutor.

— É essa tempestade elétrica — comentou Alan.

Ouviram de novo o locutor:

— Em Atenas, o julgamento de Constantin Demiris finalmente terminou. O júri apresentou seu veredicto há poucos minutos. Para surpresa de todos, o veredicto...

O rádio ficou mudo. Catherine virou-se para Alan.

— Qual... qual você acha que foi o veredicto?

Ele abraçou-a.

— Depende de você acreditar em final feliz.

Epílogo

CINCO DIAS ANTES do início do julgamento de Constantin Demiris o carcereiro abriu a porta de sua cela e anunciou:

— Você tem uma visita.

Constantin Demiris levantou os olhos. Com exceção de seu advogado, não permitira visitas até aquele momento. Recusou-se a demonstrar qualquer curiosidade. Os filhos da puta tratavam-no como um criminoso comum. Mas não lhes daria a satisfação de demonstrar qualquer emoção. Ele seguiu o carcereiro pelo corredor para uma pequena sala de reuniões.

— Entre aí.

Demiris entrou e estacou abruptamente. Um velho aleijado estava encolhido numa cadeira de rodas. Os cabelos eram completamente brancos. O rosto era uma horrível colcha de retalhos de tecido queimado, branco e vermelho. Os lábios estavam paralisados, contraídos para cima, num terrível arremedo de sorriso. Demiris demorou um momento para reconhecer o visitante. Empalideceu.

— Santo Deus!

— Não sou um fantasma. — A voz de Napoleon Cotas era um rouco sussurro. — Chegue mais perto, Costa.

Demiris recuperou a voz:

— O incêndio...

— Pulei pela janela e quebrei a coluna. Meu mordomo me tirou de lá antes da chegada dos bombeiros. Não queria que você soubesse que eu continuava vivo. Sentia-me cansado demais para prosseguir na luta com você.

— Mas... encontraram um cadáver.

— Meu valete.

Demiris arriou numa cadeira, balbuciando:

— Eu... eu estou contente por você ter escapado.

— Deve mesmo estar, pois vou salvar sua vida.

Demiris estudou-o, cauteloso.

— Vai?

— Isso mesmo. Vou defendê-lo.

Demiris soltou uma gargalhada.

— Ora, Leon, depois de tantos anos você ainda me toma por idiota? O que o faz pensar que eu entregaria minha vida nas suas mãos?

— Porque sou o único que pode salvá-lo, Costa.

Constantin Demiris levantou-se.

— Não, obrigado. — Ele avançou para a porta.

— Conversei com Spyros Lambrou. E o convenci a testemunhar que estava com você no momento em que sua irmã foi assassinada.

Demiris parou e virou-se.

— Por que ele faria isso?

Cotas inclinou-se para a frente na cadeira de rodas.

— Porque o convenci de que tomar toda a sua fortuna seria uma vingança mais doce do que tomar sua vida.

— Não estou entendendo.

— Prometi a Lambrou que, se testemunhar por você, vai lhe entregar toda a sua fortuna. Seus navios, suas companhias... tudo o que possui.

— Ficou louco!

— Será? Pense um pouco, Costa. O depoimento de Spyros pode salvar sua vida. A fortuna vale mais do que sua vida?

Houve um silêncio prolongado. Demiris tornou a sentar. Estudou Cotas atentamente, ainda cauteloso.

— Lambrou está disposto a testemunhar que eu me encontrava em sua companhia quando Melina foi morta?

— Isso mesmo.

— Em troca, ele quer...

— Tudo o que você tem.

Demiris sacudiu a cabeça.

— Eu poderia ficar com...

— *Tudo.* Ele quer despojá-lo completamente. É essa a sua vingança.

Havia uma coisa que Demiris não entendia.

— E o que você leva em tudo isso, Leon?

Os lábios de Cotas se contraíram numa paródia de um sorriso.

— Eu levo tudo.

— Como assim?

— Antes de entregar a Corporação Comercial Helênica a Lambrou, você vai transferir todo o seu patrimônio para uma nova companhia. Uma companhia que me pertence.

— Com isso, Lambrou não ganhará nada.

Cotas deu de ombros.

— Há vencedores e há perdedores.

— Lambrou não desconfiará de nada?

— Não da maneira como vou fazer.

— Se pretende trair Lambrou, como posso saber que não me trairá também?

— É muito simples, meu caro Costa. Você ficará protegido. Assinaremos um acordo, estipulando que a nova companhia só me pertencerá se você for absolvido. Se for declarado culpado, nada receberei.

Constantin Demiris descobriu-se interessado pela primeira vez. Observou o advogado aleijado. *Ele perderia o julgamento e centenas de milhões de dólares só para se vingar de mim? Não. Leon não é tão tolo assim.*

— Muito bem, Leon, aceito.

— Ótimo. Acaba de salvar sua vida, Costa.

Salvei mais do que isso, pensou Demiris, triunfante. *Tenho cem milhões de dólares escondidos onde ninguém poderá encontrar.*

A REUNIÃO DE COTAS com Spyros Lambrou fora difícil. Lambrou quase expulsara o advogado de seu escritório.

— Quer que eu testemunhe para salvar a vida daquele monstro? Saia daqui!

— Não quer se vingar?

— Claro que quero. E é o que terei.

— Será? Conhece Costa. A riqueza significa mais para ele do que a própria vida. Se o executarem, seu sofrimento acabará em poucos minutos, mas se arrancar tudo o que ele possui, obrigá-lo a enfrentar a vida sem dinheiro, estará lhe aplicando uma punição muito maior.

Havia alguma verdade no que o advogado dizia. Demiris era o homem mais ganancioso que ele já conhecera.

— Diz que ele está disposto a me entregar tudo o que possui?

— Tudo. Sua frota, seus negócios, até a última companhia que possui.

Era uma grande tentação.

— Deixe-me pensar a respeito.

Lambrou observou o advogado sair da sala na cadeira de rodas. *Pobre coitado*, ele pensou. *O que ele pode esperar da vida?*

SPYROS LAMBROU telefonou para Napoleon Cotas à meia-noite.

— Já tomei uma decisão. Negócio fechado.

A IMPRENSA ESTAVA no maior frenesi. Não apenas Constantin Demiris era julgado pelo assassinato da esposa, mas também passou a ser defendido por um homem que voltara dos mortos, o brilhante advogado criminalista que todos pensavam que morrera num incêndio.

O JULGAMENTO FOI realizado no mesmo tribunal em que Noelle Page e Larry Douglas haviam sido julgados. Constantin Demiris sentou-se à mesa dos réus, envolto por uma aura de invisibilidade. Napoleon Cotas se encontrava ao seu lado, numa cadeira de rodas. O Estado era representado pelo promotor especial Delma.

E Delma falava aos jurados:

— Constantin Demiris é um dos homens mais poderosos do mundo. Sua vasta fortuna lhe proporciona muitos privilégios. Mas há um privilégio que não pode lhe conceder. E esse é o direito de cometer um assassinato a sangue-frio. Ninguém tem esse direito. — Ele fez uma pausa, virando-se para Demiris. — O Estado provará acima e além de qualquer dúvida que Constantin Demiris é culpado do brutal assassinato de uma esposa que o amava. Depois de avaliarem as provas, tenho certeza de que só poderão apresentar um veredicto. Culpado de homicídio, sem atenuantes.

Ele voltou para seu lugar. O juiz principal olhou para Napoleon Cotas.

— A defesa está pronta para as alegações iniciais?

— Estamos, meritíssimo.

Cotas levou a cadeira de rodas para a frente do júri. Podia perceber a compaixão nos rostos dos jurados, enquanto tentavam evitar olhar para sua cara grotesca e corpo aleijado.

— Constantin Demiris não está em julgamento por ser rico ou poderoso. Ou talvez seja justamente por causa disso que ele foi trazido a este tribunal. Os fracos sempre tentam derrubar os poderosos, não é mesmo? O Sr. Demiris pode ser culpado de ser rico e poderoso, mas uma coisa provarei com absoluta certeza... ele não é culpado de assassinar sua esposa.

O julgamento começara.

O PROMOTOR DELMA interrogava o tenente Theophilos, da polícia, sentado no banco das testemunhas.

— Pode descrever o que viu quando entrou na casa na praia de Demiris, tenente?

— As cadeiras e mesas estavam viradas. Tudo estava na maior confusão.

— Parecia que ocorrera ali uma terrível luta?

— Sim, senhor. A impressão era de que a casa fora assaltada.

— Encontrou uma faca ensanguentada no local do crime, não é mesmo?

— Sim, senhor.

— E havia impressões digitais na faca?

— Havia.

— De quem eram?

— De Constantin Demiris.

Os olhos dos jurados se deslocaram para Demiris.

— Quando revistou a casa, o que mais descobriu?

— No fundo de um armário encontramos um calção de banho manchado de sangue com as iniciais de Demiris.

— Não poderia estar na casa há muito tempo?

— Não, senhor. Ainda estava molhado de água do mar.

— Obrigado.

Era a vez de Napoleon Cotas.

— Detetive Theophilos, teve a oportunidade de conversar pessoalmente com o réu, não é mesmo?

— É, sim, senhor.

— Como o descreveria fisicamente?

— Bom... — O detetive olhou para o lugar em que Demiris sentava. — Eu diria que era um homem bastante grande.

— E parecia forte? Fisicamente forte?

— Parecia.

— Não é o tipo de homem que teria de desmontar uma sala para matar a esposa.

Delma levantou-se.

— Protesto!

— Protesto deferido. O advogado de defesa deve se abster de conduzir a testemunha.

— Peço desculpas, meritíssimo. — Cotas tornou a se virar para a testemunha. — Em sua conversa com o Sr. Demiris, poderia avaliá-lo como um homem inteligente?

— Sim, senhor. Não creio que ele tenha se tornado rico como é se não fosse muito esperto.

— Concordo plenamente, tenente. E isso nos leva a uma questão interessante. Como um homem igual a Constantin Demiris poderia ser bastante estúpido para cometer um homicídio e deixar para trás, no local do crime, uma faca com suas impressões digitais, um calção manchado de sangue? Não diria que essa não foi uma atitude das mais inteligentes?

— Às vezes, no calor de um crime, as pessoas fazem coisas estranhas.

— A polícia encontrou um botão de um paletó que Demiris supostamente usava. Isso é correto?

— É, sim, senhor.

— E isso é parte importante das provas contra o Sr. Demiris. A teoria da polícia é de que a esposa arrancou o botão na luta, quando ele tentava matá-la?

— Isso mesmo.

— Portanto, temos um homem que normalmente vestia-se de maneira impecável. Um botão é arrancado de seu paletó, mas ele nem percebe. Veste o paletó em casa e ainda não percebe. Tira e pendura no armário... e continua a não perceber. Isso faria com que o réu fosse não apenas estúpido, mas também cego.

O Sr. Katelanos estava prestando depoimento. O proprietário da agência de detetives tratava de aproveitar ao máximo seu momento de glória. Delma o interrogava.

— É o proprietário de uma agência de detetives particulares?

— Sim, senhor.

— E a Sra. Demiris procurou-o alguns dias antes de ser assassinada?

— Isso mesmo.

— O que ela queria?

— Proteção. Disse que ia se divorciar e o marido ameaçara matá-la.

Houve um murmúrio dos espectadores.

— Portanto, a Sra. Demiris se encontrava bastante transtornada?

— Sim, senhor. Bastante.

— E ela contratou sua agência para protegê-la do marido?

— Sim, senhor.

— Isso é tudo. Obrigado. — Delma virou-se para Cotas. — A testemunha é sua.

Cotas adiantou-se na cadeira de rodas.

— Sr. Katelanos, há quanto tempo trabalha como detetive particular?

— Quase quinze anos.

Cotas mostrou-se impressionado.

— É um bocado de tempo. Deve ser muito competente no que faz.

— Acho que sim — respondeu Katelanos, com um ar de modéstia.

— Ou seja, tem muita experiência com pessoas que estão em dificuldades.

— É por isso que me procuram — garantiu Katelanos, presunçoso.

— E quando a Sra. Demiris o procurou, ela parecia um pouco transtornada ou...

— Não, senhor. Ela parecia *muito* transtornada. Pode se dizer em pânico.

— Entendo. Porque temia que o marido estivesse prestes a matá-la.

— Isso mesmo.

— Quando ela deixou seu escritório, quantos agentes mandou acompanhá-la? Um? Dois?

— Não mandei ninguém com ela.

Cotas franziu o rosto.

— Não estou entendendo. Por que não?

— Ela disse que só queria que começássemos na segunda-feira.

Cotas exibiu uma expressão de espanto.

— Deixou-me confuso, Sr. Katelanos. A mulher foi a seu escritório, apavorada porque o marido queria matá-la, mas saiu de lá dizendo que não precisaria de proteção antes da segunda-feira?

— Foi o que aconteceu.

Napoleon Cotas disse, quase que para si mesmo:

— Não se pode deixar de especular até que ponto a Sra. Demiris estava realmente assustada, não é mesmo?

A CRIADA DE DEMIRIS subiu ao banco das testemunhas.

— Ouviu uma conversa pelo telefone entre a Sra. Demiris e o marido?

— Ouvi, sim, senhor.

— Pode nos relatar essa conversa?

— A Sra. Demiris disse ao marido que queria o divórcio e ele respondeu que não daria.

Delma olhou para o júri.

— Hã... — Ele tornou a se virar para a testemunha. — O que mais ouviu?

— Ele pediu à Sra. Demiris para encontrá-lo na casa da praia, e ela deveria ir sozinha.

— Ele disse que a Sra. Demiris deveria ir sozinha?

— Sim, senhor. E ela me pediu que chamasse a polícia se não voltasse até as seis horas.

Houve uma reação visível dos jurados. Todos olharam para Demiris.

— Não tenho mais perguntas. — Delma virou-se para Cotas. — A testemunha é sua.

Napoleon Cotas levou a cadeira de rodas até o banco das testemunhas.

— Seu nome é Andrea, não é mesmo?

— Sim, senhor.

Ela tentava não olhar para o rosto desfigurado, coberto de cicatrizes.

— Andrea, disse que ouviu a Sra. Demiris declarar ao marido que ia pedir o divórcio e que ouviu o Sr. Demiris dizer que não daria e lhe pedir que fosse sozinha à casa na praia às três horas da tarde. Isso está certo?

— Está, sim, senhor.

— Prestou juramento, Andrea. E não foi absolutamente isso o que ouviu.

— Foi, sim, senhor.

— Quantos telefones há na sala em que ocorreu essa conversa?

— Ora, só um.

Napoleon Cotas aproximou ainda mais a cadeira de rodas.

— Não escutou a conversa por outro telefone?

— Não, senhor. Eu nunca faria isso.

— Então a verdade é que ouviu apenas o que a *Sra.* Demiris disse. Seria impossível ouvir o que o marido disse.

— Hã... Bom, eu acho...

— Em outras palavras, você *não* ouviu o Sr. Demiris ameaçar a esposa, pedir que fosse à casa da praia ou qualquer outra coisa. *Imaginou* tudo isso pelo que a Sra. Demiris falou.

Andrea tinha o rosto vermelho.

— Acho que se pode dizer assim.

— Eu estou dizendo assim. Por que estava na sala quando a Sra. Demiris falava ao telefone?

— Ela me pediu para servir um chá.

— E levou o chá?

— Sim, senhor.

— Pôs a bandeja na mesa.

— Sim, senhor.

— Por que não se retirou em seguida?

— A Sra. Demiris me acenou para ficar.

— Ela queria que ouvisse a conversa ou o que passava por uma conversa?

— Eu... acho que sim.

A voz de Cotas tornou-se firme e incisiva.

— Portanto, não sabe se ela estava mesmo falando com o marido pelo telefone ou se não falava com ninguém. — Ele adiantou mais um pouco a cadeira de rodas. — Não achou estranho que no meio de uma conversa pessoal a Sra. Demiris lhe pedisse para ficar e escutar? Sei que na minha casa, se temos uma discussão pessoal, não pedimos para os criados ouvirem. De jeito nenhum. Sugiro que a conversa nunca ocorreu. A Sra. Demiris não falava com ninguém. Preparava uma armadilha para o marido, a fim de que hoje, neste tribunal, ele fosse submetido a julgamento por sua vida. Mas Constantin Demiris não matou a esposa. As provas contra ele foram cuidadosamente plantadas. Até demais. Nenhum homem inteligente deixaria pistas tão óbvias apontando para ele. E não importa o que mais possa ser, Constantin Demiris é um homem inteligente.

O JULGAMENTO PROLONGOU-SE por mais dez dias, com acusações e contra-acusações e depoimentos técnicos da polícia e médico-legista. O consenso de opinião era de que provavelmente Constantin Demiris era culpado.

Napoleon Cotas guardou sua bomba para o final. Pôs Spyros Lambrou no banco das testemunhas. Antes do julgamento começar, Demiris assinara um contrato registrado em cartório, transferindo a Corporação Comercial Helênica e todo o seu patrimônio para Spyros Lambrou. Um dia antes, todo o patrimônio fora secretamente transferido para Napoleon Cotas, sob a condição de Constantin Demiris ser absolvido no julgamento.

— Sr. Lambrou, não se dava muito bem com seu cunhado, Constantin Demiris, não é mesmo?

— Não, não nos dávamos bem.

— Seria justo dizer que odiavam um ao outro?

Lambrou lançou um olhar para Constantin Demiris.

— Isso talvez seja pouco.

— No dia em que sua irmã desapareceu, Constantin Demiris disse à polícia que nem se aproximara da casa da praia; que às 15h, o momento determinado para a morte de sua irmã, encontrara-se com o senhor em Acrocorinth. Quando a polícia o interrogou sobre esse encontro, o senhor negou.

— É verdade.

— Por quê?

Lambrou permaneceu em silêncio por um longo momento. Quando falou, a voz estava impregnada de raiva:

— Demiris tratava minha irmã de maneira vergonhosa. Maltratava-a constantemente, humilhava-a. Eu queria puni-lo. Ele precisava de mim para ter um álibi. Eu não lhe daria.

— E agora?

— Não posso mais conviver com uma mentira. Tenho de dizer a verdade.

— O senhor e Constantin Demiris encontraram-se em Acrocorinth naquela tarde?

— A verdade é que nos encontramos.

Houve tumulto no tribunal. Delma levantou-se, o rosto pálido.

— Meritíssimo, eu protesto...

— Protesto indeferido.

Delma arriou na cadeira. Constantin Demiris inclinava-se para a frente, os olhos brilhando.

— Fale-nos sobre esse encontro. A ideia foi sua?

— Não. Foi de Melina. Ela enganou a nós dois.

— Enganou? Como assim?

— Melina me telefonou e disse que o marido queria se encontrar comigo na cabana de caça em Acrocorinth para discutir uma operação financeira. Depois ligou para Demiris e disse que eu queria ter uma reunião lá. Ao chegarmos, descobrimos que não tínhamos nada para dizer um ao outro.

— E o encontro foi no meio da tarde, na hora estabelecida da morte da Sra. Demiris?

— Isso mesmo.

— A viagem de carro de Acrocorinth para a casa na praia leva quatro horas. Já verifiquei. — Napoleon Cotas olhou para os jurados. — Portanto, não há a menor possibilidade de que Constantin Demiris estivesse em Acrocorinth às 15h da tarde e voltasse para Atenas antes das 19h. Cotas tornou a se virar para Spyros Lambrou.

— Está sob juramento, Sr. Lambrou. O que acabou de dizer a este tribunal é a verdade?

— É, sim. Que Deus me ajude.

Napoleon Cotas girou sua cadeira na direção do júri.

— Senhoras e senhores — falou asperamente —, só há um veredicto a que podem chegar. — Todos se espicharam para a frente a fim de captar suas palavras. — Inocente. Se o Estado tivesse afirmado que o réu contratara alguém para matar sua esposa, então, nesse ponto poderia ter havido um pequeno grau de dúvida. Mas, pelo contrário, toda a sua argumentação baseia-se na pretensa evidência de que o réu estava naquele quarto, que ele mesmo matou sua esposa. Os magistrados sábios ensinarão a vocês que neste julgamento dois elementos essenciais devem ser provados: motivo e oportunidade.

"Não motivo *ou* oportunidade, mas motivo *e* oportunidade. Legalmente eles são como irmãos siameses: inseparáveis. Senhoras e senhores, o réu podia ou não podia ter tido um motivo, mas esta testemunha provou, além de qualquer dúvida, que o réu não estava em parte alguma da cena do crime quando ele ocorreu."

Os jurados ausentaram-se durante quatro horas. Constantin Demiris observou-os quando retornaram à sala. Ele parecia pálido e ansioso. Cotas não olhava para os jurados. Contemplava o rosto de Constantin Demiris. A pose e arrogância de Demiris haviam desaparecido. Ele era um homem que enfrentava a possibilidade da morte. O juiz principal indagou:

— O júri chegou a um veredicto?

— Chegamos, meritíssimo.

O primeiro jurado estendeu um papel.

— Que o guarda pegue o veredicto, por favor.

O guarda foi buscar o veredicto e entregou-o ao juiz. Ele abriu-o e levantou os olhos.

— O júri considera que o réu é inocente.

Houve um tremendo pandemônio no tribunal. As pessoas se levantaram, algumas aplaudindo, outras vaiando. A expressão de Demiris era extasiada. Ele respirou fundo e aproximou-se de Napoleon Cotas.

— Você conseguiu! Eu lhe devo tudo!

Cotas fitou-o nos olhos.

— Não me deve mais nada. Sou muito rico e você é muito pobre. Vamos embora. Precisamos comemorar.

Constantin Demiris empurrou a cadeira de rodas de Cotas através da multidão, passando pelos repórteres e seguindo para o estacionamento. Cotas apontou para um sedã estacionado na entrada.

— Meu carro é aquele.

Demiris empurrou-o até a porta.

— Não tem motorista?

— Não preciso. Mandei adaptar esse carro para poder guiá-lo. Ajude-me a entrar.

Demiris abriu a porta e transferiu Cotas para o banco do motorista. Dobrou a cadeira de rodas e guardou-a no banco de trás. Deu a volta e sentou na frente, ao lado de Cotas.

— Você ainda é o maior advogado do mundo — comentou Demiris, sorrindo.

— Tem razão. — Napoleon Cotas ligou o carro e saiu do estacionamento. — O que vai fazer agora, Costa?

Demiris respondeu com o maior cuidado:

— Ora, encontrarei um jeito de sobreviver. — *Com cem milhões de dólares, posso reconstruir meu império.* Ele soltou uma risadinha e acrescentou: — Spyros ficará furioso quando descobrir como você o enganou.

— Não há nada que ele possa fazer agora. O contrato que ele assinou lhe dá uma companhia que não vale nada.

Estavam seguindo para as montanhas. Demiris observou Cotas manipular as alavancas que controlavam o acelerador e o freio.

— Opera esse mecanismo muito bem.

— Aprende-se a fazer o que é necessário — comentou Cotas.

Subiam por uma estrada estreita na serra.

— Para onde estamos indo?

— Tenho uma casinha lá em cima. Tomaremos champanhe e depois chamarei um táxi para levá-lo de volta à cidade. Sabe, Costa, tenho pensado numa porção de coisas. Tudo o que aconteceu... A morte de Noelle e a morte de Larry Douglas. E do pobre Stavros. Nenhum deles morreu por causa de dinheiro, não é mesmo? — Ele virou o rosto para fitar Demiris. — Foi tudo por ódio. Ódio e amor. Você amava Noelle.

— Tem razão, Leon, eu amava Noelle.

— Eu também a amava. Não sabia disso, não é mesmo, Costa?

Demiris estava surpreso.

— Não, não sabia.

— Apesar disso, eu o ajudei a assassiná-la. Nunca me perdoei por isso. Já perdoou a si mesmo, Costa?

— Ela merecia o que recebeu.

— Creio que, ao final, todos nós merecemos o que recebemos. Há uma coisa que não lhe contei, Costa. Aquele incêndio... desde a noite daquele incêndio que sinto uma dor terrível. Os médicos tentaram me recuperar, mas não deu certo. Estou entrevado demais.

Cotas empurrou a alavanca que acelerava o carro. Passaram a fazer curvas fechadas em grande velocidade, subindo mais e mais. O mar Egeu aparecia lá embaixo.

— Para dizer a verdade — continuou Cotas, a voz rouca —, sinto tanta dor que não vale mais a pena continuar a viver.

Ele tornou a empurrar a alavanca, acelerando o carro ainda mais.

— Reduza a velocidade — disse Demiris. — Está indo muito...

— Tenho sobrevivido este tempo todo por sua causa. Decidi que você e eu vamos acabar juntos.

Demiris virou-se para fitá-lo, horrorizado.

— Mas do que está falando? Diminua a velocidade. Vai acabar matando a nós dois.

— Isso mesmo.

Cotas mexeu mais uma vez na alavanca. O carro saltou para a frente.

— Está louco! — berrou Demiris. — É muito rico! Não vai querer morrer!

Os lábios cicatrizados de Cotas contraíram-se num horrendo arremedo de sorriso.

— Não, não sou rico. Sabe quem ficou com todo o dinheiro? Sua amiga, irmã Theresa. Dei todo o seu dinheiro para o convento em Ioannina.

Estavam correndo a toda para uma curva fechada na estrada íngreme.

— Pare o carro! — gritou Demiris. Ele tentou arrancar o volante de Cotas, mas era impossível.

— Eu lhe darei qualquer coisa que quiser! — berrou Demiris. — Pare!

— Já tenho tudo o que quero.

No momento seguinte, eles voaram por cima do penhasco e começaram a descer pela encosta íngreme, o carro virando numa grotesca pirueta mortal, até chegar lá embaixo e cair no mar. Houve uma tremenda explosão e depois o profundo silêncio da eternidade.

Este livro foi composto na tipografia
Minion Pro Regular, em corpo 11/15, e impresso em
papel off-white no Sistema Digital Instant Duplex
da Divisão Gráfica da Distribuidora Record.